욕망에 관한

몇가지

진실

욕망에 관한 몇 가지 진실

초판 1쇄 찍은 날 | 2016년 11월 25일
초판 1쇄 펴낸 날 | 2016년 11월 30일

지은이 | 문희
펴낸이 | 예경원

편집 | 유경화

펴낸곳 | 예원북스
등록번호 | 제396-2012-000132호
등록일자 | 2012. 7. 25
YRN | 제1-0171호

주소 | 경기도 고양시 일산동구 호수로 646-24 위너스21-Ⅱ 206A호 (우) 10401
전화 | 031-819-9431 팩스 | 031-817-9432
http://cafe.naver.com/yewonromance
E-mail | yewonbooks@naver.com

ⓒ 문희, 2016

ISBN 979-11-5845-272-8 03810

욕망에 관한

문희 장편 소설

YEWONBOOKS ROMANCE STORY

몇 가지 진실

여원

프롤로그

하얀색 대리석 바닥이 오늘따라 유난히 반짝였다. 아무래도 새해의 첫 시작을 알리는 날이니만큼 회사의 얼굴인 로비의 모습은 칼같이 정리가 되어 있었다. 거대한 유리 구조물 같은 이곳에는 유리로 된 예술품들이 곳곳에 있어서 얼음 왕국을 연상시키고 있었다.

그리고 하나 더 눈에 띄는 건 로비에 가득한 넥타이 부대들이었다. 여자들보다 남자의 비율이 높아서 건설회사 같지만 이곳은 바로 우리나라에서 최고의 인재들이 집대성된 대한백화점이었다.

점심시간이 지난 시각, 각자 사무실로 향하는 사람들로 엘리베이터 앞은 분주했다.

똑. 똑. 똑.

엘리베이터를 기다리는 모든 남자들의 시선은 초조한 듯 대리석 바닥을 힐 끝으로 치고 있는 여자에게 향해 있었다. 170cm가 넘는 키에 쫙 빠진 몸매만으로도 시선을 잡아끌 만한데 여자의 얼굴을 보는 순간 사람들은 '우와' 하는 감탄사를 연발했다.

작은 얼굴에 커다란 눈망울, 거기에 성형수술이 의심되는 오뚝한 콧날, 그리고 유달리 도톰한 아랫입술은 정말 조화롭게 어울리고 있었다. 게다가 패션 화보에서나 나올 법한 세련된 의상과 메이크업은 모두의 시선을 사로잡기에 충분했다. 평범한 직장인의 모습은 아니었다.

"턱 빠지겠어."

여자를 넋 놓고 쳐다보고 있는 동료를 보며 남자가 그의 옆구리를 찔렀다.

"기획실 나하늘 대리 첨 봐?"

"솔직히 보고 또 봐도 예쁘잖아."

동료는 여전히 넋이 나간 표정으로 여자를 바라보며 말했다. 그러자 남자가 정신 차리라는 듯 동료의 어깨를 툭하고 쳤다.

"앗, 뜨거!"

들고 있던 커피가 동료의 손에 쏟아졌다.

"조심해, 보기만 해도 위험한 여자니까. 소문도 못 들었어?"

"알아, 그 소문 모르는 대한백화점 사람이 어딨어. 기획실 조 부장 사모님이 그 난리굿을 치고 갔는데."

남자의 동료는 손에 묻은 커피를 입으로 빨아들였다. 그러면서도 눈은 여전히 여자에게 가 있었다.

"조 부장만이야? 기획실 임 과장은 어떻고. 거기도 나 대리하고 스캔들 후에 소리 소문 없이 회사를 그만뒀잖아. 근데 나 대리만 안 잘리는 거 보면 대단한 스폰이 있다는 말이 사실인가 봐."

남자가 엘리베이터 앞의 여자를 바라보며 말했다.

"진짜 조 부장이랑 그렇고 그런 사이야? 근데 조 부장만 관둔 이유는 뭔데?"

"그게 미스터리하긴 해."

"조 부장 같은 실력파는 그만두고 왜 나 대리만 살아남았을까?"

"나 대리도 실력은 좋지, 그런데 월급은 조 부장보다 적고. 그러니 안 잘린 거지. 아닌가?"

"어쨌든 우리 회사에서, 아니, 내가 본 여자 중에 젤 예쁜 건 사실인 것 같아."

띵!

하늘의 시선이 대리석 바닥에서 엘리베이터의 문으로 향했다. 엘리베이터의 문에 비친 자신의 모습이 오늘따라 지쳐 보였다. 평소에 포커페이스를 잘 유지하고 있다 생각했는데 그건 그녀만의 착각이었던 것 같았다.

불안하게 떨리는 자신의 눈과 마주했다. 평소보다 긴장한 그녀의 어깨가 아파왔다. 짧은 순간이었지만 하늘의 머릿속엔 많은 생각이 교차하고 있었다.

하늘은 사람들의 시선을 한 몸에 받으며 안으로 들어섰다. 점심시간이 끝나는 시간이라 엘리베이터 안은 커피 향이 진동을 하고 있었다.

아까 그녀 뒤에서 그녀의 몸매를 훑어 내리며 험담을 하던 남자들을 비롯해서 언제나 사람들은 그녀의 모든 걸 궁금해했다. 조 부장의 사모가 회사에 찾아와서 한바탕 난리를 치고 간 후로는 더욱 심해졌다.

기획실까지 찾아온 조 부장 사모는 다짜고짜 그녀에게 와서 남편과 바람을 피웠다며 그녀의 머리채를 잡았었다. 너무 기가 막혀서 하늘은 반항 한 번 말 한마디 못하고 온전히 사모에게 머리채를 내주었다.

지금 생각해 보면 아니라는 말을 왜 제대로 하지 못했고 또 그녀가 그렇게도 잘하는 유도 기술을 하나도 쓰지 못했을까라는 의문이 들기도 한다. 멍하게 당하지 말고 철저하게 대응을 했어야 했는데.

회사 안이고 보는 눈도 많아서 정말로 당황했기 때문이었는데 사람들은 그런 그녀의 상태를 알아줄 리가 없었다. 네가 뭔가 찔리는 게 있으니까 그렇게 당하고만 있었겠지 하고 생각들을 하는 것 같았다.

하지만 그들만을 탓할 수도 없는 노릇이었다. 그녀가 제공한 얘깃거리는 그녀가 그들이라도 아주 재미있을 테니까 말이다.

유부남들과의 추문은 진실이든 아니든 이미 사내를 휩쓸고 지나갔다. 그게 진짜인지 아닌지는 사람들에게 중요하지 않은 듯했다. 모두들 손뼉도 마주쳐야 소리가 난다고 생각하는 모양이었다.

소문은 삽시간에 퍼져 갔다. 짜증이 날 정도로 빠르게 말이다. 오늘 남자들의 뒷담화는 그녀의 귀에 들리지도 않았다. 그 정도는 약과였다.

이놈의 회사 생활을 청산하고 싶은 마음은 가득했다. 하지만 오해도 풀리지 않은 이 상황에서 그만둔다면 사람들은 평생 그녀가 유부남과 바람을 피운 여자라고 생각할 것 같아 그녀는 꾹 참고 회사를 다녔다.

그녀가 예상치 못했던 것은 전혀 생각지도 않았던 사람이 그녀를 궁지에 밀어 넣었다는 것이다. 남자들이 많은 이곳에서 같은 여자라는 유대감만으로도 좋았던 후배가 그녀의 뒤통수를 사정없이 날려 버렸다.

곧 자신의 이 억울함을 꼭 풀 것이다. 그녀를 이렇게 궁지에 몰아녕은 인간들을 꼭 응징하고 말 것이다. 하늘은 이를 악물고 모든 걸 밝히고 사표를 속 시원하게 던질 그날을 위해 차근차근 준비를 하고 있었다.

"하늘, 안녕. 밥은 먹었어?"

본부장 비서실에 근무하는 은아가 웃으며 인사를 했다. 엘리베이터를 타기 전에는 못 봤는데 은아가 같은 엘리베이터에 타고 있었다.

"응."

하늘의 입사 동기이자 서른 살 같은 나이인 은아와는 스스럼없이 지내는 사이였다. 요즘 그녀의 소문이 좋지 않은 것을 생각하면 은아가 이렇게 말을 걸어주는 것도 고마웠다.

하지만 오늘 하늘은 점심을 먹지 않았다. 아니, 못 먹었다. 마음 같아서는 소주를 한잔하고 싶었는데.

"어디 가?"

"본부장실."

이게 다 본부장의 호출 때문이다. 오늘 갑작스런 본부장의 호출에 하늘은 정신이 가출을 한 상태였다.

그녀가 서른 살이 된 새해의 첫 출근날이자 본부장과 작년 마지막 날 밤을 보내고 처음 대면하는 날. 약간의 알코올과 호기심이 이런 사단을 만들어 버렸다.

본부장은 그녀가 자신의 부하직원인 줄 모르고 섹스를 했고 그걸 알고 나서부터는 그녀를 괴롭히기 시작했다. 아니, 지금부터 괴롭힐 예정일 것이다.

막상 이렇게 불려가니 너무나 두려웠다. 물론 남들 앞에서야 괜찮은 척은 하고 있었지만 본부장과 대면을 했을 때 어떨지는 자신이 없었다.

지난 인생을 돌아보면 남자들은 언제나 그녀에게 상처만 줬었다. 그러니 본부장도 예외는 아닐 것이다. 그날 밤은 실수였으니 잊어라, 또는 회사를 그만둬라, 등등 본부장의 말은 뻔할 것이다.

하늘 역시 그런 말을 듣지 않아도 그날 밤의 일은 실수라 생각하고 있었다. 이런저런 온갖 생각들이 머릿속을 헤집고 있다.

20, 21, 22…….

엘리베이터 숫자가 커질수록 하늘의 눈가가 마그네슘이 부족한 것처럼 떨렸다. 면접시험을 보기 전의 떨림처럼 하늘은 지금 극도의 긴장 상태였다.

34, 35.

띵!

어느 때보다 엘리베이터의 문이 천천히 열리고 마치 슬로우 모션처럼 사람들이 움직이고 있었다. 하지만 하늘은 도저히 발이 바닥에서 떨어지지 않았다.

"안 내려?"

그녀의 뒤에 서 있던 비서실 은아가 말했다.

"어? 내려."

"무슨 일 있어?"

"아니, 없어."

기계적으로 대답을 하는 하늘을 입사 동기인 은아가 아주 걱정스런 눈으로 바라보았다.

"창백해. 그날이야?"

그날보다 더한 날이야, 라고 말하고 싶었지만 그녀는 아무런 말도 할 수가 없었다.

"그런데 본부장실엔 웬일이야?"

그러게 말이다. 사람들이 그녀의 지금 상황을 듣는다면 기절할 텐데. 정말 여기서부터는 발이 떨어지지 않는다.

오늘따라 은아가 집요하게 묻고 있었다.

"너, 무슨 사고 쳤어?"

"······."

대답이 언뜻 떠오르지 않았다. 사고를 치긴 쳤다. 그것도 대형 사고를 말이다.

"불같은 우리 본부장님한테 다이렉트로 혼나야 하는 거야? 너희 과장님은 어쩌고?"

"……."

차라리 혼나고 말았으면 싶은 하늘은 자기도 모르게 한숨을 쉬었다.

"아이고, 일단 건투를 빈다."

은아는 이렇게 자기 할 말만 하고는 자신의 자리로 가버렸다. 그나마 엉뚱한 소리를 하고 있는 친구라도 옆에 있을 때가 좋았다.

"나하늘 대리, 빨리 들어가. 아까부터 찾으셨어."

본부장 비서실장인 이상우 실장이 앞에서 멍하게 서 있는 하늘을 불렀다.

"네, 갑니다."

하늘은 한숨을 한 번 쉬고는 적진을 향해 들어갔다.

똑똑!

친절한 이 실장이 직접 문을 두드려 주었다. 문이 열리고 드디어 본부장실에 들어간 하늘은 넋이 나간 듯이 본부장실을 쭉 둘러보았다. 궁금하기도 했지만 본부장과 마주 볼 생각을 하니 겁이 났기 때문에 시선을 다른 곳으로 돌렸다.

시선은 피했지만 심장이 미친 듯이 뛰는 건 어쩔 수 없었다. 기억 속 그의 손길이 아직도 그녀의 온몸에서 생생히 느껴지고 있었기 때문이다.

첫 남자, 그는 그녀의 첫 남자였다. 그것에 큰 의미를 두고 싶지는 않았지만 처음으로 느꼈던 그녀의 성적인 쾌감은 잊혀지지 않았다.

그의 손길에 신음하던 그날의 그녀가 지금 이 자리에 있는 것 같았다. 그와 같은 공간에 있다는 것만으로도 그녀의 아랫배가 찌릿해 오고 있었다. 숨이 막혔다. 그래서 더욱 그를 쳐다볼 수가 없었다. 눈을 들어 바라보면 그녀의 마음이 들킬 것 같았기 때문이다.

그러고 보니 혼자서 이곳에 들어온 적은 한 번도 없었다. 대리가, 그것도 본부장실에 다이렉트로 올 일이 없었기 때문이다. 주로 부장들이 오는 이곳에 한낱 대리가 불려온 것이다.

사무실을 나설 때 보았던 과장의 껄끄러운 얼굴이 떠올랐다. 하긴 이번에 한 번만 더 남자 문제를 일으켰다가는 과장 손에 잘릴 것 같았다. 조 부장 대행인 과장은 지금 조 부장이 그녀 때문에 그만뒀다고 대놓고 자신을 미워하고 있었다.

조 부장은 자신의 남자 부하직원들을 잘 챙기기로 유명했다. 그들을 데리고 마사지 숍도 가고 술도 자주 마시며 남자 상사로서 잘 지냈고 또 실적도 굉장히 좋아서 실력으로도 회사 직원들에게 평이 좋았다.

윤 과장은 자기 인생의 롤모델이라며 특히 조 부장을 잘 따랐었다. 그랬던 조 부장의 얼굴에 먹칠을 하고 회사까지 그만두게 만든 사람이 자신이라 생각하고 아주 싫은 티를 팍팍 내며 괴롭히고 있었다.

요즘 그녀를 향한 눈들이 특히 너무 많았다. 그런 때에 본부장실의 출입은 또 다른 소문을 만들어낼 수도 있었다. 뭐든 조심해야 했다. 하지만 이번에는 정말로 잘릴 일을 그녀 스스로 하고 말았으니……

생각이 많으니 본부장실 안에서 그녀를 향해 독사눈을 뜨고 있는 본부장의 얼굴이 이제야 그녀의 눈에 들어왔다. 아주 표독스러운 눈으로 그녀를 관찰하듯이 보던 본부장이 갑자기 의자에서 일어섰고 타이밍에 맞추어 등 뒤로 이 실장이 문을 닫았다.

쿵!

문이 닫히는 소리인지 그녀의 심장이 떨어지는 소리인지 그녀의 귀를 가득 울리는 소리가 들려왔다. 하늘은 그 자리에 그대로 얼어붙었다. 그가 성난 짐승의 표정으로 그녀를 향해 걸어오고 있었기 때문이다.

표범처럼 정확하게 먹이를 향한 느리고도 우아한 걸음걸이로, 언제 달려들지 모를 낮은 포복자세처럼 그는 서두름 없이 한걸음씩 그녀를 향해 오고 있었다. 그를 바라보며 입안이 마르고 호흡이 흐트러지고 있는 하늘이었다.

김건우, 대한백화점의 오너인 김근태 회장의 아들이자 본부장인 그는 하버드를 나온 재원으로 아르바이트로 모델 일을 할 만큼 멋진 외모의 소유자였다. 작년 세계에서 가장 섹시한 남자 랭킹에 이름을 올릴 정도로 여자들의 마음을 쥐락펴락하는 인물이었다.

　여자로서 큰 키의 하늘이었지만 190cm에 가까운 본부장은 그녀에게도 커 보이는 몇 안 되는 남자였다. 거기에 호리호리와는 거리가 먼 근육질의 역삼각형 몸매는 슈트를 입은 그를 더욱 압도적으로 만들었다. 그런 그가 성큼성큼 그녀에게 다가왔다.

　그의 잘생긴 얼굴은 조명을 등지고 있어서 그늘져 보였다. 하지만 쌍꺼풀이 없는 크고 날카로운 눈이 반짝이며 빛이 나고 있었다. 먹이를 쫓는 짐승의 눈빛이었다.

　"본부장님, 찾으셨……."

　빠르게 그녀의 허리를 낚아챈 그가 그녀의 입술을 자신의 입술로 덮어버렸다. 하늘은 그의 갑작스러운 키스에 반사적으로 저항을 했다. 그녀는 있는 힘껏 그의 가슴을 밀어냈지만 그는 꼼짝도 하지 않았다.

　하늘은 있는 힘껏 입을 다물며 고개를 틀었다. 자꾸만 전해지는 그의 짙은 페로몬 향이 저항할 힘을 잃게 하고 있었다. 어떻게든 그를 뿌리치고 싶었다. 아무리 유혹적이더라도 말이다.

　"이렇게 부끄러워할 단계는 지난 것 같은데? 입 벌려."

놀란 하늘이 어쩔 줄을 몰라 하고 있을 때 그가 그녀의 입술 위에 자신의 입술을 그대로 댄 채로 말했다. 그는 지금 하늘에게 화가 난 것 같았다. 아니면 자신에게 화가 났나?

지금 그를 피하기는 힘이 들 것 같았다. 이 방에서 소리라도 지른다면 또 다른 소문 하나가 만들어질 것 같았기 때문이었다. 하지만 그건 핑계에 지나지 않았다. 그의 키스가 그녀를 자꾸만 두근거리게 만들었다.

어쨌든 하늘은 그의 카리스마에 눌려 자신도 모르게 입을 벌렸다. 그의 혀가 미끄러지듯 그녀의 입안으로 들어와 마구잡이로 헤집고 있었다.

거친 키스였다. 그와 밤을 보냈던 그날도 그는 미친 듯이 화를 내며 그녀를 가졌다. 물론 그렇게 되도록 부추긴 건 그녀였지만 말이다. 그는 섹스하는 내내 짐승처럼 으르렁거렸다.

그의 한 손이 하늘의 가는 허리를 잡고 다른 한 손은 그녀의 뒷목을 단단히 잡았다. 꼼짝을 할 수가 없었다. 그의 단단한 가슴이 그녀의 가슴을 누르고 있었다. 심장 박동이 그대로 느껴졌다.

갑자기 미칠 듯한 갈증이 일었다. 그의 입술이 그녀의 입술을 탐하는데도 묘한 갈증이 느껴지는 하늘이었다. 더 깊이 그를 빨아들이고 싶었다. 하늘의 손이 그의 목을 감았다. 자신의 몸을 지탱하기 위함이라는 스스로의 변명하에 그녀는 본부장의 목을 끌어

안았다.

하늘의 아랫배가 찌릿찌릿했다. 그녀는 지금 처음으로 욕망이란 걸 느꼈다. 지난번에 눈을 뜬 욕망은 그라는 불을 만나 다시 활활 타오르고 있었다.

닿아 있는 둘의 입술은 빈틈없이 맞물려 있었고 입안의 혀는 정신없이 서로의 혀를 빙글빙글 돌리며 엉겨들었다. 숨을 쉴 수조차 없는 쾌락에 하늘이 빠져 들고 있었다.

허억헉!

"미칠 것 같아."

거친 호흡과 함께 그의 손이 그녀의 블라우스 안으로 들어와 브래지어를 위로 밀어 올리고 풍만한 가슴을 한 손 가득 잡았다.

"이렇게 나를 미치게 하는 여자는 없었어."

인정하기 싫다는 듯 그는 이를 꽉 물며 잇 사이로 말을 내뱉었다. 그의 숨결이 그녀의 귓가에 그대로 전달되었다.

본부장실에 들어오자마자 그녀와 본부장은 이렇게 한데 엉켜 있었다. 밖에서 사람들이 언제 들어올지도 모르는 상황인데 그의 손은 그녀의 가슴에서 나올 생각을 하지 않고 있었다. 그의 손가락이 욕망으로 단단하게 솟아 있는 그녀의 유두를 꼬집었다.

"아흐."

저도 모르게 신음 소리가 흘러나온 하늘은 스스로 자신의 입을 재빠르게 막았다.

"이렇게 밝히는 여자는 처음이야."

그의 다른 한 손은 그녀의 팬티 안으로 들어가 그녀의 여성을 쥐고 있었다.

"손이 다 젖을 지경이야."

"으~ 흡."

하늘은 이번엔 두 손으로 자신의 입을 막았다. 더 이상 소리를 냈다가는 밖에서 다 들을 것 같았기 때문이었다.

"소리가 새어나갈까 두려워?"

여전히 그녀의 가슴과 여성을 움켜쥐고 있는 그가 그녀의 귀에 이렇게 속삭였다. 그리고는 손가락 하나를 그녀의 젖은 질 안으로 밀어 넣었다.

"내 걸 넣고 싶어."

"으으흡."

여전히 입을 막고 신음을 참아내고 있는 그녀의 질 안을 손가락으로 휘저으며 그가 말했다. 정신을 차려야 했다. 이러다가는 정말로 사람들이 들어올 수도 있었다.

"그만해요."

하지만 그녀는 여전히 그의 손에 반응을 하고 있었다.

"뭐?"

"그만하시라고요."

그녀가 그의 가슴을 강하게 밀어냈다. 그래도 그의 단단한 돌덩이 같은 몸은 그녀에게서 떨어지지 않았다. 급기야 주먹으로 그의 가슴을 때리고 나서야 본부장이 그녀를 놓아주었다.

아주 기분 나쁘다는 듯이 그녀를 몸에서 떼어낸 본부장은 그녀의 양팔을 움켜잡고는 자신을 보게 했다.

"시작은 네가 한 거야."

"알아요."

하늘은 그의 팔을 뿌리쳤다. 그녀의 그런 행동에 화가 났는지 그의 인상이 더욱더 굳어갔다.

"그날 한 번뿐이었어요. 이렇게 수시로 원한 게 아니라고요."

그녀의 말에 그가 아주 가소롭다는 듯이 비웃으며 말했다.

"왜, 나의 서비스가 마음에 들지 않았나?"

"이제 그 서비스 필요 없어요."

질 수 없는 하늘이었다. 본부장이 아니어도 조 부장의 일 때문에 머리가 깨질 지경이었다.

"누구 맘대로. 시작은 나 대리 마음대로 했을지 몰라도 끝은 내가 내. 나 대리가 유부남들을 좋아하는 건 알지만 말이야."

그녀의 아픈 곳을 사정없이 후벼 파는 본부장이었다.

"앞으로 내가 나 대리를 찾을 동안은 행동 조심하는 게 좋을 거야. 내가 부를 때까지 기다려. 다른 놈들 만나지 말고."

본부장의 뜻밖의 강압적인 태도에 하늘은 놀랐다. 진짜 한 번 쿨하게 섹스를 하고 말 줄 알았다.

"본부장님 정도면 저같이 소문이 무성한 여자보다는 재벌집의 아름다운 아가씨들이 더 어울릴 것 같습니다."

"알아."

끝까지 겸손을 모르는 인간이었다.

"내가 애초에 술에 취해 여자에게 넘어간 게 잘못이었지."

"누구나 한 번의 실수는 할 수 있죠."

하늘은 옷매무새를 다듬으며 말했다. 본부장은 자신의 머리를 쓸어 올리며 그녀를 바라보았다.

"우리의 관계는 여기까지입니다."

그녀의 말이 끝나기가 무섭게 그가 맹수의 눈을 하고는 그녀의 턱을 한 손으로 아프게 잡았다.

"아니, 이 관계의 끝은 내가 내. 그리고 넌 날 건드리지 말았어야 했어."

하늘의 얼굴이 옆으로 돌아갈 정도로 그는 세게 놓았다.

"나가."

이런 걸 기대한 게 아니었다. 그와의 뜨거웠던 하루는 좋은 추억으로 남기고 싶었다.

하지만 그는 아닌 것 같았다. 그녀가 자신을 속였다고 생각하는 모양이었다. 뭔가를 노리고 그에게 접근했다고. 그러지 않고서는 이렇게 그녀에게 함부로 할 수가 없었다.

자존심이 상했다. 차라리 그녀를 본부장의 근처에도 오지 못하게 한다면 그렇게 할 수도 있었지만 그는 그녀를 계속해서 괴롭힐 생각인 것 같았다.

호흡을 한 번 가다듬은 하늘은 아무 일도 없었다는 듯이 본부장실을 나왔다. 이제껏 그녀를 괴롭혔던 것보다 더한 게 그녀를 찾아왔다. 두려웠다. 하지만 누구에게도 그녀가 표범의 먹이가 되었다는 걸 말할 수 없었다.

1

또각, 또각, 또각.

하이힐 소리가 대한백화점 본사의 넓은 로비를 울리고 있었다. 오늘은 다른 날보다 로비에 사람들이 적었지만 언제나처럼 그녀가 움직일 때마다 사람들의 시선은 그녀에게 향했다. 다른 여자들에 비해 머리 하나는 큰 키 때문에 그녀는 가만히 있어도 눈에 띄었다.

"지금 퇴근하십니까?"

보안요원이 퇴근하는 그녀를 보며 밝게 인사를 했다. 하늘은 미소로 답했지만 속마음은 제발 모른 척해주길 바랐다.

대학 졸업 후부터 남자들은 그녀만 보면 나사 하나가 빠진 것처럼 웃었다. 그래서 퇴근 후에 집으로 가는 길은 언제나 불편했었다. 그녀를 쳐다보는 시선이 불편했고 좋지 않았다. 키가 큰 게 죄가 아닌데 그녀는 항상 이렇게 눈에 띄는 자신이 싫었다.

하늘은 의외로 자신의 미모 때문에 그들이 자신을 넋을 놓고 본다는 걸 인지하지 못했다. 그녀는 자신이 예쁜지 알지 못했다. 그 이유 중에 하나가 너무나 예쁜 언니 때문이었다.

하늘은 특별한 일이 없으면 같은 회사 홍보실에 근무하는 친언니와 퇴근을 같이 했다. 주로 지하 주차장에서 만나는데, 오늘 오전에 언니 차 옆에 윤 과장이 차를 세우는 바람에 이렇게 밖에서 만나게 되었다.

"하늘아."

은색 아우디가 그녀 앞에 섰다. 언니의 애마이자 그녀의 통근차였다. 차창을 열며 미소 짓고 있는 언니는 하늘이 생각하기에 세상에서 가장 예쁜 사람이었고, 그런 언니가 그녀에겐 미의 기준이었다.

하늘은 언니보다 자신이 더 사람들의 시선을 끌 만큼의 미인이라는 사실을 알지 못했다. 예쁜 인형 같은 언니와 섹시함이 넘치는 하늘은 자매지만 너무 달랐다.

언니가 매일 출퇴근을 시켜주는 게 항상 미안했다. 자신도 차를 사고 싶었지만 솔직히 그럴 능력은 없었다. 그렇다고 다 커서 부모님께 손을 벌릴 수도 없는 노릇이었다.

언니는 경제적인 자립을 했지만 하늘은 아직 그러려면 멀었다. 자신을 가꾸기에도 그녀의 월급은 모자랐다.

"오늘은 괜찮았어?"

"응."

나바다, 서른다섯 살이라는 나이가 믿어지지 않을 만큼 동안인 언니는 어릴 때부터 예쁘다는 소리를 듣고 살았다. 165cm의 적당한 키에 완벽한 몸매는 어릴 때부터 항상 부러웠다. 어떻게 같은 배에서 나왔는데 그녀는 아빠를 언니는 엄마를 빼닮았다.

그녀의 아버지는 국가대표 출신의 고등학교 축구 감독으로 옛날 사람치고는 상당히 키가 크셨다. 게다가 아빠의 운동신경까지 그대로 물려받은 하늘이었다.

어릴 때부터 뭘 시켜도 남자아이들보다 잘했다. 달리기도 빨랐고 힘도 좋았다. 거기에 초등학교 때가 지금의 키였으니 남들보다 머리 하나는 컸었고 엄마의 지극정성 식단으로 정말로 뚱뚱하면서 거대했었다.

예쁘다는 소리만 듣고 자란 언니와는 달리 하늘은 어릴 때부터 아들로 태어났어야 하는데 아깝다는 소리를 귀에 못이 박힐 정도로 듣고 자랐다.

언니는 대한백화점의 홍보실 부장이다. 하지만 둘이 자매인 건 회사에서 아무도 몰랐다. 전혀 닮지도 않았을 뿐만 아니라 괜히 자매라는 얘기가 돌면 안 좋을 것 같아서 입사 초기부터 숨겨왔던 게 지금까지 이어져 왔다.

처음에는 입사 특혜라는 소리가 나올까 봐 숨겼었다. 언니가 신입사원을 뽑는 업무부서에 있었기에 혹시라도 피해가 갈까 싶은 마음이었다. 지금은 입사 후 그녀에게 벌어진 수많은 일들 때문에 오히려 더 철저하게 숨기게 되었다.

"얼굴 표정이 안 좋은데 빨리 불어."

언니는 조 부장의 일 이후로 그녀에 관한 일에 굉장히 예민해했다. 하나뿐인 동생이 그 망신을 당했는데 가만히 있을 언니가 아니었다. 조 부장이 그만둘 때 언니도 그녀를 도왔었다. 그런 언니가 이렇게 그녀의 기분을 살필 때면 미안한 마음이 더 들었다.

"아니야."

오늘 본부장실에서 있었던 일은 아무에게도 말 못할 것 같았다.

"너, 지난번 연말 파티 때 집에 안 들어오고 나서부터 이상해. 진짜 소희 집에서 잤어?"

"몇 번을 말해."

"네 일이니까 뭐라고 안 하겠다마는 그렇게 외박하는 거 엄마가 알면 안 좋아해."

"알았으니까 그만해."

하늘은 자신도 모르게 언성을 높였다.

"미안."

하늘은 얼른 사과를 했다. 언니가 받아줄 때는 받아줘도 혼을 낼 때는 무섭게 혼을 냈기 때문이었다.

"그래, 일단은 넘어간다."

다섯 살 나이 차이가 나서 그런지 언니가 아니라 어쩔 때는 엄마 같았다.

"엄마 아빠 여행 갔다가 오늘 오시는 날 아니야?"

"오셨어. 아까 통화했거든."

매년 12월 달에 아빠는 항상 따뜻한 나라로 전지훈련을 가셨다. 아빠가 학생들을 데리고 필리핀으로 전지훈련을 간 김에 이번에는 엄마가 같이 동행을 하셨다. 처음 있는 일이었다. 항상 아버지는 학생들과 매일같이 훈련을 하셨기 때문에 엄마와의 여행은 거의 상상도 하지 못했는데 이번에는 두 분 다 큰마음 먹고 여행을 계획하셨다. 물론 언니의 입김이 가장 크게 작용했지만 말이다.

"엄마!"

집에 도착하자마자 엄마부터 찾은 하늘은 영락없이 막내딸이었다.

"하늘아!"

엄마도 이런 하늘을 보고는 버선발로 달려와서 안아주었다.

"누가 보면 이산가족인 줄 알겠어."

언니가 엄마와 하늘을 보며 무심한 듯 말했다. 엄마가 언니를 스물한 살에 낳아서 그런지 언니와 엄마는 모녀 사이라기보다 자매 같았다.

"바다가 부러워서 그래."

엄마가 언니는 본체만체하며 하늘의 엉덩이를 토닥였다.

"이거."

언니가 손에 든 봉투를 내밀었다.

"이게 뭐야?"

"우리 저녁밥. 내가 밥하지 말라고 했잖아."

툴툴거리지만 언니는 챙길 건 다 챙기는 사람이었다. 엄마가 여행 다녀와서 밥하는 게 힘이 들까 봐 저녁을 사온 것이었다.

"뭐야? 족발이네."

엄마가 제일 좋아하는 음식이었다.

"우리 바다하고 하늘이 왔구나."

아빠가 샤워를 마치고 트렁크 팬티 바람으로 욕실에서 나왔다.

"아빠!"

"왜?"

언니가 소리를 지르자 아빠가 더 놀란 표정이었다.

"여긴 남자들만 있는 숙소가 아니라고요. 전지훈련은 끝났으니까 옷 입고 나오세요."

"까다롭긴."

이렇게 말하면서도 아빠는 언니의 말을 들었다. 집에서 가장 까다로운 인간이 바다 언니였다.

"엄마, 재미있었어?"

하늘은 엄마 옆에 딱 붙어 앉아서 물었다.

"응, 아빠가 여기 있을 때보다 아주 잘해줬어. 밥도 다 자기가 하고."

"엄만 여기서도 안 하잖아."

족발을 먹으며 바다 언니가 말하자 엄마가 언니를 째려봤다.

"사람이 나이가 들어서도 진실되게 살아야지."

언니의 연타석 공격에 엄마가 들고 있던 족발로 언니의 머리통을 쳤다.

"아!"

"시끄러."

언니와 엄마의 격한 애정표현이었다.

"그나저나 엄마 없는 동안 밥들은 잘 챙겨 먹었어?"

엄마와 바다 언니가 티격태격하는 동안 아빠가 그녀에게 물었다.

"응."

"별일은 없었고?"

"마지막 날 하늘이 집에 안 들어왔어."

얄미운 언니가 톡하고 끼어들어 그녀의 외박을 일러바쳤다.

"뭐?"

"그게 아니고 술을 많이 마셔서 소희 집에서 잤어."

엄마가 의심스러운 눈초리로 하늘을 바라보았다.

"어째 수상한 냄새가 나."

"엄마도 그렇지?"

이번에는 둘이 연합작전을 펼치고 있었다.

"아니라니까!"

하늘이 소리를 질렀지만 둘은 계속 하늘을 의심스러운 눈초리로 쳐다보고 있었다.

"나 안 먹어."

"알았어. 알았어. 누가 우리 딸을 건드리는 거야."

잠자코 옆에 앉아서 족발과 소주를 마시던 아빠가 일어나는 하늘의 손을 잡아서 다시 앉혔다.

"그만들 해. 애 먹지도 못하게. 너도 빨리 먹어. 안 그래도 바람이 불면 날아갈 것 같은데."

"알았으니까 하늘이 얼른 먹어. 진짜 요즘 뼈밖에 없어."

엄마의 말에 하늘이 족발을 들었다.

"어렸을 때는 참 예뻤는데 크더니 볼품이 없어졌어."

언니가 걱정 어린 표정으로 그녀를 보며 말했다.

"왜, 내가 90kg은 나가야 만족하겠어?"

"응."

세 명이 동시에 답했다.

"그게 말이 된다고 생각해?"

"응."

하여튼 못 말리는 사람들이었다.

"그때는 통통하니 귀여웠는데 쓸데없이 다이어트한다고 하더니 영 볼품이 없어졌어."

"그건 통통한 게 아니라 뚱뚱한 거야. 건강 기록부에 고도 비만이었다고. 내가 전교에서 제일 키 크고 제일 통통했다고."

"그때가 더 귀여웠던 건 사실이야. 그때는 어렸기 때문에 더 그랬겠지만."

언니의 말에도 기분이 좋지 않았다.

"나도 서른이야. 어른이라고."

"알아, 어릴 때 예뻤다는 거지. 지금도 너무 빼지 말라는 거고. 요즘 다들 다이어트에 신경들을 쓰는데 너무 다이어트하면 골다공증 일찍 온다."

"아빠, 아빠는 내가 시집도 못 갔으면 좋겠어?"

"그냥 아빠랑 살자."

"내가 말을 말아야지."

하늘은 집안에서 귀여운 막내로 모두의 사랑을 한 몸에 지겹도록 받고 있었다. 고마운 줄은 알지만 그래도 이렇게 말도 안 되는 얘기를 할 때면 정말 화가 났다.

"더 먹어."

"됐어. 그냥 잘래. 그리고 많이 먹었어."

"앉아."

아빠가 다시 그녀의 손을 잡고 앉히는 바람에 그녀는 배가 터지게 먹고 또 먹었다. 음식의 유혹은 어쩔 수가 없었다. 그녀도 사람이었다.

10시가 넘어서야 방으로 돌아온 하늘은 화장만 지우고 트레드밀에서 뛰기 시작했다. 이제는 이렇게 하지 않으면 불안해서 잠이 오지 않았다. 10년에 걸친 오랜 습관이었다.

"헉헉, 내가 먹는 게 아니었어."

달리기를 한 시간을 하고 나니 몸이 가벼워진 느낌이었다. 복근 운동을 30분 정도 하고서야 하늘은 욕실로 들어가 샤워를 했다.

쏴아아~

따뜻한 물줄기가 그녀의 몸을 타고 흘러내렸다. 그녀의 완벽한 복근은 꾸준한 운동에서 비롯된 것이었다. 하지만 쏟아지는 물줄기 아래서 하늘은 한참을 멍하게 있었다.

그녀의 첫사랑인 사람에게 남동생으로 취급을 받고 나서부터 그녀의 이런 무식한 운동이 시작되었다. 식사 조절과 다이어트에 좋다는 식이요법까지 그녀의 눈물 나는 노력은 지금도 계속되고 있었다.

"내 동생 하자."

"난 소희가 좋아. 예쁘잖아."

"내가 별 얘기를 다한다. 아마 네가 남동생 같아서 그럴 거야."

아직도 귀에 선명하게 들리던 그의 말이 하늘의 가슴에 맺혀 있었다. 예전에는 아름다워지면 아주 행복할 거라는 생각을 할 때가 있었다. 하지만 그녀가 기대했던 것처럼 행복한 삶을 주지는 않았다.

욕실에서 나온 하늘은 거울 앞에서 온몸에 바디 용품들을 바르기 시작했다. 예전에 튼 살들은 돈을 벌어 수술을 해서 어느 정도 정리가 되었지만 그래도 안심이 되지 않아서 이렇게 목욕을 하고 나면 좋다는 화장품은 다 발라야 안심이 되는 하늘이었다.

침대에 누운 하늘은 말없이 천장을 올려다보았다. 매일 밤 이렇게 혼자 있을 때면 하늘의 머리는 너무나 복잡했다. 자신과 관계

된 일련의 사건들이 그녀의 머리에서 떠나지 않기 때문이었다.

예뻐지면 다시는 좋아하는 남자가 돌아서는 일이 없을 거라 생각했던 건 그녀의 착각이었다. 그녀가 사람들로부터 예뻐졌다는 소리를 듣고 나서부터는 유부남이거나 양다리를 걸친 인간들의 접근이 많았다. 그렇게 그녀의 바람과는 전혀 상관없이 그녀는 스캔들 메이커가 되어 있었다.

하지만 이제 본부장과의 일까지 추가가 되었으니 그녀의 머릿속은 터지기 일보 직전이었다.

"악~!"

베개에 얼굴을 묻고 하늘은 소리를 질렀다. 그러자 머리가 빙글빙글 돌았다. 이게 다 평범하게 살고 있는 그녀를 이렇게 만들어 놓은 10년 전의 일 때문이다. 그냥 남들처럼 다른 사람들의 눈에 띄지 않고 그냥 평범하게 사는 게 소원인 그녀였는데 그날의 일이 그녀를 이렇게 만들었다.

매일 밤 그녀의 꿈속을 지배하는 10년 전의 그날이 하늘은 원망스러웠다. 이리저리 뒤척이다 하늘의 눈이 스르르 감겼다. 오늘도 꿈 요정은 그녀를 10년 전 그날로 인도할 것이다.

그녀의 눈에 보이는 건 10년 전 그날의 설렘 가득한 그녀의 모습이었다. 우리나라 최고의 대학인 한국대에 입학한 지 얼마 되지 않아 그녀는 신입생 오리엔테이션을 양평의 한 연수원으로 떠났다.

경영학부의 인원이 생각보다 많아 10대가 훨씬 넘는 버스가 출발했다. 하늘은 고등학교의 지긋지긋한 공부의 굴레에서 벗어나 이렇게 대학생활을 만끽할 수 있다는 게 너무나 좋았다.

생각보다 빠르게 친구도 사귀고 대학의 첫 단추를 끼운 것치고는 성공적이라 할 수 있었다.

"하늘아, 완전 좋다. 그치?"

옆에 앉은 소희는 자그마하고 예쁜 데다가 성격도 좋은 아이라서 금방 친해질 수가 있었다.

"응, 집을 벗어난다는 게 아주 좋아. 그 흔한 가출 한 번 없이 얼마나 바르게만 살았는데, 대학생활은 문란하게 할 거야."

하늘은 두 주먹을 불끈 쥐었다.

"뭐? 하하하."

웃는 것도 어쩜 이렇게 예쁜지. 하늘은 알게 된 지는 얼마 안 됐지만 소희가 너무나 마음에 들었다.

"도착했다."

버스에서 내려 소희와 함께 숙소로 이동하려는데 누군가 그녀의 등을 쳤다. 그것도 제법 세게 쳤다.

"이봐, 신입생. 이거 들고 들어가야지."

"네?"

"저기 안 보여? 남학생이 이 정도는 해야지. 이거 들고 가."

하늘은 멍한 표정으로 선배로 보이는 남자가 준 짐을 들었다.

"선배님."

소희가 뭐라고 말하려고 했지만 하늘은 너무나 창피해서 그냥 그 짐을 들고 성큼성큼 숙소로 향했다.

"하늘아."

이렇게 기분이 묘했던 적은 없었다. 어릴 때부터 그녀는 유난히 큰 키 때문에 운동선수로 주목을 받았었다. 초등학교 때는 축구로 중학교 때는 유도로 그녀는 꽤 이름을 알렸지만 고등학교 입학 전에 큰 부상으로 운동을 그만두었다. 덕분에 고등학교 때의 몸무게는 90kg이 넘었었다.

먹는 양은 운동할 때와 똑같은데 운동을 안 하니 살이 찔 수밖에 없었다. 그래도 대학에 합격하고는 열심히 운동을 해서 10kg을 뺐는데도 아직 그녀의 뒤태는 남자였다. 이런 오해를 받는 건 한두 번이 아니었는데 이렇게 직접적으로 남자로 대한 건 처음이었다.

솔직히 지금 그녀는 커트 머리에 검은 뿔테 안경을 쓰고 청바지에 검정색 오리털 파카를 입고 있기도 했지만, 남자들도 놀랄 만한 넓은 어깨와 청바지가 터질 듯한 허벅지는 남자가 봐도 훌륭한 근육질의 몸이었다.

"괜찮아?"

"응."

소희에게 그렇다고는 말했지만 기분이 좋지는 않았다. 2박 3일 동안 얼마나 많은 일이 그녀에게 생길지 하늘은 벌써부터 걱정이었다.

"짐 정리 대충하고 모두들 강당으로 모여."

선배로 추정되는 여자가 이 말만 남기고는 사라졌다. 같은 방을 쓰게 된 아이들은 모두 예뻤다. 누가 공부 잘하는 애들이 못생겼다고 했는가? 같은 방을 쓰는 아이들은 진짜 신입생들 중에 퀸카들만 뽑아놓은 것 같았다. 성격들은 또 어찌나 좋은지 모두들 그녀에게 잘해주었다. 그래도 하늘이 보기에는 소희가 제일 예쁜 것 같았다.

"하늘아, 가자."

하늘은 고등학교 때의 친구처럼 소희의 손을 잡고 강당으로 들어갔다. 그들이 들어가자 모두가 그들을 쳐다보고 있었다. 여자들은 안심하는 시선이요, 남자들은 하늘을 아주 경계하는 눈빛으로 보았다.

"저기 앉자."

아까 방 친구들이 앉아서 손을 흔들었다. 하늘이 그들 사이에 앉자 괜한 느낌일까? 다른 사람들이 좋지 않은 시선을 보내고 있었다. 괜한 느낌이라고 생각한 하늘은 레크리에이션에 거의 몰두를 하느라 지금의 상황을 잊어버렸다.

"이런 건 초딩 때 이후로 처음이다."

하늘은 자신이 그동안 얼마나 치열하게 살았는지를 절실하게 느끼고 있었다. 운동을 못 하게 되고부터 그녀는 운동 대신 미친 듯이 공부만을 했었다. 그래서 솔직히 고등학교 때의 추억이 거의 없었다.

"자, 이번에는 맥주 한 박스가 걸린 팔씨름 대회입니다. 요즘 같은 평등사회에 남자 여자가 어딨습니까? 모두 한 판씩입니다."

"우~"

여자들의 야유가 곳곳에서 울렸지만 사회자는 끄떡없었다.

"지금은 엿장수 마음입니다. 오늘 밤 맥주의 주인공은?"

우르르 사람들이 나갔다.

"하늘아, 맥주는 우리의 것이다."

레크리에이션으로 업이 된 하늘은 자신도 모르게 벌써 남자들 사이에 줄을 섰다.

"나하늘 파이팅!"

같은 방 식구들의 환호에 힘입어 하늘은 첫판을 거뜬히 이겼다. 남자라고는 하는데 힘이 어지간히 없었다. 이렇게 두 번째, 세 번

째를 이기고 결승까지 간 하늘이었다. 남자들의 힘이 별게 아니었다.

그리고 기어이 하늘은 1등을 하고야 말았다. 맥주 한 박스가 뭐라고 열 명도 넘는 남자들을 다 넘긴 것이다.

"나하늘 군이 여학생들의 우상이 된 순간입니다."

나하늘 군? 사회자가 분명 그렇게 말했지만 하늘은 상관이 없었다. 병맥주 한 박스를 가뿐히 든 하늘은 소희가 있는 쪽으로 향했다.

시간이 흐르고 신입생들의 통과의례인 술을 마시는 시간이었다. 커다란 양푼에 막걸리부터 종류별로 술을 다 따라 넣은 후에 술을 돌리기 시작했다.

술이 들어가자 모두들 나사가 풀려 제정신이 아니었다. 소희는 안 그래도 약한데 술까지 약해서 그녀의 옆에 완전히 쓰러져 버렸다.

"하늘아, 사랑한다."

쓰러져서도 헛소리를 계속하고 있었다. 같은 방 아이들도 모두 술이 떡이 되긴 마찬가지였다. 일단은 다 챙기는 건 불가능했고 하늘은 우선 방바닥에 절을 하고 있는 소희부터 챙기기로 했다.

남자들 중에 몇몇도 거의 기절 상태였다. 강당 안에 술 냄새와 구토 냄새가 가득했다. 그래도 그냥은 나올 수가 없어서 하늘은 일단 사람들의 시선이 다른 곳으로 가 있을 때 얼른 소희를 업고 숙소로 향했다. 강당과 숙소는 다른 건물이라서 꽤 거리가 있었다.

"한소희 이렇게 떡 될 거면 다시는 술 마시지 마라."

그녀의 등에 업혀 축 처진 소희에게 구시렁거리며 하늘이 가고 있었다. 술에 취한 사람은 무겁다더니 작고 마른 소희가 이렇게 무거울 줄은 몰랐다.

"잠깐."

누군가 그녀를 뒤에서 불렀다. 나무 사이에서 남자들이 튀어나왔다.

"거기 여자 놓고 가지."

옷을 보니 경영학부 단체티를 입고 있었다.

"네?"

술이 취한 선배 몇 명이 하늘을 둘러쌌다. 낄낄거리며 서로에게 뭐라고 말을 하던 그들은 분명히 아까 강당에서 본 사람들이었다. 사람이 많았지만 그들이 자꾸 소희를 쳐다보며 히히덕거려서 소희가 그녀에게 기분이 나쁘다는 말을 했었다.

"놓고 가라는 말 안 들려? 아님 너도 같이 재미 좀 볼래?"

"지금 취하셨어요."

"우리 안 취했는데?"

그렇게 말을 하며 한 놈이 그녀의 등에 업혀 있는 소희의 어깨를 만졌다. 하늘은 정신이 번쩍 들었다. 이놈들은 사람이 아닌 짐승들이었다.

"취하긴. 아, 네가 혼자 재미 보려고 했는데 우리가 끼어든 거야?"

이게 무슨 소린지 하늘은 이해할 수가 없었다.

"윽!"

그중 하나가 갑자기 하늘의 배를 주먹으로 쳤다. 하늘은 등에 업고 있던 소희와 함께 옆으로 쓰러졌다. 맞은 배가 너무 아파 숨도 쉴 수가 없었다. 하늘이 운동을 좀 했다고는 하지만 이렇게 직접적으로 맞은 건 처음이었다.

"여자친구냐?"

하늘은 그제야 상황을 파악했다. 이들은 하늘을 남자로 생각하는 모양이었다. 어쨌든 이대로 놔두었다가는 소희가 큰일을 당할 것 같았다.

"그래, 여자친구를 이렇게 두고는 못 가지."

하늘은 한 번도 이렇게 남자들과 싸워본 적이 없었다. 여태 그녀의 덩치를 보고 덤비는 남자들은 없었기 때문이었다. 하늘은 자리에서 일어나 그들을 쏘아보았다.

"어쭈, 여자냐? 째려보게."

한 놈이 그녀의 눈빛을 비웃었다. 아무래도 자신들의 숫자가 우위다 보니 그녀를 아주 우습게 보는 것 같았다.

"덤벼."

"어쭈, 덤벼? 그렇게 원하면 네가 덤벼. 덩치는 산만 한 게 여자처럼 구네."

남자가 하늘이 덤비라는 소리를 하자 낄낄거리며 웃었다. 하늘은 한 놈만 잡자는 생각으로 제일 작은 체구의 남자의 멱살을 잡아 자신의 현란한 유도 기술을 선보였다. 일단 옷만 잡히면 뭐든 넘기는 하늘이었다.

오랜만에 한 유도 기술이었지만 녹슬지는 않았다. 그녀의 날쌘 동작에 남자는 바닥에 쓰러졌고 나머지 두 남자도 움찔했다. 하지만 하늘의 바람대로 도망가기는커녕 그들이 동시에 그녀에게 덤벼들었다.

"유도 좀 해?"

이렇게 말을 하며 남자 둘이 동시에 달려들어 그녀를 잡으려 했다.

"아니, 태권도도 해."

이렇게 말하며 발차기로 다가오는 남자의 복부를 가격했지만 다른 놈에게 몸을 잡히고 말았다.

"이거 안 놔?"

격하게 저항을 했지만 남자의 힘을 당해낼 수가 없었다, 그 순간이었다. 남자가 거짓말처럼 그녀의 몸에서 떨어지더니 땅바닥에 내리꽂혔다. 그리고 다른 한 놈도 다른 남자가 때려눕히고 있었다. 다른 사람이 하늘을 돕자 그들은 꽁무니가 빠지게 도망을 쳤다.

"괜찮아?"

남자는 하늘의 등을 토닥거리며 그녀에게 괜찮은지를 물었고 하늘은 남자가 정말 백마 탄 왕자같이 생겼다고 느꼈다. 하늘은 목이 메어서 말이 제대로 나오지 않았다.

"놀랐어?"

하늘이 고개를 끄덕이자 그가 웃었다.

"여자가 남자들하고 그렇게 싸우면 안 되지."

그는 하늘이 여자임을 단번에 알아차렸다. 생긴 것도 너무나 멋진 남자가 그녀를 여자로 알아봐 주니 너무 감동적이었다. 여자를 여자로 보는 게 당연한 일인데 오늘 하늘의 하루는 그렇지 못했었다. 그래서인지 그의 이 한마디가 하늘의 마음을 송두리째 빼앗아 버렸다.

"어떻게 제가 여잔 줄……."

정말 궁금해서 하늘이 물었다.

"남자는 브래지어를 안 한다."

그가 그녀의 등을 토닥거릴 때 안 모양이었다. 조금 실망스러웠지만 그래도 나쁘지 않았다. 부탁하지도 않았는데 그가 바닥에 누워 있던 소희를 등에 업었다.

"숙소는?"

"……"

너무 그를 넋을 놓고 보고 있었는지 대답을 바로 하지 못했다.

"숙소가 어디냐고?"

"저, 저기요."

하늘은 놀라서 말까지 더듬으며 겨우 말했다.

"신입생 환영회는 이게 문제야. 술이 떡이 돼야 끝을 맺거든."

"선배님이세요?"

"아니."

"그럼, 동네 주민?"

하늘은 이 잘생긴 남자에게 관심이 생겼다. 뭐 하는 사람일까? 하늘은 자신이 이렇게 터프한 남자에게 끌린다는 걸 오늘 처음 알았다.

남자는 소희를 숙소에 데려다 놓고는 사라졌다. 이름도 밝히지 않은 채 말이다.

어수선하던 신입생 환영회가 끝이 나고 아무 일 없었다는 듯 캠퍼스의 일상으로 돌아왔다. 그녀를 공격했던 사람들은 결국은 찾지 못했다. 어둡고 술이 취한 상황이라서 제대로 알 수가 없었다. 큰일이 일어나지 않은 것만으로도 감사할 지경이었다.

사건 다음 날 이 사실을 안 소희는 그녀를 붙들고 고맙다는 인사를 천 번은 한 것 같았다. 그렇게 그들의 일상은 새내기의 설렘으로 가득 차게 되었다. 소희와는 더 각별한 사이가 되었고 그들의 우정은 흔들릴 것 같지 않았다.

그날 이후 하늘의 머릿속에는 그날 소희와 그녀를 구해준 남자로 가득했다. 꼭 한 번 만나고 싶었다. 그러던 어느 날 도서관에서 나오던 그들 앞에 그 남자가 나타났다. 마치 드라마의 한 장면처럼 말이다. 하늘은 그때부터 그 남자를 짝사랑하게 되었다. 운명을 믿지는 않았지만 마치 운명과도 같은 만남이었다.

그는 하늘의 예상대로 그들의 선배로 군 복무를 마친 복학생이었다. 이름은 김시우였고 밝은 곳에서 보니 그렇게 남성적인 인상의 남자는 아니었다. 오히려 꽃미남에 가까운 모습이었다. 키도 하늘과 비슷했고 덩치는 오히려 하늘보다 작았다. 하지만 그날 밤 그의 남자다운 모습을 본 하늘은 속으로 짝사랑을 키워갔다.

"하늘아, 오늘 술 한잔할까? 내가 살게."

"소희는요?"

"너만 와."

어느 날 갑작스러운 선배의 데이트 신청에 하늘은 마음이 설레었다. 그래서 아무에게도 말을 하지 않고 저녁에 선배와 함께 막걸리 집에 갔다. 선배와 나란히 걷는데 정말 심장이 튀어나올 것 같은 하늘이었다.

"비싼 거 못 사줘서 미안."

"아니에요."

가격이 중요한 게 아니었다. 이렇게 둘만의 시간을 가질 수 있다는 게 하늘은 너무나 좋았다.

"오늘 무슨 일 있어요?"

막걸리만 마시고 있는 선배에게 하늘은 넌지시 물었다. 너를 좋아해, 라던가. 우리 사귈까? 등등 수많은 말들이 그녀의 머릿속을 어지럽게 만들고 있어서 어느 정도 정리가 필요했다.

"어, 사실은……."

선배의 얼굴이 붉어졌다. 절대로 술에 취해서 붉어진 게 아니었다. 이를 바라보는 하늘도 얼굴에 열기가 돌았다.

"뭔데요?"

시간이 길어지자 하늘은 속이 터져서 죽을 것 같았다. 하지만 이렇게 부끄러움을 타는 선배의 모습을 보는 것도 나쁘진 않았다.

"사실은 나 소희 좋아한다."

"……."

순간 하늘은 자신의 귀를 의심했다. 이름이 틀렸다. 하늘이라고 해야 하는데 선배는 소희라고 한 것 같았기 때문이었다. 하늘이 노랗다는 말은 이럴 때 필요한 것이었다.

"소희랑 잘되게 네가 도와줬으면 좋겠어."

"……."

"놀랐지?"

놀라다 뿐인가 지금 하늘은 자리를 박차고 나가서 울 뻔했다. 그래도 다행인 건 소희에게 선배를 좋아한다는 말을 하지 않은 것이었다. 그나마 자신만의 비밀로 숨겨두었던 게 얼마나 다행인지 몰랐다.

"도와줄 거지?"

아무런 말 없이 탁자 위의 술잔만 만지작거리는 하늘에게 선배가 물었다.

"그럼요. 도와드려야죠. 그런데……."

생각보다 하늘은 쉽게 정신을 차렸다.

"소희의 어떤 면이 그렇게 좋았어요?"

"예쁘고 착하잖아."

흔한 대답이었다. 남자가 여자를 좋아하는 이유는 꼭 예쁘고 착하다였다. 그녀처럼 안 예쁘고 억세 보이는 여자는 그 누구의 예쁘고 착한 여자가 될 수가 없는 것이었다.

"이제부터 형이라고 불러."

오빠가 아니라 형이라고 부르라는 그의 말에 하늘은 원망스러운 눈으로 그를 바라보았다.

"처음 봤을 때부터 넌 내 동생 같았어. 남자들을 땅바닥에 내리꽂던 모습은 잊을 수가 없지. 얼른 한잔해."

선배는 그녀의 마음을 후벼 파는 말만 골라서 했다. 하지만 그게 사실이니 뭐라고 토를 달 수도 없었다. 그렇게 하늘은 처음으로 짝사랑하던 사람을 보냈다. 친구의 품으로 말이다.

그 후 하늘은 결심을 했다. 남자들이 원하는 착하고 예쁜 여자가 한번 돼보겠다고, 그래서 자신도 이렇게 가슴 아픈 짝사랑은 하지 않겠노라고 말이다.

늘 이런 식이었다. 그녀는 미팅을 나가도 언제나 폭탄취급을 받았고 그녀의 성격이 좋다고 접근한 사람들도 알고 보면 다 소희에게 관심이 있었다.

소희와 선배가 그녀 옆에서 히히덕거리며 커피를 마시고 있는 이 장면이 나오면 거의 꿈에서 깰 시간이었다.

10년 동안 한 번도 거르지 않은 이 지겨운 꿈은 그녀가 일어날 시간도 말해주고 있었다. 그들이 그녀의 눈에서 점점 멀어지며 하늘은 엉덩이에 강한 열기를 느꼈다.

짝!

"일어나."

"으으응."

"애야? 얼른 일어나. 빨리 밥 먹고 가. 언니는 준비 다하고 앉아 있어."

엄마가 오랜만에 그녀의 엉덩이를 때리며 깨우고 있었다.

"알았어. 5분만."

"나하늘, 지금 나간다."

언니의 목소리에 하늘은 일어나서 서둘러 샤워를 하고 밥을 먹었다. 맨얼굴로 언니의 차에 오른 하늘은 메이크업 파우치를 열고는 화장을 하기 시작했다.

"넌 내가 이렇게 데려다 주지 않으면 어디서 화장을 하냐?"

"버스, 지하철."

"대단하다. 움직이는데 그게 되니?"

언니는 그녀가 차 안에서 하는 신기에 가까운 메이크업 실력에 혀를 내둘렀다.

"신공이야."

"인정한다."

언니는 그녀가 아무렇지 않게 눈썹을 그리자 고개를 살래살래 흔들었다.

"요즘은 조 부장한테 연락 안 와?"

"아침부터 그 얘기 하고 싶지 않아."

"알았다."

생각만 해도 이가 갈리는 인간이었다. 그 인간 때문에 결국 본부장과도 얽히게 된 것이었다.

"민우한테 연락 왔어."

민우라는 말에 하늘이 화장하던 손을 멈추었다.

"언제?"

"어제 문자가 왔는데 오늘 아침에 봤어."

도민우, 그는 하늘이 2번째로 짝사랑한 인물이자 현재까지 그녀의 마음을 심란하게 하는 인간이었다. 하지만 하늘의 예리한 촉은 민우가 언니를 좋아한다는 결론에 이르게 됐다. 나쁜 새끼.

언제나 그녀가 좋아하는 남자들은 그녀와 아주 절친한 여자들에게 마음이 있었다. 그건 그녀가 이렇게 예뻐진 후에도 마찬가지였다. 거기에 그녀가 좋다고 쫓아다니는 인간들은 유부남이거나 문제가 많은 인간들이었다.

이젠 남자라는 인간들에게 신물이 났다.

"미국 물을 좀 먹어서 그런지 아주 느끼해졌어."

"그래?"

하늘이 보기에 언니도 관심이 없어 보이지는 않았다. 오늘 언니 말의 뉘앙스는 민우를 약간은 동생이 아닌 남자로 본다는 생각이 들었다. 언니가 별말은 하지 않는데 왜 이런 생각이 드는지 알 수가 없었다.

"오늘 만나자고 하던데? 저녁이나 같이 먹자고."

"언니나 가."

"엄마, 아빠도 모시고 간다는데 네가 없으면 되냐?"

이렇게 따로 부르는 상황은 언제나 하늘을 불안하게 만들었다.

"난 싫어."

"왜?"

"그냥."

"잔소리하지 말고 저녁에 같이 가."

회사 지하 주차장에 도착한 그들은 언제나 그렇듯이 가장 구석진 자리를 찾았다. 남들의 시선을 피하기 위함이 첫 번째였지만 혹시 누군가와 마주치면 그냥 카풀을 한다고 얘기했다.

엘리베이터를 기다리는 중에도 언니는 집요하게 민우에 대해 이야기를 하고 있었다. 가만히 보니 언니가 더 민우에게 신경을 쓰는 것 같았다.

아직 확인은 안 했지만 다년간의 짝사랑 경험으로 미루어 짐작컨대 그녀의 짐작이 맞을 것이다.

사실 민우는 어릴 때부터 그녀에게 얻어터지면서 자란 동네 친구이자 대학 동기였다. 어릴 때는 비리비리했던 녀석이 크니까 꽤 호감형의 인물로 바뀌었고 대학 내내 그녀의 텅 빈 마음을 달래준

친구이기도 했다. 그런 녀석이랑 언니라니 좀 허전한 마음이 들었다.

이상한 건 더 큰 실망이 몰려와야 하는데 이상하게도 그냥 조금 서운한 정도였다. 어떻게 보면 신우 선배보다 더 민우를 좋아했던 것 같은데 이상하게 싹 정리가 된 느낌이었다. 본부장과의 일이 있은 후로는 그녀의 머리엔 온통 본부장에 관한 생각뿐이었다.

"오늘 민우한테 중국음식 먹자고 네가 말해."

모든 게 똑 소리 나는 언니가 그녀에게 대신 말하라고 하니 우스웠다.

"언니가 해. 먹고 싶은 사람이 얘기해야지."

"네가 좀 얘기하면 안 돼?"

"싫어."

자신의 마음도 모르는 언니가 얄미워 하늘은 큰소리로 말했다.

"뭐가 그렇게 싫다는 겁니까?"

하늘은 자신의 등 뒤에서 들리는 소름 끼치는 낮은 저음의 목소리에 숨조차 쉬지 않고 그대로 서 있었다.

"안녕하십니까, 본부장님?"

언니가 본부장에게 인사를 했다.

"나 부장하고 나 대리가 친한 줄 몰랐군."

"아, 그게……."

언니도 놀랐는지 말을 얼버무리고 있었다. 그동안 엘리베이터가 왔고 본부장과 언니가 엘리베이터에 타는 걸 보고도 하늘은 발이 떨어지지 않았다. 짙은 회색 코트를 입은 본부장의 모습은 숨이 막히도록 멋있었다.

"안 타나?"

하늘은 정신을 차리고 엘리베이터 안으로 냉큼 들어왔다.

"같은 차에서 내리던데? 성도 같고?"

"카풀을 하고 있습니다."

둘이 동시에 대답을 했다.

"그렇군."

1층에 도착하자 직원들이 물밀듯이 들어왔다. 뒤로 밀리다 보니 하늘은 본부장에게 거의 안기는 자세가 되었다. 이건 앞으로 갈 수도 없었다.

그때였다. 본부장의 손이 그녀의 허리를 감싸 안았다. 언니가 옆에 있어서 그의 손이 보일까 봐 하늘은 냉큼 자신의 코트로 그의 손을 가렸다. 지금은 최선의 방법이 이것뿐이었다.

홍보실이 있는 10층에서 언니는 내렸고 19층의 기획실에 근무하는 그녀가 내릴 차례였다. 하지만 그의 손길 때문에 하늘은 미칠 것 같았다. 그의 손이 점점 위로 올라와 그녀의 가슴에 닿았다.

19층에 다다르자 그녀는 내리려고 몸을 움직였지만 그가 놓아주지 않았다. 무심한 듯 사람들은 내렸고 그녀는 몸을 굳힌 채로 엘리베이터의 문이 닫히는 걸 보고 있었다. 그의 손은 아주 천천히 그녀의 가슴을 움켜쥐었다.

앞사람이 뒤를 돌아본다면 볼 수 있는 위치였다. 다리에 힘이 풀리고 있었다. 이 남자의 손길에 확실히 반응을 하는 하늘의 몸이었다. 더 이상 있다가는 35층까지 갈 판이었다.

28층에 선 엘리베이터에 맞추어 하늘은 그의 손을 뿌리치고 내렸다. 그리고 뒤도 돌아보지 않고 비상계단을 향해 달렸다. 지금 그녀의 심장은 튀어나올 정도로 거칠게 뛰고 있었다. 이건 그녀가 뛰었기 때문이지 절대로 본부장의 손길 때문은 아니라고 계속해서 속으로 외쳤다.

"헉헉헉."

19층에 도착하자 숨이 턱까지 차올랐다.

"지각도 아닌데 뭘 그렇게 뛰어."

기획실의 윤 과장이 그녀를 보며 까칠하게 말했다. 요즘 조 부장의 문제로 그녀와 부서 직원들 간에는 약간의 거리감이 생겼다. 그녀와 신입사원인 별을 제외하고는 모두 남자였기 때문이었다.

참 신기한 건 조 부장이 여자들에게 어떻게 하면서 지냈는지 누구보다 잘 아는 사람들이 그녀를 불쌍하게 여기기는커녕 같은 남자이자 술친구라는 이유로 조 부장을 두둔하며 그녀를 왕따시키고 있었다.

"대리님 오셨어요?"

"응."

별이 그녀를 보자 밝게 인사를 했다. 같은 학교의 후배인 별은 회사에 들어올 때 입사 수석을 했지만 지금은 커피 심부름을 하고 있었다.

대한백화점의 기획실은 입사 수석이면 당연히 들어오는 부서였다. 그래서 그녀 또한 기획실에 근무를 하고 있었다.

하지만 이곳에서 여자들이 하는 일은 커피 심부름에 불과했다. 획기적인 기획안을 내도 그건 어느 순간에 상사가 준비한 것으로 되었다.

거기에 회식이라도 하게 되면 부장들은 아주 대놓고 그녀들에게 술을 따르게 했다. 그리고 그녀들의 몸을 더듬기 일쑤였다.

하늘은 유단자이기 때문에 가끔은 술에 취해서 해롱거리는 부장을 혼내주기도 했지만 다른 여직원들은 견디다 못해 그만두는 경우가 많았다.

그녀가 대리가 되고도 집요하게 집적대는 간부들이 많았다. 날씬한 몸에 예쁘고 세련됐으니 한 번쯤 찔러보는 것이었다. 그녀가 아무리 까칠하게 굴어도 그들에게는 먹히지 않았다.

그러다 사고가 터진 게 임현철 과장부터였다. 같은 기획실이 아닌 영업부의 임 과장은 그녀와 같이 술을 마시기 위해 기획실의 직원을 이용했고 그녀와의 술자리에서 술에 수면제를 타서 모텔까지 끌고 갔다.

다행히 그녀가 결정적인 순간에 정신을 차렸고 업어치기 한판으로 박살을 내버렸다. 그는 그 뒤로 그녀에게 다가오지 않았지만 복수를 한답시고 다시 그녀를 곤경에 몰아넣었다가 결국 사직서를 쓰게 되었다.

영업부에서 자신의 횡령 사실을 그녀에게 뒤집어씌우려고 했는데 바다 언니의 도움으로 임 과장이 꾸민 일임이 밝혀져서 사직서를 내게 된 것이었다.

조 부장은 정말 아주 질적으로 떨어지는 인간 쓰레기였다. 자신의 마누라와 자식들 몰래 얼마나 많은 여직원들을 건드렸는지 모른다. 회사 내 남자 직원들 사이에서는 변강쇠로 불릴 만큼 그는 여러 여직원들과 염문을 뿌리고 다녔다.

하지만 무슨 이유에선지 여직원들은 아무 소리가 없었고 괜히 소문의 주인공이 되면 조 부장이 아닌 여직원들이 회사를 그만두었다. 확실히 조 부장은 실력이 있었지만 사생활이 너무 문란했다.

조 부장과 2년이 넘게 일을 했지만 일적으로는 부딪친 적이 없었다. 그리고 2년 동안 그녀를 건드리지 않았었다. 그건 하늘이 틈을 주지 않았기 때문이었다. 회식 자리는 거의 참석하지 않은 하늘이었다.

어떤 핑계를 대서라도 자리를 피했는데 오랫동안 같이 근무를 하다 보니 더 이상 피할 수만은 없어서 나가게 된 회식 자리에서 부터 조 부장의 치근덕거림이 시작되었다. 그런데 아주 묘한 건 하늘이 보기에 조 부장과 별 사이에 분명 뭔가가 있었다. 비록 별이 커피 심부름을 하고 있었지만 조 부장이 그만두기 얼마 전부터는 대리인 자신이 했던 일을 별이 같이 하고 있었기 때문이었다.

하늘은 몇 년이 걸려 겨우 맡은 일인데 아주 교묘하게 별은 허드렛일부터 중요한 일까지 하고 있었다. 그렇게 하늘이 둘 사이를 의심하던 어느 날 일이 터지고 말았다. 조 부장이 슬슬 회식 자리에서 그녀에게 추파를 던지기 시작했다.

"우리 나 대리는 너무 예뻐. 아니, 섹시하다는 게 맞지."

그의 은근한 속삭임에 하늘은 자리를 옮긴 적이 한두 번이 아니었다.

"이렇게 섹시해도 되는 거야?"

"……."

"여자가 이쯤은 돼야 A급이지."

하늘은 그때 분명 별의 일그러진 얼굴을 보았다. 우연이라고 말하기에 타이밍이 너무나 절묘했다. 하늘이 이런 생각을 하고 있을 때 언제 자리를 옮겼는지 또 그녀의 옆에 찰거머리처럼 붙는 조 부장 때문에 하늘은 머리가 아팠다.

그러다 하늘은 우연히 별이와 조 부장이 어두운 골목길에서 키스를 하는 장면을 보았다. 그 후 둘이 같이 사라지는 것도 보았다.

그때는 설마 하는 마음이었지만 지금은 이번 조 부장 부인의 일에 별이 관련되어 있다는 생각이 들었다. 조 부장과 별은 내연관계가 틀림이 없었다. 하지만 심증만 있을 뿐 물증이 없었다.

조 부장은 회식 자리건 어디에서건 틈만 나면 그녀에게 추파를 던졌고 남자 사원들에게는 그녀는 자기 꺼니 건드리지 말라고까지 말했다는 소문이 돌 정도였다.

하지만 어느 순간 소문이 이상하게 나기 시작했다. 어이없게도 그녀가 조 부장에게 꼬리를 쳤다는 소문이었다. 그래서 대리로 승진을 할 수 있었고 다음번 과장은 그녀가 될 거라는 구체적인 내용이었다.

그게 다 조 부장이 타 부서와의 술자리에서 하늘이 대한백화점에서 가장 섹시하다는 둥 가슴이 D컵이라는 둥 이상한 말을 하고 다닌 덕분이었다.

그러던 어느 날 회사에 조 부장의 부인이 들이닥쳐 그녀의 머리 끄덩이를 잡았다. 별이가 아니라 분명 그녀였다. 이유는 조 부장의 카메라에 그녀의 모습이 찍혀 있었다는 것이었다. 모텔 앞에서 서로를 끌어안고 있는 모습이라고 했다.

조 부장의 부인이 제대로 보여주지 않는 바람에 무슨 사진인지도 모르고 하늘은 많은 사람들 앞에서 망신을 제대로 당했었다. 그리고 얼마 후에 조 부장이 그녀에게 전화를 해서 용서를 빌었다.

[나 대리, 이번 일은 진짜 미안해. 우리 마누라가 보통 마누라여야 말이지. 내가 아무리 아니라고 해도 내 말을 통 믿지를 않아. 그러니까 이번은 나 대리가 참아줘.]

"제가 왜요. 그날 사람들 앞에서 제대로 망신을 주지 않은 것만으로도 속이 상한데."

[알지. 그래도 이번만 참아줘. 그러면 다음번에 과장 인사 때 나 대리에게 힘을 실어줄 테니까.]

그냥 얌전히 있어달라는 얘기였다. 그렇다고 얌전히 있을 하늘이 아니었고 그의 말을 모두 녹음한 후에 회사에 사표를 내라고 말했다. 안 그러면 성희롱과 부인에게 맞은 걸로 경찰에 신고하겠다고 했고 그는 작년 12월에 사직서를 내고 회사를 그만두었다.

지금 부장 대행을 하고 있는 과장을 비롯해서 기획실 안의 직원들은 부장이 무슨 이유로 그만둔지를 알고 있었기 때문에 하늘을 보는 눈이 곱지 않았다. 하지만 하늘은 신경 쓰지 않았다. 그렇다고 이제 와서 달라질 게 없었기 때문이다.

하늘에게 실수를 하긴 했지만 사표를 쓸 정도는 아니라고 생각했고 그걸 녹취해서 윗사람에게 보고한 하늘을 그들은 이해하지 못했다. 하늘은 졸지에 피해자가 아닌 직장 상사를 밀고한 내부고발자가 된 것이었다.

"나 대리, 이번 패션쇼 기획안 언제까지 돼?"

조용하던 사무실에서 윤 과장의 목소리가 울리자 멍하게 딴생각을 하던 하늘의 정신이 돌아왔다.

"내일이면 마무리됩니다."

"오늘 저녁까지 해. 도대체 며칠을 꼬물거리는 거야? 아니지, 해가 바뀌었으니 1년이 지났네. 조 부장님이 계셨으면 금방 끝이 날 일인데……."

과장은 그녀를 한번 쳐다보고는 다시 자신의 일을 하기 시작했다. 이렇게 말을 하기 시작한 건 조 부장이 그녀 때문에 사직서를 낼 수밖에 없었다고 그녀를 제외한 송별회를 하며 직원들에게 이야기를 했기 때문이었다.

"나 대리님, 힘내세요."

"……."

흔내는 시어머니보다 말리는 시누이가 얄밉다더니, 하늘은 겉으로 내색하지 않았지만 이 사건의 발단에 있는 별의 말에 그냥 바라보기만 했다.

얼마 전에 별이가 그녀를 저녁에 불러 말을 한 내용은 실로 충격적이었다. 그리고 그녀가 의심하던 일들에 대해 더욱더 의심이 생겨 버렸다.

그날 저녁, 별이와 사적인 자리에서 만난 일이 거의 없어서 의외라는 생각을 가지고 하늘이 약속 장소를 찾았다.

"연말이라서 그런지 여기 손님들이 많네요."

"그러게."

회사 근처의 커피숍에 그녀가 들어서자 사람들의 시선이 하늘에게 쏟아졌다.

"나 대리님은 언제나 빛이 나시는 것 같아요."

"어?"

모범생 이미지의 별은 예쁘지는 않지만 차분한 인상이었다. 뒤로 호박씨 까기에는 충분한 선한 인상이었다. 자꾸만 의심이 가다 보니 사람이 좋아 보이지 않았다.

"사람들이 나 대리님만 보니까요."

"그건 내가 다른 여자들에 비해 크기 때문이야. 눈에 잘 띄거든."

"나 대리님은 본인이 얼마나 섹시한지 잘 모르시나 봐요."

"……."

"회사 남자들의 반 이상이 나 대리님과 한번 자봤으면 소원이 없겠다고 해요."

별이는 진지하게 말하면서 그녀를 비꼬고 있었다.

"설마? 농담도 잘해. 우리 별이 씨."

그냥 농담으로 넘기는 척하며 하늘은 별을 차갑게 바라보았다.

"아니에요. 조 부장님도 저랑 자면서도 나 대리님 얘기만 했어요."

"별이 씨!"

순간 하늘은 자기도 모르게 소리를 질렀다. 그러자 별이가 가방에서 전자 담배를 꺼냈다.

"죄송해요."

얌전하게만 봤는데 할 건 다하는 모양이었다.

"이번에 아무런 말 안 해주셔서 너무 감사해요. 하지만 혼자만 너무 고고한 척해도 세상은 알아주지 않아요."

하늘은 별이에게 계속해서 펀치를 맞고 있는 기분이었다. 그녀는 지금 평소의 애기 같은 별을 보는 게 아니라 세상풍파를 다 겪은 술집 접대부를 대하는 느낌이었다.

"그냥 오늘은 감사하다는 말을 하고 싶었어요. 조 부장님과 만날 때는 그냥 회사에 회의가 많이 들더라고요. 여자는 아무리 실력이 좋아도 이렇게 해야지만 회사에서 인정받는구나라고 말이에요."

하늘은 꿈을 꾸고 있다는 생각이 들었다. 별이 하는 얘기는 하늘에게는 충격적인 얘기였기 때문이었다.

"제가 나 대리님 같은 외모면 좀 더 승진이 빠르겠다는 생각은 늘 했는데 왜 그렇게 고지식하세요? 다른 부서 사람들은 다 나 대리님이 상사하고 그렇고 그런 관계였다고 생각해요. 아세요?"

"알아. 하지만 그건 그 사람들의 생각이고 난 나대로 살면 돼. 남들 신경 쓰면 일 제대로 못해. 그리고 이런 말 하려거든 다시는 불러내지 마."

그녀가 따끔하게 말을 하자 별이 피식 웃었다.

"사람을 너무 믿지 마세요."

"그건 내가 별이 씨에게 하고 싶은 말이야. 날 뭘 믿고 조 부장이랑 잤단 얘기를 하는 거야?"

"안 믿어요. 그냥 조 부장과 제가 그런 사이라는 걸 모르시는 것 같아서요. 아직 저 조 부장님 만나요."

가치관이 다른 사람이었다. 조 부장은 회사를 그만두기는 했지만 여전히 뒤에서 그녀를 힘들게 하고 있었다. 아마 자신이 당한 걸 복수라도 하고 싶은 모양이었다. 아직도 정신을 못 차린 것 같았다.

소문으로 대한백화점의 경쟁사인 서울백화점에 들어갔다는 얘기를 듣기는 했는데 다시는 마주하고 싶지 않은 인간이었다.

이렇게 바쁜 날에도 이런 일들이 생각나는 걸 보니 아직 바쁘지 않은 모양이었다. 하늘은 머리를 가로저으며 다시 기획안 정리에 몰입했다.

패션쇼 기획안의 마무리 작업을 하느라 하늘은 점심도 거르고 자리를 지켰다. 그리고 퇴근 시간 직전에 기획안을 마무리해서 윤 과장에게 가져갔다.

"과장님, 원래 이 기획안은 이렇게 빠르게 할 수 있는 게 아닙니다."

자꾸만 그녀를 힘들게 하는 과장에게 화가 났다. 지렁이도 밟으면 꿈틀거리는 법이었다.

"뭐? 아직 정신을 못 차렸어."

"네?"

"엉뚱하게 동료들 뒤통수 칠 생각 하지 말고 일이나 열심히 해. 왜? 나도 자르게?"

윤 과장의 악의에 찬 말에 다른 남직원들이 낄낄거리고 있었다.

그리고 별이도 그녀를 힐끗 쳐다보며 웃음을 삼키고 있었다. 자신의 자리로 돌아온 하늘은 한숨을 내쉬었다. 실력으로는 그녀의 발뒤꿈치도 못 따라오는 인간이 그녀의 약점을 이용해 사람들 앞에서 망신을 주고 있었다.

이럴수록 그녀는 실력으로 증명하는 수밖에 없었다. 마음이 복잡했지만 어쨌든지 그녀가 견뎌야 할 일이었다. 하늘은 다시 한 번 한숨을 쉬고는 퇴근 준비를 했다.

2

대한호텔에 모처럼 가는 하늘은 한숨이 쉬어졌다. 퇴근해서 언니의 차를 타고 오는 내내 땅이 꺼질 듯한 한숨은 계속 이어졌다. 오늘 하루 종일 일 년 치 한숨을 다 쉰 것 같았다. 민우를 생각하니 더 답답한 마음이었다.

창문에 비친 자신의 얼굴을 보며 하늘은 대학 때 그 참담했던 시우 선배와 소희의 일이 있은 후의 일들이 떠올랐다. 창에 비친 그녀의 얼굴은 그때에 비하면 예뻐진 것도 같은데 그녀는 아직도 솔로였다.

민우는 그녀의 두 번째 짝사랑이었다. 시우 선배의 일로 사랑에 소심한 그녀는 쉽게 그녀 마음의 전부를 남자에게 허락하지 못했고 어쩌면 민우는 그녀의 완전한 짝사랑의 상대는 아니었던 것 같았다.

그래도 대학생활이 민우 때문에 외롭지는 않았다. 민우가 없었다면 시우 선배와 소희 커플 사이에서 그녀의 마음고생이 더 심했을 게 뻔했기 때문이었다. 같이 점심도 먹어주고 도서실에도 같이 가주고 집에도 매일 같이 다녔다.

학교에서는 하늘과 민우가 커플이란 소문이 자자할 정도였고 하늘은 다정하고 재밌는 친구인 민우가 좋았다.

"뭘 그렇게 생각해?"

언니의 말에 하늘은 화들짝 놀랐다.

"아니야."

언니는 회사에서부터 지금까지 오는 동안 줄곧 기분이 좋아 보였다. 사람을 좋아한다는 건 숨길 수가 없는 것 같았다.

"민우가 남자로 보여?"

"어? 무슨 말도 안 되는 소리야."

하늘의 단도직입적인 물음에 언니는 몹시 당황하는 것 같았다.

"민우가 남자지 여자냐?"

억지로 다른 말을 돌리려는 언니였다. 당황해서인지 목소리가 떨렸다.

"홍보실 부장님, 일하실 땐 아주 실력자신데 이럴 때는 약간 맹해 보이십니다."

"야!"

"운전이나 조심해. 기분이 아무리 더러워도 일찍 죽고 싶지는 않으니까."

언니의 난폭한 운전에 하늘이 한마디 했다.

"민우가 다른 말 한 건 없어?"

장난기가 발동한 하늘이었다.

"무슨 말?"

"뭐 오늘 사귀는 걸 엄마, 아빠에게 허락을……."

"나하늘!"

"귀청 떨어지겠다. 여자가 조신한 구석이 있어야지."

"내가 아주 너 때문에 제명에 못 죽을 것 같다."

"나도, 운전 좀 잘해."

두 자매는 투닥거리며 대한호텔 지하 주차장에 도착을 했다. 엘리베이터를 타고 스카이라운지로 향하는데 아침에 본부장과의 일이 생각이 났다. 그의 손길이 그녀의 허리와 가슴에 머물렀을 때 하늘은 아무 생각도 할 수가 없었다.

다른 사람이 그랬다면 그는 아마 엘리베이터 안에서 망신을 톡톡하게 당했을 것이다. 하지만 이상하게 하늘은 본부장의 손길을 뿌리칠 수가 없었다.

띵!

"안 내려?"

"내려."

하늘은 다른 생각 속에 있다가 갑작스러운 언니의 말에 놀라 출구가 아닌 엉뚱한 방향으로 몸을 틀었다가 다시 엘리베이터의 출구로 나왔다.

"너, 요 며칠 아주 이상해."

"뭐가?"

"넋을 어디다가 팔아먹고 온 게 분명해. 무슨 일이야?"

"아무 일도 없어."

하늘도 속 시원하게 말할 수 있는 일이었으면 좋겠다는 생각이 들었다. 레스토랑에 도착하자 언니가 투덜거리기 시작했다.

"중국 요리가 먹고 싶었는데……."

끝까지 말을 안 한 모양이었다. 아니, 편하게 말하면 될 걸 말이다. 내숭은 알아줘야 했다. 민우는 털털한 친구였다. 이렇게 굳이 내숭을 떨 필요가 없는데 언니가 오버를 한다는 생각이 들었다. 레스토랑 앞인데 민우가 보이지 않았다. 언제나 약속 장소에 오면 항상 나와 있는데 오늘은 보이지 않았다.

"하늘아."

"아, 깜짝이야. 저리 안 가?"

민우가 그녀를 뒤에서 안았다. 이 녀석은 아주 눈치가 제로였다. 지금 그녀의 마음이 얼마나 심란한지 그는 알지 못할 것이다. 뭐 딱히 이 녀석을 사랑한 건 아니지만 그래도 좋아했는데 녀석의 화살은 언니에게 꽂혀 버렸다.

"어디 보자. 우리 하늘이는 더 예뻐졌어. 이 모습을 보고 누가 날 그렇게 때리던 천하장사 나하늘로 생각하겠냐?"

"닥쳐."

"말하는 거 봐라."

언니와 민우는 서로를 의식하느라 얼굴도 못 마주치고 있었다. 하늘은 자신도 눈치가 없음을 오늘로 깨닫게 되었다. 이렇게 서로를 바라보고 있는데 그렇게 같이 만나면서도 눈치를 못 챘으니 말이다. 사실 민우가 매번 만날 때마다 언니를 데리고 나오라고 할 때부터 알아봤어야 했다.

"둘은 왜 인사도 안 하냐?"

속상한 마음에 하늘이 괜히 둘을 당황스럽게 만들었다.

"어?"

이번엔 민우가 당황했다.

"너 오늘 이상해."

이렇게 말하며 하늘의 목에 헤드락을 걸었다. 민우와 하늘의 스킨십은 누가 보더라도 아주 자연스러웠다. 이건 둘이 가진 오랜

세월의 내공이었다.

"이거 안 놔?"

"못 놔."

둘의 싸움은 엄마, 아빠 앞에서야 멈추었다.

"시끄러. 창피한 줄 좀 알아."

엄마가 민우와 하늘을 보며 말했다. 민우와 민우의 식구들과는 저녁을 자주 먹는 편이었다. 아빠는 아빠끼리 엄마는 엄마끼리 같은 친목회 회원이었고 사이가 좋으셨다.

그런데 자리가 아주 묘했다. 하늘과 바다 사이에 민우가 앉았다. 다른 때 같으면 민우는 주로 엄마와 하늘 사이에 앉거나 하늘 옆에 앉았었다. 언제나 그랬는데 오늘은 뭔가 달랐다. 민우도 마음을 단단히 먹은 모양이었다.

"미국엔 잘 다녀왔고?"

옆에 점잖게 앉아 있던 아빠가 민우를 흐뭇한 눈길로 보며 물었다. 아들이 없는 아빠는 민우가 꼭 아들같이 느껴지는 것 같았다.

"네. 6개월 있었는데요 뭐."

"그래도 거의 매일 하늘이하고 붙어 다녔는데 안 보이니 서운하더구나."

아빠가 민우에게 다정한 눈길을 보내자 하늘은 괜한 심통이 났다.

"하늘이 요즘 연애하나 봐요, 아버지."

"어? 왜? 누굴 만나?"

아빠의 눈이 동그래졌다.

"아뇨, 예뻐져서요."

"예쁘긴, 말라서 걱정이야. 누가 저 말라깽이를 데리고 가겠어. 평생 내가 끼고 살아야지."

"그렇죠, 너무 말랐어. 우리 하늘인 통통해야 예쁜데……."

엄마, 아빠는 여기서도 그녀의 어린 시절이 예뻤다고 말하고 계셨다.

"어머니, 그건 좀 아닌 것 같은 데요. 제가 어린 시절부터 쭉 봐 온 결과 어릴 때보다는 천만 배 예뻐졌는데요."

"아니, 그건 민우 네가 보는 눈이 없어서 그래."

용감한 엄마는 민우의 말을 잘라 버리셨다.

"네, 어릴 때가 더 예뻤던 것 같기도 하고……."

민우가 어른들의 성화에 마지못해 답을 했다.

음식이 나오고 모두가 조용히 식사를 하고 있었다. 하늘은 옆에 앉은 민우를 힐끔거렸다. 어릴 때는 말라 비틀어져서 한 방에 날아가던 녀석이 꽤 남자다워졌다. 거기에 부터 나는 얼굴까지, 여자들이 좋아할 모습이었다.

하지만 남자다운 터프한 스타일은 아니었다. 그냥 꽃미남 정도라고 하면 맞을 것이다. 하늘은 언니의 취향이 꽃미남일 줄은 몰랐다. 거기다가 연하라니, 엄마 아빠가 알면 기절을 할 텐데 걱정이었다.

그때였다. 불길한 기운이 한꺼번에 덮치며 민우가 입을 열었다.

"존경하는 아버님."

캑!

하늘의 목에 스테이크가 걸렸다.

"존경까지는 아니지 않냐?"

하늘이 캑캑거리며 말했다.

"왜, 존경할 수 있지. 오냐, 민우야?"

아빠도 민우의 보조를 맞춰주었다.

"제가 따님과 사귀고 싶습니다."

"하늘이?"

아버지의 얼굴에 미소가 가득했다. 아빠도 속으로 김칫국을 사발로 드시고 계셨던 것이다. 아빠, 엄마의 눈이 동시에 반짝이기 시작했다.

"아닙니다. 바다요."

"……."

아빠는 스테이크를 포크로 찍은 채 그대로 정지 상태였고 엄마는 스테이크를 씹다 말고 그대로 목구멍으로 넘기셨다.

"나바다?"

"네, 바다와 진지하게 사귀고 싶습니다. 저희 부모님께는 미리 허락을 받았습니다."

"그러니까 우리 하늘이가 아니고 저기 앉은 바다?"

"네."

모두의 시선이 바다에게로 향해 있었다.

"바다, 넌 알고 있었어?"

엄마가 언니를 보며 심각하게 물었다.

"아니, 나한테 얘기한 적 없어."

언니는 얼굴도 못 들고 대답했다.

"저 혼자 어릴 때부터 짝사랑했습니다. 20년 가까이요."

"20년이면 헤어질 때도 됐어."

하늘이 아무렇지도 않게 말하자 모두가 하늘을 째려봤다.

"말이 그렇다고."

하늘은 찌그러져서 스테이크 먹는 데 열중했다. 지금 그녀의 짝사랑이 떠나가는 아주 슬픈 순간이었지만 이상하게 하늘은 슬프지 않았다. 짝사랑인 줄 알았는데 아니었던 모양이었다.

"아버님, 어머님 허락해 주십시오."

"너, 언니한테는 허락 받았냐? 언니한테 먼저 물어보는 게 순서가 아닐까? 모두 이렇게 황당해하고 있는데."

"그래, 하늘이 말이 맞네. 바다 넌 어떤 거야?"

엄마가 언니를 보며 물었다.

"……."

"말을 해!"

아빠하고 엄마가 다그쳤다.

"나는 그러니까……."

"평소에 똑똑하던 나바다 죽었네."

그녀가 얄밉게 한마디 거들었다.

"하늘이는 입 다물고 있어."

엄마의 말에 하늘은 입안에 마지막 스테이크 조각을 쑤셔 넣었다.

"그러니까 뭐?"

엄마의 얼굴이 화가 난 건지 빨개져 있었다.

"나도 한번 사귀는 것도 괜찮을 것 같아."

기어들어 가는 목소리로 언니가 말을 하자 민우의 입이 귀에 걸렸다.

"오~ 대박!"

"나하늘!"

이번에는 엄마와 아빠가 동시에 소리를 질렀다.

"그러니까 둘이 지금 사귄다는 말이야?"

"어허."

아빠와 엄마는 이 놀라운 상황이 이해가 안 되시는 것 같았다.

"민우야, 바다가 서른다섯이야. 올해 결혼해서 애를 가져도 노산이야."

"엄마!"

참 현실적인 부모님이었다. 하늘은 이 상황이 흥미진진했다. 그리고 민우가 테이블 아래로 언니의 손을 잡고 있는 게 보였다.

"내가 널 아들처럼 생각해서 그러는데 바다 말고 하늘이 데려가라."

"엄마!"

"내가 네 엄마 얼굴을 어떻게 보니. 그러니까 너한테는 하늘이가 나아. 내가 딸을 안 주겠다는 게 아니라 딴 애를 데려가라고."

어이가 없었지만 엄마는 진심인 것 같았다.

"내가 보기에도 바다보다는 하늘이가 나아. 바다가 아주 까칠하거든."

"아빠!"

코미디도 이런 코미디가 없었다.

"전 바다와 사귄다고 벌써 부모님께 허락을 받고 왔습니다."

"어떻게?"

"약 먹고 죽는다고 했거든요."

"내가 이럴 줄 알았어. 민우 엄마가 며칠째 나랑 말도 안 하고 있거든."

엄마와 민우 엄마는 20년 지기 동네 친구셨다. 자매보다도 끈끈하다는 아줌마들의 의리로 뭉치신 분들인데 최대의 위기가 온 것이다.

"야, 일단 오늘 얘기는 생각해 보기로 하자."

"아뇨, 결론을 내주십시오. 제가 바다와 사귀는 걸 허락해 주시고 결혼은 그 후에 생각해 주십시오."

민우가 물러서지 않고 있었다.

"엄마가 민우 고집을 몰라서 그래. 20년 좋아했다잖아. 그냥 사귀게 해줘. 결혼도 아니고."

민우가 그녀를 보며 웃었지만 그녀의 등짝에 바로 엄마의 손이 날아왔다.

"아파."

그러자 민우가 하늘의 등을 손으로 문질러 주었다.

"괜찮아? 아팠지?"

"응."

완전 환상의 궁합이었다.

"그래, 네들 둘이 결혼하라니까."

"아빠!"

그때였다. 갑자기 아빠가 어딘가를 쳐다보고 방금 전에 놀란 얼굴을 다시 하셨다.

"실례하겠습니다."

소름 끼치게 멋진 낮은 저음의 소유자가 또 있지 않는 이상 이 동굴 안의 울림 가득한 목소리는 본부장이었다.

아마 아빠는 잘생긴 남자가 갑작스럽게 다가와서 놀라신 모양이었다. 하지만 하늘은 왠지 그가 그녀를 보고 온 것 같았다. 불안한 마음이 들었다. 언제나 예상치 못한 행동으로 그녀를 놀라게 했기 때문이었다.

"제가 나성범 선수의 팬입니다."

본부장이 아빠를 보며 정중하게 인사를 한 후에 악수를 청했다. 아빠는 자신의 팬인 줄 알고 그의 손을 잡고는 웃으며 악수를 하셨다. 나이가 들어도 자신을 기억해 주는 팬이 있다는 게 좋으신 모양이었다.

"아예, 혹시 어디서 뵌 적이······."

"본부장님."

언니가 인사를 했다. 어차피 다 봤을 텐데 속일 필요도 없었다.

"홍보부장님 그리고 나 대리도."

"제 딸들입니다."

아빠가 아주 적절한 타이밍에 친자매 커밍아웃을 해주었다.

"아, 그러십니까? 어쩐지 출근을 같이 한다고 생각했습니다."

본부장이 의미심장한 표정으로 하늘을 바라보았다.

"아, TV에서 본 듯합니다. 우리 딸들의 상사시라니 부족한 딸들 잘 부탁드립니다."

"아닙니다. 제가 따님들의 덕을 보고 있습니다."

입에 침이나 바르고 거짓말을 하지. 하늘은 본부장의 변죽에 놀라고 있었다.

"하하하, 이렇게 성격이 좋은 직장상사가 있어서 정말 다행입니다. 아랫사람 배려도 하실 줄 아시고 말입니다. 언제 식사라도 같이 하시죠?"

아빠의 기분이 너무나 업이 된 것 같았다. 저런 말을 쉽게 하시는 분이 아닌데 말이다.

"제가 먼저 대접해야죠."

아주 죽이 잘 맞는 것 같았다.

"식사들 맛있게 하십시오. 그리고 나 대리는 잠깐 나 좀 보지."

하늘은 갑작스런 상황에 당혹스러웠다. 지금 이 상황에서 그녀를 왜 본다는 말인가? 아침의 일도 있고 하늘은 솔직히 가고 싶지 않았다.

"나 대리?"

그녀는 싫었지만 그녀의 몸은 무조건 반사로 자리에서 일어나 그의 뒤를 따랐다. 그는 어른들이 시야에서 안 보이자 그녀의 손을 잡고는 빈 룸으로 들어갔다.

"뭐 하시는 거예요?"

이제는 정말 참기가 힘이 들었다. 이 사람의 무례함도 싫었고 그의 이런 행동에 조금씩 무너져 가는 자신도 싫었다.

"남자친구가 있었나?"

"네?"

민우와 그녀를 본 게 분명했다.

"그게 민우는……."

"민우?"

"네, 민우는……."

민우라는 이름을 얘기하자 그의 인상이 험악하게 변하더니 그의 입술이 그녀의 입술을 덮어버렸다. 이 말도 안 되는 상황이 자꾸만 그녀와 본부장 사이에서 일어나고 있었다. 그의 성난 혀가 그녀의 입술을 헤집고 들어왔다. 그리고 그녀의 혀를 뽑아버릴 듯이 빨아들이고 있었다. 항상 그의 키스는 거칠었다.

그게 그녀의 마음을 자꾸만 사로잡고 있었다. 누구에게도 이렇게 친밀한 행위를 허락한 적이 없는 하늘이었다.

그녀는 남자 하나 정도는 넘길 힘이 있었다. 물론 본부장 정도의 커다란 덩치는 넘긴 적이 없었지만 말이다. 하지만 하늘에게는 거부할 힘이 없었다.

"젠장, 또 넘어갔어."

그녀를 거칠게 놓으며 그가 말했다. 그의 인상은 마치 그녀에게 당했다는 생각 때문인지 일그러져 있었다.

한마디로 어이가 없었다. 그녀가 할 말을 그가 하고 있었다. 어이가 없는 상황에 하늘은 멍한 표정으로 본부장을 바라보았다.

"이러는 게 아니었는데……."

"제가 하고 싶은 말이에요."

화가 난 하늘이 톡하고 쏘아붙였다. 그리고 자신의 입술을 손등으로 닦아냈다. 그는 그런 하늘을 성난 눈으로 쳐다보았다.

"왜, 남자친구에게 미안한가? 다른 남자의 품 안에서 미친 듯이 키스에 반응해서?"

"말이 너무 심하시네요. 볼일이 없으시다면 이만……."

그가 나가려는 그녀의 팔을 잡았다.

"진짜 심각한 사이인가?"

"네, 결혼할 사람이에요."

"결혼할 사람을 두고 다른 남자와 잤나?"

"그거야 내 마음이에요."

"소문이 사실인가? 조 부장과의 일 말이야?"

"마음대로 상상하시죠."

화가 나니까 아무 말이나 입에서 막 나오고 있었다. 하늘은 그의 손을 뿌리치며 룸을 나왔다.

아직도 그의 키스로 인해 심장이 두근거렸지만 이런 반응은 어처구니없게도 속궁합이 너무나 잘 맞았기 때문이지 그의 키스가 좋아서는 아니라고 자기 자신을 또 한 번 설득하고 있었다.

룸에서 나오면서 하늘은 자신의 다리가 떨리고 있음을 느꼈다. 사람들만 없었어도 주저앉고 싶은 마음뿐이었다. 겨우 그녀는 가족들이 있는 테이블로 돌아올 수 있었다.

"어디 갔다가 이제 와."

"이번에 패션쇼 기획안 때문에 물어볼 게 있으시다고 해서."

돌아와 보니 이쪽은 그녀가 본부장과 함께 사라져도 모를 분위기였다.

"아직도야? 그냥 허락해 줘. 둘이 좋다는데."

하늘은 본부장 때문에 화난 걸 가족들에게 풀고 있었다. 물론 돌아온 건 어김없이 엄마의 등짝 때리기였지만 말이다. 한동안 말이 없던 아빠가 드디어 입을 여셨다.

"결혼은 안 되고 사귀는 것까지만 허락한다."

"여보."

아빠의 말에 엄마가 놀란 얼굴을 하고 아빠를 불렀다.

"조금만 지켜봅시다. 그럼 답이 나오겠지."

"감사합니다. 결혼까지 허락하실 수 있도록 저희 좋은 모습 보여 드리겠습니다."

아빠의 허락에 천군만마를 얻은 민우는 자리에서 벌떡 일어나 폴더 인사를 계속해서 해댔다.

이렇게 언니와 민우의 문제를 해결하고 그들은 호텔을 나왔다. 언니의 손을 잡고 나와야 하는 민우는 여전히 그녀의 어깨에 손을 두르고 엘리베이터를 기다리고 있었다.

"언니한테 가."

"몰라, 버릇이 돼서 그런가 이게 편해."

"미친놈."

하긴 하늘도 불편하지는 않았다. 거기다 언니는 그들이 그러고 있는데 신경도 쓰지 않았다. 쿨하다고 해야 하는 건지 바보 같다고 해야 하는 건지 도통 알 수가 없었다.

"형부라고 불러봐."

"저리 꺼져."

이렇게 말을 하고 있는데 그녀의 눈에 본부장이 보였다. 웬 여자와 같이 레스토랑에서 나오고 있었다. 딱 보기에도 선이나 데이트 둘 중에 하나를 하고 있는 것 같았다. 그런데 그녀에게 키스를 하다니 그도 정신이 온전하지는 않은 것 같았다. 거기에 민우와의 관계를 오해하고 화까지 내다니 진짜 이상한 사람이었다.

이성적으로는 그게 아니라면서도 눈길은 자꾸만 본부장에게 갔다. 여자가 본부장의 코트 깃에 손을 올리는 게 상당히 눈에 거슬렸다.

"지는?"

"어? 내가 뭐?"

본부장에게 한 말을 민우가 들은 모양이었다.

"아니야."

그녀는 이렇게 말하고는 가족들과 엘리베이터를 타고 주차장으로 내려왔다.

"내가 언니 차 몰고 갈 테니까. 민우 네가 언니 데리고 집으로 와."

"역시, 넌 너무 좋은 친구야."

민우가 그녀의 귀에 대고 속삭였다.

"어깨에 올린 손 좀 치워라."

"알았어."

"그리고 이제부터 이렇게 하지 마. 언니 남친이 어깨에 손 올리는 건 싫다. 언니도 말을 안 해서 그렇지 기분이 좋지는 않을 거야."

"그래, 노력할게."

언제부터 말을 잘 들었다고 그는 하늘이 어깨에 올려진 손을 치왔다. 하늘은 그렇게 언니의 차를 타고 집으로 향했다. 가면서도 자꾸만 본부장과 미모의 여자가 떠올라 속상했다.

"내가 속상할 이유가 뭐야? 아무 관계도 아닌데."

하늘은 차를 몰며 그에 대한 생각도 내몰고 있었다.

반짝이는 도심의 불빛이 연인들을 위한 작은 룸 안을 비추고 있었다. 4인석으로 만들어진 룸은 아늑함보다는 세련된 느낌이 강했다. 흰색과 블랙의 조화가 이우어진 룸 안에는 별다른 장식은 없었지만 원형 테이블 위에는 아름다운 꽃장식이 있었다.

그것이 오히려 앞에 앉은 여인에게 집중하게 만들고 있었다. 하지만 지금 그는 방금 전에 이 방과 똑같은 다른 룸 안에서 벌어진 하늘과의 일이 머릿속에 가득했다. 이 룸 안에서 방금 전과 다른 건 여자뿐이었다.

오늘은 하루 종일 하늘만 떠올리는 자신이 너무나 짜증이 나는 건우였다. 여자를 안 만난 것도 아니고 그의 여성편력도 화려하다면 화려한데 자꾸 그의 머릿속을 점령하는 하늘 때문에 죽을 것 같았다.

아침에 엘리베이터에 탄 그녀를 치한처럼 만지기까지 했다. 그녀의 감촉이란 정말 그의 말초신경까지 자극하는 애물단지였다. 거기에 그를 피하지도 거부하지도 않고 오히려 그를 자극하는 그녀의 유혹적인 모든 게 그를 미치게 만들고 있었다.

아침에 그는 본부장실로 그녀를 끌고 들어가지 않으려 애를 썼다. 처음으로 엘리베이터에서의 짙은 경험에 그 스스로도 당혹스러웠다.

어떤 여자를 만나도 이렇게 짐승 같은 적은 없었다. 그래서 그는 다른 여자에게도 이러는지 알고 싶었다. 때마침 아버지께서 선자리에 나가라고 해서 평소에 잘 나가지 않는 선 자리였지만 오늘은 큰마음을 먹고 나왔다. 그동안 일을 하느라 여자들과 즐기지 못한 지 좀 되기는 했다.

하지만 막상 이렇게 나와보니 여자가 부족해서 오는 금단 현상은 아니었다. 정말 그는 나 대리에게 뭔가를 느끼고 있는 게 분명했다.

"무슨 고민 있으세요?"

"……."

"아까부터 말씀이 없으셔서요."

성운그룹의 딸은 미모의 재원이었다. 누가 보기에도 상당히 예쁜 얼굴과 매력적인 바디라인의 소유자였다. 그런데 이상하게 끌리지 않는다는 게 문제였다.

레스토랑에 그녀와 들어서면서부터 하늘을 발견하고는 그의 생각에서 성운그룹의 딸은 사라진 지 오래였다. 그래서 그는 잠깐 화장실을 다녀온다고 말하고는 하늘이 있는 테이블을 찾았다.

하늘의 어깨에 손을 올리고 있던 남자가 누군지 너무나 궁금했기 때문이었다.

"이만 일어나죠. 제가 모셔다 드리겠습니다."

이렇게 말을 하고 그녀를 태우고 한남동으로 향했지만 그의 마음은 다른 곳에 가 있었다. 옆에 앉아 있던 남자와 그렇게 자연스럽게 스킨십도 하고 장난도 치던 하늘이 그의 키스에 또다시 무너져 내렸다.

"대체 뭘 하자는 거지?"

"네?"

여자의 말에 건우는 자신의 목소리가 크게 나왔다는 것을 알았다.

"미안합니다."

"아니에요. 저도 이 자리가 좋아서 나온 건 아니니까요."

"남자친구가 있으십니까?"

"아뇨, 하지만 이제부터 만들어보려고요."

여자의 말은 의미심장했다.

"제 이름은 기억하세요? 오늘 온통 신경이 다른 곳에 가 계신 것 같아서요. 유나은이에요. 나이는 28세, 한국대학교를 나왔고 취미는 골프예요. 시끄러운 걸 싫어하고 뭐든 원하면 갖고야 마는 성격이에요. 별로 원하는 건 없지만 생길 것 같긴 하네요."

여자가 그를 빤히 쳐다보고 있었지만 그 시선이 좋은 게 아니라 상당히 불편하게 느껴졌다.

"제게 말하는 이유는 알겠지만 전 아닌 것 같습니다."

건우는 단칼에 말을 잘라 버렸다. 이럴 때는 미련을 주는 게 가장 미련한 방법이란 걸 그는 잘 알았다.

"저에게 관심 없어 하는 남자는 처음이라서요."

여자는 물러서지 않았다. 이럴 때 남자들이 더없이 짜증이 난다는 걸 여자는 모르는 것 같았다. 아름다움과 재력을 겸비한 여자는 아마 모든 남자들이 자신을 좋아할 거라고 생각하는 모양이었다.

"전 다시 만날 생각은 없습니다."

다시 한 번 잘라서 말하는 친절함을 보인 건우였다. 하늘과 키스를 하는 시간 동안 그녀를 혼자 둔 것에 대한 보상이었다.

"왠지 물어봐도 될까요?"

"그럴 마음이 없네요."

여자가 솔직하게 나오자 그도 똑같이 자신의 마음을 솔직하게 말했다. 아닌데 계속 이어지는 건 싫었다.

"독한 남자네요."

"나쁜 남자까지는 들어봤는데 독한 남자라 신선하군요."

그는 여자를 집 앞에 내려주었다.

"연락할게요."

건우는 섹시한 눈빛으로 그를 바라보는 여자를 차가운 눈빛으로 보았다.

"아니, 하지 마십시오."

그는 딱 잘라 말하고는 차를 돌려 논현동에 있는 자신의 빌라로 향했다. 집으로 가는 내내 그의 머릿속에는 성운그룹의 딸이 아닌 하늘로 가득했다. 이제껏 몸으로 자신에게 대시를 한 여자들은 많았지만 받아들인 여자는 하늘이 처음이었다.

지하 주차장에 차를 세우고 전용 엘리베이터를 탄 그는 100평이 넘는 자신의 빌라에 들어섰다. 넓은 거실은 온통 화이트 톤이었고 미술품을 좋아하는 그의 취향대로 벽은 모던한 현대 미술작품으로 마치 갤러리를 연상시키고 있었다.

건우는 피곤에 지쳐 옷을 뱀 허물 벗듯이 벗어버리고 욕실로 향했다. 따뜻한 물에 샤워를 하고 나니 피곤이 조금은 풀리는 것 같았다. 반바지만 걸친 그는 수건으로 머리를 말리며 맥주를 마시려고 냉장고로 향했다.

윙—

아버지의 전화였다. 오늘 본 선의 결과가 궁금하신 모양이었다.

"여보세요?"

[문 열어.]

전화기 너머로 아버지의 목소리가 들렸지만 뜻을 이해하는 데는 잠시 시간이 걸렸다.

"네?"

그래서 다시 한 번 아버지에게 반문을 했다.

[문 열라고.]

방금 전에 잘못 들은 건 아니었지만 아버지의 갑작스런 방문에 건우는 당황스러웠다. 건우는 얼떨결에 현관으로 가서 문을 열었다.

"아버지?"

정말로 아버지의 모습이 보였다. 회사에서의 정장 차림이 아닌 편안한 골프웨어 차림의 아버지는 그의 얼굴도 보지 않고 그의 어깨를 툭 치시며 집으로 급하게 들어가셨다.

"나도 왔다."

큰 키의 아버지 뒤로 자그만 체격에 어머니가 따라 들어오셨다. 커플룩으로 맞춰 입고 오신 두 분의 모습에 웃음이 났다.

"이 늦은 시간에 어쩐 일이세요?"

두 분은 항상 떨어질 줄을 모르셨다. 아버지가 회사에 다녀오시는 시간을 빼고 아버지는 항상 어머니와 함께 하셨다. 그런데 자식이 그뿐이라는 게 신기할 따름이었다.

어머니는 들어오시자마자 그의 냉장고에 집에서 가져온 반찬을 넣고 계셨다. 언제 준비를 하셨는지 아주 한 보따리였다.

"아주머니가 잘해주시는데 뭐 하러 이렇게 많이 해오셨어요? 힘드시게."

그는 작고 여린 어머니의 건강이 걱정돼서 말했지만 어머니는 언제나 괜찮다고만 하셨다.

"내 걱정 하지 말고 너나 잘 챙겨 먹어. 난 아버지가 아주 잘 챙겨주시니까. 짝 없는 너나 걱정해."

어머니는 짧은 순간에도 금슬 자랑을 잊지 않았다.

"여보, 커피 드실래요?"

어머니가 콧소리를 섞어가며 아버지에게 물었다.

"잠 안 와. 물이나 줘."

순간 그의 집이 아니라 어머니 아버지 집이 되었다.

"너는 커피 줄까?"

"네."

아버지와 그는 소파에 마주 앉았다.

"혼자 살기에 집이 너무 커."

아버지가 주변을 둘러보시고는 언제나 집이 크다는 말씀을 하셨다. 아버지는 집이 큰 게 싫으신 게 아니라 큰집에 그만 있는 게 싫으신 것이었다.

"답답한 거 싫어요."

어머니가 커피가 내려지는 동안 아버지의 물을 가지고 와서 앉으셨다.

"다른 말은 필요 없고 성운그룹의 딸은 어땠어?"

"예뻤고 착한 몸매였고 다 좋았어요. 근데 제 짝은 아니네요."

"에라, 이놈아. 세상에 네 입맛에 완벽하게 맞는 여자가 어딨어? 다 맞추면서 사는 거지."

아버지가 그에게 호통을 치셨다.

"그래도 이왕 하는 결혼 저도 어머니, 아버지처럼 땀띠 나게 붙어다닐 수 있는 사람을 만나고 싶어요."

"세상에 네 엄마 같은 사람은 없다."

어디서 저런 닭살 멘트가 나오는지 건우는 너무 신기했다.

"아니, 이십대 초반에 만나서 30년을 넘게 사셨는데 아직도 좋으십니까? 그건 병이에요."

"야 너도 결혼해 봐. 아주 좋다."

아버지는 지금 그가 봐도 너무 멋진 남자였다. 55세 남자치고는 아주 동안에 멋진 몸을 가진 분이셨다. 어머니도 키가 작기는 하지만 그래도 상당한 미인이셨다. 두 분은 동갑으로 대학 때 사고를 쳐서 결혼한 커플이었다.

재벌집의 두 말썽쟁이들은 그렇게 커플이 되었고 지금도 알콩

달콩 잘사셨다. 그런 부모님 사이에서 그 같은 상남자가 나왔으니 부모님의 걱정이 이만저만이 아니었다.

"이제 연예인들 그만 만나고 정신 좀 차려."

"네, 정신은 차리는데 성운그룹의 딸은 아닙니다."

"그럼, 다른 선 자리를 잡아야겠구나."

어머니의 말에 건우는 깜짝 선언을 했다.

"저 만나는 여자 있어요."

"어? 누군데."

어머니, 아버지가 동시에 물었다.

"아직 소개시켜 드릴 단계는 아니에요."

말을 하고 보니 후회가 밀려오기 시작했다. 부모님의 너무나 기뻐하는 표정을 보니 괜히 말했나 싶기도 했다.

"어느 집 아가씨냐? 연예인은 아니지?"

어머니가 그의 손을 잡으며 물었다.

"연예인은 아니에요."

그나마 안심을 하는 눈치셨다.

"재벌가도 아니에요. 그냥 평범한 아가씨예요."

머리와 입이 따로 놀고 있었다. 오늘따라 그의 입이 독립선언을 한 듯 마구 지껄여 댔다.

"언제 보여줄 거냐?"

"아직은 일러요."

"거짓말하는 건 아니고?"

아버지의 말에 어머니가 아버지의 허벅지를 잡았다.

"엄마는 네 안목을 믿지만 그래도 어른들이 보는 시각은 다를 수 있으니까 얼굴 한번 보자."

"나중에요."

말은 하긴 했지만 그가 떠올린 여자에겐 남자친구가 있었다.

"좀 복잡해요."

왜 하필 이때 하늘이 떠올라서 이렇게 헛소리를 마구 내뱉고 있는지 그는 지금 자신의 말을 주워 담고 싶은 심정이었다.

"왜? 유부녀야?"

"여보!"

이번에는 아버지의 허벅지를 어머니가 세게 꼬집었다.

"아니에요."

솔직히 유부녀는 아니지만 다른 남자가 있는 여자이긴 했다. 왜 갑자기 그녀의 얘기를 꺼낸 것일까?

"나중에 진짜 말씀드릴게요."

그의 얼굴을 빤히 쳐다보던 아버지가 의미심장한 눈빛으로 말을 꺼냈다.

"그래, 그럼 일주일 안으로 데리고 와. 그럼 내가 네 엄마가 주선한 선들을 모두 취소시키도록 하마."

"아버지."

"네가 거짓말한 게 아닌데 뭐가 걱정이야?"

"그래도 그쪽의 뜻을 물어봐야죠."

"그럼, 물어봐라. 너같이 괜찮은 남자의 부모님이 보자고 하는
데 싫다고 마다할 여자는 없을 것 같구나."

아버지는 물러설 기세가 아니었다.

"아버지."

"여보, 일어납시다. 며칠 내로 며느릿감을 볼 수 있다니 당신도
선 자리는 당분간 말하지 말아."

"알았어요."

아버지는 어머니를 모시고 나가시면서도 당부의 말씀을 잊지
않으셨다.

"이번에 거짓말을 했다가는 회사 일이고 뭐고 선만 보게 할 줄
알아."

"……."

"왜 대답이 없어?"

"네."

건우는 아버지에게 말린 느낌이 들었다. 평생을 아버지에게 이
겨본 적이 없는 것 같았다. 아버지는 부드러운 분이었지만 자신의

뜻을 관철시키는 일에는 탁월한 분이셨다. 부모님이 떠나자 집 안이 오늘따라 텅 빈 느낌이었다.

소파에 앉은 건우는 작년 마지막 밤이 떠올랐다. 분명 그날 그는 여우에게 홀려 버렸다. 지금처럼 맨 정신이라면 그럴 수 있었을까? 최소한 처음 보는 여자와 잠자리는 하지 않았을 것이다.

건우의 잠자리를 며칠째 괴롭히는 여우와의 뜨거웠던 일은 지난 연말 송년파티에서 벌어지고 말았다. 건우는 손으로 얼굴을 쓸어내리며 그날의 일을 잊으려고 애를 쓰고 있었지만 그날 그녀가 뿌린 진한 샤넬 향이 코끝에서부터 맴돌며 그녀를 떠오르게 만들고 있었다.

파티를 참석하기 싫어하는 그가 작년 연말 미국에서 대학동기들이 오는 바람에 어쩔 수 없이 강남의 바에서 연말 파티를 하게 되었다. 친구들은 그를 만나기 위해 일부러 시간을 냈고 그도 오랜만에 보는 친구들과 즐거운 시간을 보내기 위해 노력했다.

그래서 그가 일부러 강남에서 가장 물이 좋다는 클럽에 친구들을 데리고 갔고 그들은 아주 즐거운 시간을 보내고 있었다. 오랜만에 즐기는 퇴폐적인 분위기와 현란한 조명 그리고 귀를 찢을 듯한 음악이 업무에 시달리던 그의 피로를 조금이나마 풀어주는 것 같았다.

오랜만에 친구들과 춤도 추고 술도 마시며 그는 간만에 젊은 시절로 돌아간 것 같았다. 정신없이 놀다 보니 그도 슬슬 취기가 올라오기 시작했다. 술을 좀 많이 마신 것 같았다. 시끄러운 음악과 사람들을 뚫고 그는 담배를 피우기 위해 클럽 밖으로 나갔다.

차가운 바람을 맞으니 술이 좀 깨는 느낌이었다.

"잠깐만요."

여자의 나른한 음성과 함께 여자의 손이 그의 팔짱에 끼워졌다. 클럽 안의 퀘퀘한 냄새와는 다른 아주 강한 샤넬 향이 여자에게서 났다.

"잠깐만 이대로 있어주실래요? 부탁드려요."

그는 여자의 향에 취해 여자가 하는 대로 그냥 내버려 두었다.

"감사해요."

여자의 정수리만 내려다보며 그는 이게 무슨 상황인가를 한참 생각했다. 그러더니 이번에는 그의 품에 갑자기 안기는 여자였다.

"잠깐만요."

뭔가를 살피는 듯한 여자는 그의 재킷 안으로 이미 들어와 그의 와이셔츠에 자신의 양손을 대고 있었다. 그의 심장이 고장이 났는지 두근거리고 있었다. 처음 보는 여자가 갑자기 그의 품 안에 안겨 있다니 평소 그의 성격이라면 냉정하게 뿌리쳤겠지만 이상하게 이 여자에게서 나는 향이 참 좋았다.

"날 좀 안아줄래요?"

"네?"

"빨리요."

거절을 하려고 하다가 그는 자신을 올려다보고 있는 여자와 눈이 마주쳤다. 여자는 그를 보더니 화들짝 놀란 표정이었다. 마치 그를 알아보는 것 같았다. 하지만 그의 기억에는 이토록 아름다운 미인은 저장되어 있지 않았다.

"어?"

여자가 뭔가를 본 듯 그의 품에 얼굴을 묻었다.

"키스해요. 빨리요."

"……."

"어서요."

그가 이 황당한 상황에 얼른 대답을 하지 못하자 여자가 그의 목에 팔을 두르고 그의 목을 끌어당겼다. 순간 건우는 여자의 힘이 상당하다는 걸 느꼈다.

그의 입술이 여자의 입술에 포개져 있었지만 여자는 더 이상의 반응은 하지 않았다. 그리고 그녀의 눈은 그가 아닌 다른 곳을 향해 있었다.

"돌아요."

"……."

"돌아야지 가려지죠."

건우는 말 잘 듣는 아이처럼 그녀의 말에 따랐다. 그녀를 돌려 그의 몸이 그녀를 가리게 만들었다.

이번에는 그가 주위를 둘러보았다. 그리고 그는 멀리서 그들을 향해 다가오고 있는 낯익은 얼굴을 보았다.

지금은 그만둔 기획실의 조 부장이었다. 실력 있는 사람이었는데 이번에 불미스러운 사건에 휘말려 그만두었다. 실력은 아까웠지만 회사의 이미지도 있고 해서 사표가 수리된 걸로 알고 있었다.

이번에는 그가 조 부장에게 이 상황을 들키고 싶지 않았다. 재벌가의 남자가, 그것도 연말에 길거리에서 여자와 끌어안고 있는 모습을 들키고 싶지는 않았다.

"도대체 어디로 간 거야?"

조 부장의 목소리가 뒤에서 들렸다. 그의 품 안의 여자를 찾는 것 같았다. 무슨 일인지 궁금증이 생겼지만 지금 더 궁금한 건 그의 입술과 부딪친 그녀의 입술이었다. 그는 여자의 입술을 자신도 모르게 빨아들였다. 여자가 갑작스러운 그의 키스에 그를 밀어내려 했다. 하지만 그 순간 그녀가 빼도 박도 못하게 조 부장이 어딘가로 전화를 걸고 있었다.

"여보세요? 어, 사라졌어."

조 부장의 목소리에 그의 가슴을 밀어내고 있던 여자의 손에 힘이 빠졌다. 그는 여자의 가는 허리를 감싸 안고는 바짝 자신의 품안으로 끌어당기고는 마음껏 그녀의 입술을 빨아들이기 시작했다.

"이 근처에 있는 건 확실해. 알았으니까 좀 기다려."

그러더니 조 부장의 목소리가 들리지 않았다. 그 순간 그의 혀가 거짓말처럼 열린 여자의 입안을 마음껏 활보하고 있었기 때문이었다.

"으음."

여자의 입에서 신음 소리까지 나오자 그의 몸이 흥분에 사로잡혔다. 낯선 장소에 낯선 여자라니 아주 유혹적인 조건이었다. 그는 처음으로 키스만으로도 흥분할 수 있다는 걸 알았다. 여자의 혀가 그의 혀를 감싸자 미칠 것 같은 그의 페니스가 단단해지고 말았다.

여자는 급하지 않게 키스에 반응을 하고 있었지만 그의 몸은 확실하게 타오르고 있었다. 여자의 수가 아주 고급이었다. 그의 손은 자연스럽게 그녀의 허리를 타고 올라가 가슴에 머물렀다. 그리고 엄지손가락으로 그녀의 유두를 슬쩍 건드려 보았다.

여자가 놀라 몸을 뒤로 뺐다. 그리고 주변을 살폈다.

"도대체 무슨 일이지?"

"아니에요. 하지만 어쨌든 감사해요."

그녀가 그를 떠나려 하고 있었다. 그는 무조건 반사를 하는 것처럼 돌아서는 그녀의 팔을 잡았다.

"뭐 하시는 거예요?"

그녀를 정면으로 보는 순간 건우는 자신의 호흡이 정지했음을 느꼈다. 아름답다고 표현해야 하는데 그것으로는 부족했다. 커다란 눈망울이 그의 시선을 붙들고 있었다. 눈동자에 그의 모습이 비칠 정도로 그녀의 검은 눈동자는 굉장히 짙고 그 크기도 놀라울 정도로 컸다.

젊은 여자들이 끼고 다니는 써클렌즈를 낀 것인지 아니면 자신의 눈동자인지 모르겠지만 참 예뻤다. 반짝이는 눈을 가진 사람인데 왜 쫓기는 것일까? 그리고 왜 그의 품 안에 뛰어든 것일까? 그는 이 여자가 너무나 궁금했다.

"감사하긴 한데 이 팔 좀 놓아주시겠어요?"

여자는 그의 품에 들어올 때의 다급한 모습은 온데간데 사라지고 아주 당당한 목소리로 말했다.

"난 남한테 뭔가를 그냥 해준 적은 한 번도 없어."

"하지만 오늘은 처음으로 그냥 도와주셔야겠어요."

그가 그녀를 벽으로 밀어붙였다.

"직업여성인가?"

"아뇨."

"그럼 이렇게 원피스를 입고 이 늦은 밤에 다른 사람에게 쫓기고 있는 이유는 뭐지?"

그의 손가락이 자신도 모르게 깊게 파인 그녀의 가슴라인을 따라 움직이고 있었다.

"제가 이유를 말해야 하나요?"

당차다고 해야 하나 무모하다고 해야 하나. 분명한 건 여자는 확실하게 그를 자극하고 있었다. 그때였다. 고맙게도 조 부장이 다시 그쪽으로 오고 있었다.

"아까 그 남자가 다시 이쪽으로 오는군."

여자는 그의 어깨 너머로 조 부장을 확인하고는 다시 그의 슈트 안으로 파고들었다.

"제가 커피 살게요."

"커피?"

순간 웃음이 터져 나왔다.

"아님, 2차로 맥주 어때요?"

"벌써 술은 지칠 정도로 마셨어."

"그럼, 뭘 원해요?"

"당신."

왜 그런 말이 나왔을까? 둘의 시선이 불꽃을 튀겼다.

"원래 모르는 여자한테 이래요?"

"원래 모르는 남자에게 이렇게 안기나?"

조 부장이 가까워지자 여자의 표정이 어두워졌다. 그도 이번에는 조 부장이 그를 알아볼 것 같았다. 그래서 그는 여자의 손을 잡고 근처에 세워두었던 자신의 벤츠로 우선 향했다.

"술 마셨는데 어떻게 운전해요?"

"기사가 있어."

원래 연말에는 모임이 많고 술자리가 많아서 임시로 기사를 고용했다. 여자의 손을 잡고 차에 오른 그는 집으로 갈 것을 운전사에게 말하고는 친구들에게 문자를 보냈다. 급한 일이 생겨서 먼저 나왔다고 말이다.

지금 그의 옆에는 그의 급한 일이 같이하고 있었다.

"무슨 일인지 물어봐도 되나?"

"아뇨."

"죄를 지은 건 아니겠지?"

"아뇨, 그 반대예요."

여자는 당당해 보였고 그래서인지 그 말에 믿음이 갔다. 운전기사가 그녀를 힐끔 쳐다보고 있었다. 하긴 그가 처음으로 사적인 이유로 차에 태운 첫 번째 여자이기 때문이다. 그가 직접 모는 차에는 여자를 태우기도 했지만 기사가 있는 차에는 처음이었다.

지금 그의 옆에는 낯선 여자가 아주 자연스럽게 앉아 있었다. 참으로 희한한 일이었다. 클럽에 가기 전까지 이런 일이 자신에게 일어나리라고는 상상도 하지 못했었다. 그의 마음도 복잡했다.

　이 섹시한 여자에 대해 알고 싶었다. 묘한 분위기가 있는 여자였다. 자신의 집으로 향하고 있는 지금 그는 그냥 이 여자에 대해 조금이라도 알고 싶은 마음이었지만 궁금한 듯이 귀를 쫑긋 세우고 있는 기사 앞에서는 아니었다.

　그들은 그의 집에 도착할 때까지 말이 없었다. 솔직히 건우는 머리가 복잡했다. 아무것도 모르는 여자를 집에 들이는 것 자체가 처음인 그였다. 그의 집에 여자라, 생각지도 않았던 일이었다.

　엘리베이터를 타고 그의 집에 들어갈 때까지도 그의 머리는 터질 것 같았다. 하지만 그렇게 뜨거운 밤을 보내게 될 줄은 그조차도 짐작하지 못했다. 그녀의 뜨거운 숨결이 그의 귓가에 머물고 그녀의 촉촉한 입술이 그의 입술을 탐하게 될 줄은, 그리고 그 기억 때문에 그의 밤이 길고 외롭다고 느끼게 될 줄은 감히 상상도 할 수가 없었다.

　며칠 동안 그 상상에 그는 어릴 때 이후로 하지도 않았던 마스터베이션을 하며 욕망을 누를 수밖에 없었다. 다시금 그의 페니스에 피가 몰리기 시작하고 있었다. 빨리 이 지겨운 꿈에서 깨어나야 했다.

윙~

핸드폰이 요란하게 울리고 있었다. 그의 인상이 확 써졌다. 소파에서 깜박 잠이 들었던 모양이었다.

"여보세요?"

[잘 들어가셨는지 궁금해서 했어요.]

아까 선을 봤던 여자였다.

"전화는 불편합니다. 그리고 우리는 만날 일이 없어요. 끊겠습니다."

그녀의 아버지와 사업관계가 아니었다면 화를 낼 뻔했다. 이렇게 질질 끄는 여자는 매력이 없었다. 그가 매력을 느끼는 여자는 지금으로서는 하늘뿐이었다. 인정하기는 싫지만 어쩔 수가 없는 일이었다. 건우는 한숨을 쉬며 자신의 침실로 향했다.

3

대한호텔에서 가족 식사를 마친 하늘은 언니의 아우디를 끌고 곧장 집으로 가지 않았다. 머리도 아프고 해서 하늘이 찾은 곳은 소희의 오피스텔이었다. 소희는 일찍 독립해서 지금은 자신이 다니는 회사 근처의 오피스텔에서 살고 있었다.

"뭐 사가지고 갈까?"

집 근처에 도착한 하늘이 소희에게 전화를 걸었다.

[그냥 와. 아까 시우 오빠가 먹을 거 사가지고 왔고 부족하면 치킨 시켜 먹자.]

"알았어."

차를 오피스텔 안에 주차한 하늘은 차 안에 앉아 잠시 멍하게

있었다. 왜 자꾸 심장이 두근거리는지 하늘은 정말 이런 자신의
상황이 마음에 들지 않았다.

입술에서 그의 입술의 촉감이 지금도 느껴지고 있었다. 그리고
자신의 온몸에서 그의 손길이 그대로 살아나고 있었다.

"후우~"

한숨을 쉬며 하늘은 눈을 감았다. 그날 그렇게 정신 나간 미친
여자처럼 그의 집에 따라가는 게 아니었다. 아무리 조 부장을 피
하고 싶은 마음이 강하더라도 아무 남자의 품에 그렇게 뛰어드는
게 아니었다.

후회가 가득했던 지난 송년의 밤이 자꾸만 떠오르는 하늘이었
다. 그날은 회사 사람들이 친한 부서별로 모여 송년의 밤을 보내
기로 했었다. 기획실과 홍보실 그리고 영업 1팀이 함께한 자리라
서 인원이 꽤 많았다.

가뜩이나 조 부장의 와이프가 그녀를 찾아와서 한바탕 난리를
치르고 조 부장이 회사를 그만둔 지 얼마 되지 않은 상황이라서
그녀는 일부러 더 신경을 쓰고 나갔다.

처음엔 안 갈까 했는데 언니가 곁에 있어주겠다고 해서 그녀는
언니만 믿고 나갔다. 그런데 술에 약한 언니가 먼저 녹다운이 돼
서 집으로 가고 그녀만이 남겨진 상황이 되어버렸다. 불길한 예감
이 들었다.

조 부장을 스스로 그만두게 만든 건 그녀의 녹취록 증거 덕분이었다. 조 부장이 그녀를 성희롱하는 대목이 고스란히 들어 있는 녹취록을 공개한다고 하자 입장이 곤란해진 조 부장이 스스로 사표를 낸 것이었다.

그걸로 모든 게 끝이 난 줄 알았는데 한성격 하는 조 부장의 부인이 왜 조 부장이 그만뒀는지 자꾸 묻는 것 같았다. 조 부장이 뭘 잘못했기에 멀쩡히 다니는 회사를 그만두냐는 것이었다.

하늘도 몰랐는데 윤 과장이 떠들고 다녀서 듣게 된 얘기였다. 그래서 요즘 조 부장에게 계속해서 전화가 오는지도 몰랐다. 한 번도 받지 않았지만 말이다.

조 부장은 끝까지 말썽이었다. 하늘은 사람들 몰래 슬쩍 빠져나왔다. 모두의 시선이 그녀에게 쏠려 있긴 했지만 그래도 화장실을 가는 척하며 몰래 송년회장에서 빠져나온 하늘은 집으로 가기 위해 콜을 불렀다.

차를 기다리고 서 있는데 조 부장과 어떤 남자가 그쪽으로 오고 있었다. 자꾸 전화를 받지 않으면 가만히 있지 않겠다고 했다.

나중에 안 사실이었지만 그녀와의 일 때문에 조 부장의 부인이 이혼 소송 준비를 하고 있었다고 한다. 남편을 사랑하지 않아서가 아니라 바람을 피운 남편을 용서할 수가 없다는 것이었다.

그래서 그녀와는 아무런 관계가 없다는 내용을 받아야 하는 것 같았다. 예를 들면 자신이 성희롱을 한 게 아니고 다른 여직원들과도 바람을 피운 적이 없다는 뭐 그런 내용일 것이다. 그리고 녹취록을 그녀가 가지고 있기 때문에 그것도 걱정이 되었던 모양이었다.

조 부장의 처가는 굉장히 잘사는 것 같았다. 그래서 바람을 피우면서도 부인을 포기하지 못하는 것이었다.

지난번에 우연히 전화를 받았다가 그녀는 말도 못하는 협박을 받았었다. 사람을 시켜서 여자 구실을 못 하게 하겠다는 둥, 밤길을 조심하라는 둥 입에 담지 못할 소리를 골라서 했다.

그런데 오늘은 진짜 다른 남자를 데리고 왔다. 하늘은 몸을 돌려 사람들 사이로 들어갔다. 그런데 뒤를 바라보는 순간 조 부장과 눈이 마주쳐 버렸다. 그때부터 하늘은 정말 앞만 보고 걸었다.

새해를 맞이하려는 인파들로 강남의 거리는 붐볐고 그곳을 하늘은 무작정 뛰었다. 그러다가 막다른 골목에 도달했고 눈에 들어온 키가 큰 남자에게 도움을 요청했다. 남자는 그녀를 감싸주었고 그 커다란 덩치로 그녀를 조 부장의 눈에 띄지 않게 도와주었다.

나시는 조 부장과 대면하고 싶지 않았다. 조 부장의 부인이 그녀를 몰아칠 때 그는 아니라고 한마디 말도 하지 않았다. 그리고 별이의 눈치를 보느라 정신이 없었다. 그런 비열한 인간을 다시는 마주하고 싶지 않았다. 그런 마음에 그녀는 부끄러움도 없이 낯선 남자에게 도움을 청한 것이었다.

추운 날씨 때문인지 남자의 품은 더욱 따뜻하게 느껴졌고 돌발 상황이었지만 그의 입술 또한 따뜻했었다. 그리고 그의 얼굴을 보았을 때, 그녀는 화들짝 놀라고 말았다. 그는 다름 아닌 그녀 회사의 본부장이었다. 하지만 이상하게 두렵거나 싫지 않았다.

본부장은 대리인 그녀를 못 알아보는 것 같았다. 하긴 오늘 그녀는 좀 과하게 꾸미긴 했다. 평소에 튀게 입는 걸 좋아하기도 했지만 오늘은 기분도 그렇고 해서 확실하게 연말 파티 분위기를 낸 것이다.

작은 클럽을 빌려서 논다는 얘기를 듣고 클럽에 걸맞은 옷을 입었다. 메이크업도 다른 때보다는 확실하게 다르게 했다. 가면에 가까울 정도로 진하게 말이다.

타이트하게 붙는 검은색 원피스는 깊게 브이넥으로 파져서 그녀의 풍만한 가슴을 거의 노골적으로 드러냈다. 드레스의 색은 단순했지만 디자인은 상당히 과감했다. 그녀가 블랙 밍크를 걸치고 있어서 뒤태가 보이지 않았지만 밍크를 벗으면 거의 엉덩이까지 파인 과감한 디자인이었다.

조 부장을 피하고 싶다는 생각에서 정신을 차리고 보니 그의 집 엘리베이터 안이었다. 본부장이 매력적이긴 했지만 왜 여기까지 따라오게 되었는지 스스로도 의문이었다.

하지만 하늘은 뿌리치고 가고 싶은 생각이 들지 않았다. 그녀는 한두 살 먹은 어린아이가 아니었다. 지금은 경험이 없을 뿐 아이가 아닌 여자로서 그를 따라온 것이었다.

평소에 그녀의 눈에 비친 본부장은 참 멋진 남자였다. 재벌이라서가 아니라 그의 일 처리 방법이나 외모가 그녀뿐만 아니라 회사의 모든 여직원들의 흠모의 대상이었다. 그런데 이렇게 그와 단둘이 야릇한 느낌으로 있으니 기분이 아주 이상했다.

꽉 막힌 공간에 그와 그녀 둘뿐이었다. 숨 막히는 긴장감에 호흡이 가빠지고 있었다.

띵!

엘리베이터의 소리에 깜짝 놀란 하늘은 잠시 망설이다가 그의 뒤를 따랐다. 내일이면 30이었다. 시계를 확인하지 못해서인지 이미 새해가 되고 서른이 됐을지도 몰랐다. 그런데 그녀는 아직 특별한 남자 경험이 없었다. 아니, 그럴 기회가 그녀에게 주어지지 않았다.

이상하게 언제나 그녀의 주위에는 이미 임자가 있는 사람들투성이였다. 멀쩡한 총각은 다른 여자가 좋다고 하니 남자 복이 없는 게 분명했다. 하늘은 이러다가 처녀로 늙어 죽는 게 아닌가라는 생각을 할 때도 있었다.

디리리.

문이 열리는 소리가 들리고 하늘은 갑자기 오늘은 처녀딱지를 떼버리는 역사적인 날이 될지도 모른다는 생각이 들었다. 요즘 남자들은 아무것도 모르는 쑥맥은 싫어한다는데 본부장같이 플레이보이라고 소문이 난 사람은 더더욱 처녀는 싫을 것이다.

만약에 그녀에게 그런 일이 일어난다면 더 적극적으로 반응해야 한다는 생각이 들었다. 아니, 먼저 덤비는 게 좋을 것 같았다. 마음먹은 김에 평소 섹시하다고 생각했던 본부장과의 섹스를 아주 멋지게 하고 싶었다.

"안 들어올 텐가?"

"아뇨."

마음의 정리를 마치자 한결 편해진 하늘은 그의 물음에 당당하게 답을 하고 그의 집 안으로 들어갔다. 현관에 들어서고 그녀의 뒤에 문을 닫기 위해 그가 서 있었다.

어디서 그런 용기가 났을까? 문이 닫히는 소리가 들림과 동시에 하늘은 본부장의 어깨에 팔을 두르고 키스를 했다.

그의 차가운 입술이 그녀의 입술에 닿자 온몸에 소름이 돋을 만큼 짜릿한 느낌이 들었다. 마음을 먹은 대로 하늘이 먼저 그의 입안에 자신의 혀를 과감하게 밀어 넣었다. 본부장은 환영을 한다는 듯 그녀의 혀를 빨아들였다.

"하~"

그녀와 그의 입술 사이에 그녀의 신음이 흘러나왔다. 그가 그녀의 입술을 세게 빨아들임과 동시에 그녀의 몸을 자신의 몸 안에 가두었다. 그의 단단한 가슴이 그녀의 부드러운 가슴을 누르고 있었고 그의 강한 손이 그녀의 양쪽 허리를 감싸고 있었다.

"실수한 거야."

그가 으르렁거리기 시작했다.

"키스해 줘요."

그의 말뜻이 언뜻 이해가 가지는 않았지만 시작한 이상 끝을 봐야 했다. 하늘은 그의 목을 감싸고 있는 팔을 풀고는 그의 얼굴을 양손으로 감쌌다.

"이해가 안 가나? 이제는 못 돌려보내."

그가 이렇게 말을 한 후에 그녀를 안아 들었다. 그리고 성큼성큼 자신의 집 안으로 들어갔다. 그의 집은 그녀가 태어나서 본 집들 중에서 가장 컸다. 그리고 썰렁할 정도로 깔끔했다. 마치 고급 갤러리에 온 것 같은 착각을 불러일으킬 정도로 많은 예술품들이 벽면을 수놓았다.

하지만 지금 그는 거친 숨소리만 내쉬며 목표하는 곳으로 전진만 할 뿐이었다. 하늘은 그의 단단한 가슴에 손을 얹고는 생각했다. 이렇게 자신도 남자의 품에 안길 수 있구나 하고 말이다.

신기한 일이었다. 90kg이 넘었던 예전의 자신이라면 본부장이

들 수 있었을까? 라는 생각이 들자 갑자기 피식 웃음이 나와 버렸다. 하지만 그녀가 웃어도 본부장의 표정은 심각했다. 그러는 사이 본부장이 문을 열고 방 안으로 들어가 그녀를 침대 위에 올려놓았다.

푹신한 침대가 엉덩이에 닿자 하늘은 정신이 들었다. 이제 더 이상 후퇴는 없었다. 침대 위의 하늘은 마치 언제나 그랬던 것처럼 거친 숨을 몰아쉬고 있는 본부장을 바라보며 밍크코트를 아주 천천히 벗었다.

"후회 안 할 자신 있나?"

"후회하세요?"

그렇게 말을 하며 그녀는 아무렇지 않게 자신의 원피스의 한쪽 어깨를 내렸다. 그리고 그의 호흡이 더욱 거칠어진 것을 확인하고는 나머지 한쪽을 내렸다. 아무것도 입지 않은 맨가슴이 드러나자 그가 자신의 슈트를 벗고는 와이셔츠를 거칠게 벗기 시작했다.

그들은 서로를 바라보며 옷을 벗기 시작했다. 마치 시합을 하듯이 각자의 옷을 빠르게 벗어 던진 그들이었다.

"만족하나요?"

"……."

아무래도 오늘 하늘은 자신이 뭔가를 잘못 먹었다고 생각했다.

그러지 않고서는 이렇게 대담할 수가 없었다. 옷을 벗는 것까지는 자신이 본 영화 중에 가장 야한 걸 흉내 냈지만 이제 밑천이 다 떨어져 갔다.

선수인 본부장이 그녀가 처음인 걸 알아차리고 끝까지 가지 않고 중간에 멈춘다면 자존심이 많이 상할 것 같았다. 오늘 밤은 그가 아닌 그녀가 원하는 밤이었다.

아무것도 걸치지 않은 남자를 처음 본 하늘은 숨이 막혔다. 그의 중심에 단단하게 솟아 있는 페니스를 보지 않기 위해 그녀는 일부러 그의 눈을 쏘아보듯이 보고 있었다. 그의 완벽한 몸을 빨리 만져 보고 싶었지만 그는 움직이지 않고 거친 숨만 몰아쉬며 그녀를 응시하고 있을 뿐이었다.

"언제나 이런 식으로 남자를 유혹하나?"

"아뇨?"

"그럼?"

"당신은 이렇게 말만 하나요? 어서 와요."

그녀의 말이 끝나기가 무섭게 그가 그녀를 덮쳤다. 마치 기회를 노리던 맹수가 한걸음 뒤로 물렀다가 빠르게 달려들 듯이 그는 지금 그녀를 사냥하고 있었다. 그의 거친 공격이 두려웠지만 이건 분명히 그녀가 원해서 하는 일이었다.

그의 입술이 그녀를 집어삼킬 듯이 달려들었다. 숨을 쉴 틈도 없이 그들의 입술이 서로를 강하게 빨아들이고 있었고 그의 손은 그녀의 목을 움켜쥐고 있었다. 조금만 힘을 주었다가는 그의 손에 목이 부러질 것만 같았다.

그들의 키스는 부드러움과는 거리가 멀었다. 으르렁거리는 그의 소리가 연속해서 그녀의 귀를 자극하고 있었다. 마치 화가 난 듯 그는 계속해서 맹수의 숨소리를 냈다. 하지만 그게 오히려 그녀에게는 색다른 자극이 되고 있었다. 그녀 안에 이렇게 적극적인 여자가 숨어 있을 줄은 그녀 자신도 몰랐다.

순진한 척 뒤로 빼기에는 이미 늦었다. 이제 즐기면 되는 것이었다. 영화 속 주인공처럼 적극적인 공격을 해나가는 하늘이었다. 그녀의 입술은 그에게 붙잡혀 있었지만 그녀의 손은 자유로웠다.

그녀는 자신도 모르게 그의 가슴을 더듬다가 점점 더 아래로 손을 내렸다. 그리고 난생처음 크고 단단한 무언가를 손으로 잡았다. 뼛속 깊은 곳에서까지 용기를 끌어 모아서 그녀는 그의 페니스를 천천히 주무르기 시작했다.

그러자 그의 입에서 신음 소리가 터졌다. 언젠가 일본 포르노 비디오에서 본 장면을 그대로 흉내 냈다. 그때는 굉장히 더럽다고 생각했는데 막상 그녀에게 이렇게 도움이 될 줄은 몰랐다.

"으으윽!"

"싫어요?"

순간 그에게 묻고는 하늘은 실수를 한 것 같았다. 좋은지 싫은지 묻는 건 괜히 아마추어 같다는 인상을 줄 것 같았기 때문이었다.

"으으윽!"

그는 대답 대신 다시 한 번 신음을 내뱉으며 그녀를 안심시켰다. 그의 반응을 보니 지금까지는 잘하고 있는 것 같았다. 하지만 그녀는 후회했다. 그가 키스만 하지 않을 거란 걸 알고는 있었지만 그녀의 유두를 거침없이 빨고 있는 그 때문에 너무나 놀랐기 때문이었다.

"아~"

그녀의 입에서도 신음 소리가 절로 나왔다. 그녀의 유두를 누군가 건드린 적이 한 번도 없었기 때문이었다. 이건 그녀가 경험한 몇 번의 진한 키스와는 다른 아주 원초적인 느낌이었다. 그녀의 온몸에 소름이 돋았다.

"아아아~"

그녀의 유두를 그가 힘껏 빨아들이고 있었다. 그는 그걸로는 만족스럽지 않은지 그녀의 가슴을 두 손으로 주물렀다.

"생각보다 아주 커."

그녀의 마른 몸에 비해 가슴은 상당히 컸다. 다른 곳의 살들은 빠졌는데 다행히 그녀의 가슴살은 심하게 빠지지 않았다. 남자의 손이 그녀의 맨가슴을 만지고 있는데도 하나도 부끄럽지 않았다. 오히려 그가 더 만져 주기를 바랐다. 그녀의 손도 그의 가슴을 타고 위로 올라와 그의 목을 다시 감았다. 그리고 그의 입술을 찾아 더없이 진한 키스를 했다. 자신이 생각해도 참 기가 막혔다.

본능의 힘이란 무서운 것 같았다. 그녀로 하여금 자연스럽게 남자의 몸을 탐하게 하고 있었기 때문이었다. 그의 혀를 그녀가 세게 빨아들이자 그가 그녀를 침대 위로 쓰러뜨렸다. 그리고 더욱 격렬하게 그녀의 입술을 탐했다.

서로의 타액이 섞이고 그들은 키스는 더욱 진해졌다. 본부장의 입안에서는 알코올 맛이 강하게 났다. 아마 그도 맨 정신이었다면 이렇게 모르는 여자와 섹스를 하지는 않았을 것이다.

"허억헉, 약속 하나만 해줘요."

거친 숨을 몰아쉬며 그녀가 그에게 말했다.

"오늘이 처음이자 마지막이에요."

"……."

그녀가 그의 아랫입술을 빨아들이며 다시 한 번 물었다.

"알았죠?"

"알았어."

그의 답을 들은 후 하늘은 그에게 다시 매달렸다. 마지막이었다. 그녀는 그의 정체를 알았지만 다행히 그는 그녀의 정체를 모르는 것 같았다. 회사에서 마주칠 일도 없고 마주친다 하더라도 모른 척하면 그뿐이었다.

그의 입술이 그녀의 가슴에서 탄탄한 복부로 이동하고 있었다. 오랜 운동으로 그녀는 언제나 탄탄한 11자 복근을 가지고 있었다.

그가 그녀의 배를 손으로 쓸어 내렸다. 그리고 그녀의 배에 입을 맞추며 내려갔다. 그리고 움푹 파인 배꼽에 그의 혀가 들어오자 하늘은 몸을 휘었다. 무엇 하나 자극적이지 않은 것이 없었다.

그의 입술이 점점 더 아래로 내려오고 있었다. 위험했다. 그의 입김에 그녀의 검은 숲이 평생 처음으로 흩날리고 있었다. 더 이상 내려오면 어떻게 될지 그녀는 두려웠다. 안 그런 척 애를 쓰고 있었지만 묘한 쾌락과 참을 수 없는 두려움이 뒤섞여 그녀를 혼란스럽게 만들고 있었다.

"그만."

자기도 모르게 그의 머리카락을 움켜쥐며 본능적인 거부를 했다. 하지만 그는 멈추지 않고 그녀의 검은 숲을 자신의 입으로 삼켜 버렸다.

"아아아앙~"

알 수 없는 신음 소리가 그녀의 입에서 새어 나왔다. 자신이 내뱉고도 민망한 그런 신음 소리가 말이다. 하지만 그의 공격은 계속되었다. 그의 혀가 그녀의 여성을 반으로 가르고 들어와서 마구

휘젓고 있었다.

이런 느낌은 처음이었지만 이상하게 나쁘지 않았다. 두려웠지만 그만큼 찌릿한 쾌감이 온몸을 휘감고 있었다. 고개를 들고 보니 그의 검은 머리가 그녀의 아래에 고정되어 있었다. 그의 혀가 주는 참기 힘든 쾌감에 그녀는 인상을 찡그렸다.

진짜 이러다가 죽을 것만 같았다. 이 남자는 완벽하게 프로였다. 그녀의 어디가 반응을 하는지 그는 귀신같이 찾아내고 있었다.

"그만해요!"

숨이 넘어가는 목소리로 그녀가 그를 저지하려고 했지만 그에게는 들리지 않는 것 같았다. 그는 오히려 혀로 그녀의 여성을 핥았다. 그리고 이를 사용해서 그녀의 여성에 자극을 주고 있었다. 미칠 것 같았다.

그러더니 그가 그녀의 여성에 자신의 손가락을 넣었다. 처음으로 느끼는 이물감에 그녀는 놀랐지만 생각보다 아프지는 않았다. 오히려 아주 좋은 느낌이었다.

그의 얼굴은 굳어 있었다. 그녀가 미숙하다는 걸 느낀 것일까, 하늘은 두려웠다.

"왜, 내가 싫어요? 어서 들어와요."

그녀는 언젠가 본 일본 포르노의 여배우의 대사를 그대로 흉내 냈다. 이럴 줄 알았으면 소희가 보라고 할 때 몇 편 더 볼 걸이라는 생각이 들었다.

하지만 그가 그녀의 다리를 벌리고 그녀에게 들어오려는 순간 하늘은 후회를 하고 말았다. 그의 페니스가 아까보다 두 배는 더 커진 것 같았다. 그녀가 만질 때도 컸었는데 지금은 아까보다 정말 훨씬 커졌다.

그의 페니스가 그녀에게 들어온다면 분명히 그녀의 몸은 둘로 갈라지고 말 것이다.

"잠깐만요."

그녀의 말이 흥분한 그에게 들릴 리가 없었다. 그는 인정사정없이 그녀의 질 안에 자신의 페니스를 밀어 넣기 시작했다.

"아아아악!"

그녀의 입에서 비명 소리가 터져 나왔다. 그리고 그의 가슴에 사정없이 자신의 손톱자국을 내고 말았다.

"그, 그만!"

하지만 그녀의 비명 소리와 함께 그의 페니스는 이미 그녀의 몸 안에 들어가 있었다. 그런데 그는 모든 동작을 멈추었다. 여전히 그녀의 질은 찢어질 듯이 벌어져 그의 페니스를 담고 있었고 여전히 고통스러웠다.

"처음인가?"

그의 저음이 위험스럽게 방 안을 울리고 있었다.

"왜 말하지 않았지?"

"아흐, 말했다면 안 했을까요?"

고통과 쾌락이 그녀를 동시에 짓누르고 있었다. 말하기도 힘들었다.

"아니, 쳐다보지 않았을 거야."

그는 냉정하게 말하고 있었지만 그의 눈은 욕망으로 인해 짙은 검은색을 띠고 있었다.

"어떻게든 해줘요."

그녀가 몸을 본능적으로 비틀자 그가 그녀의 허리를 잡았다.

"제발."

그녀의 말에 그가 몸을 움직이기 시작했다. 하지만 생각보다 그의 움직임은 거칠지 않았다. 처음인 그녀를 배려하고 있는 것 같았다. 그의 페니스가 들어갔다가 나왔다를 반복하고 있었고 하늘은 쾌락이 무엇인지를 점점 느끼고 있었다. 미칠 것 같은 쾌감이 그녀의 여성에서부터 점점 퍼져 나오고 있는 것만 같았다.

참을 수가 없는지 그의 움직임이 빨라지고 그의 입에서는 계속해서 낮은 욕설이 터져 나오고 있었다. 그는 지금 이 상황이 불만인 것 같았다.

하지만 하늘은 본부장의 불만이 진짜 불만이 아니란 걸 그의 눈을 보고 알 수 있었다. 그도 지금 그녀만큼이나 쾌락을 느끼고 있는 게 분명했다.

그의 얼굴이 점차 붉어지고 그의 움직임이 속도를 더하더니 그가 그녀의 배 위에 그의 분신들을 쏟아내기 시작했다. 그 뒤에 그녀를 안아 들고는 욕실로 들어가서 욕조에 넣더니 따뜻한 물을 틀었다.

그리고는 어디서 가져왔는지 아로마 오일을 떨어트려 주었다. 말은 하지 않았지만 챙길 건 다 챙기고 있는 본부장이었다.

"이렇게 풀지 않으면 내일 힘들어."

이렇게 말한 그는 옆에 있는 샤워부스로 들어가 샤워를 했다. 그리고 말없이 욕실을 나갔다. 그의 욕실에서는 밖이 훤하게 보였다. 창밖에는 눈이 오고 있었다. 남들은 새해를 축하하는 눈이라고 좋아하겠지만 그녀는 그렇지 않았다. 마음을 괴롭게 하는 눈이었다.

따뜻한 물에 라벤더 향이 그녀의 마음을 안정시켜 주고 있었지만 그녀의 질은 여전히 화끈거렸다.

목욕을 마치고 커다란 수건을 걸치고 나간 하늘은 침대에 걸터앉아 그녀의 명함을 손에 들고 있는 그를 보았다.

"뭐 하는 짓이에요?"

"그건 내가 묻고 싶군."

그가 명함을 손가락 사이에 끼우고는 그녀에게 들어 보였다.

"뭐지? 알고 접근한 건가?"

"아니에요."

"우리 회사의 대리가 날 모른다?"

"처음엔 몰랐어요. 급했으니까."

"언제 알았지?"

"키스를 하고 나서야 얼굴을 봤어요."

그가 피식 웃었다. 그 차가운 미소가 그녀의 눈에는 더없이 매력적으로 보였다.

"그걸 날더러 믿으라는 건가?"

"믿기 싫으면 관두세요. 내가 본부장님과 잠자리를 했다고 해서 뭔가를 요구할 일은 없을 테니까요."

진심이었다. 그에게 뭔가를 요구할 생각은 없었다. 아까 도와준 게 고마웠고 그녀의 첫 남자가 되어준 게 고마울 뿐 더 이상은 없었다.

"같은 회사 직원의 얼굴도 모르고 섹스를 한 상사라……."

"기분 나빴다면 죄송해요."

"죄송하다면 될 일인가?"

하늘은 그의 말을 들으며 바닥에 떨어진 옷을 주웠다. 하지만 그에 의해 그녀는 그대로 다시 침대에 눕게 되었다.

"뭐 하는 거예요?"

"내가 뭘 할 것 같은가?"

그의 구릿빛 피부와 너무나도 대조가 되는 새하얀 이가 위험스럽게 드러났다.

"난 지금 아주 기분이 나빠."

"기분이 나쁘셨다면 죄송해요. 하지만……."

나머지 말은 그의 입안으로 사라져 버렸다. 그의 혀가 또다시 거칠게 그녀의 입술에 파고들었고 그녀의 몸을 감고 있던 커다란 타올은 벌써 그녀의 몸에서 떨어져 나간 지 오래였다.

"아직도 널 원하는 내가 싫다."

그는 이렇게 말을 하며 그녀의 가슴을 아프게 빨기 시작했다.

그와는 밤이 새도록 거친 섹스를 나누었다. 그가 그렇게 짐승일 줄은 상상도 못했지만 그녀는 밤새 그 사실을 몸으로 확인했다.

윙―

정신을 차리고 보니 여전히 소희네 오피스텔 주차장이었다. 정말 머리가 터질 듯이 생각이 많은 날이었다.

"여보세요?"

[뭐 해? 근처라면서. 치킨 시킨 거 왔어. 넌 어딘데 이렇게 안 와?]

127

"다 왔어. 주차장이야."

[빨리 와.]

정신을 가다듬은 하늘은 소희의 오피스텔로 서둘러 올라갔다. 그녀를 맞이하는 소희는 여전히 작고 예뻤다. 시우 선배와는 아직도 알콩달콩 잘 사귀고 있었다. 사랑은 소희와 선배처럼 조용하게 하는 것이라는 걸 하늘은 그들을 보며 배웠다.

사랑하는 사람이 생기면 그 누구보다도 잘할 수 있는데 그녀에게는 그런 사람이 아직 없었다.

"오늘 뭔 바람이 불어서 왔어? 민우랑 저녁 먹는다며?"

"먹었어."

"싸웠냐?"

"아니."

민우와 저녁을 먹으면 술을 항상 마시는데 오늘은 멀쩡해 보이니 소희가 묻는 것이었다.

"어른들 계셔서 못 마셨구나?"

"뭐, 그것도 그렇고."

"다른 이유가 있어? 술꾼 나하늘이?"

"잔소리하지 말고 맥주나 가져와."

소희가 맥주를 냉장고에서 챙겨 오는 동안 하늘은 치킨을 챙겼다.

"자, 먹어라. 널 위해 사계절 차갑게 준비시켜 놓고 있는 맥주님들이시다."

"고마워."

"무슨 일인지 지난번부터 얘기 안 하고 있다."

"많은 사건이 있었다."

이렇게 말을 하며 하늘은 맥주 캔을 들었다.

"뭔데, 말해봐. 이 언니가 다 들어줄게."

소희는 그녀의 아주 사소한 것까지 아는 유일한 사람이었다. 시우 선배를 좋아했던 일과 민우 얘기를 제외하고는 소희에게 모든 걸 다 얘기했다.

"지난번 외박했을 때부터 얘기해. 안 그러면 너 우리 집에서 안 잤다고 바다 언니한테 다 말할 거야."

"나 우리 본부장하고 잤다."

품!

소희가 마시던 맥주를 뿜어냈다.

"대박!"

10년 동안 소희를 만나면서 이렇게 놀란 소희의 모습은 처음이었다.

"치킨에 맥주 다 튀었잖아."

"지금 치킨이 문제야? 둘이 사귀는 거야?"

"아니."

"그럼, 원나잇?"

"노코멘트다."

"미쳤어. 왜 하필이면 김건우냐."

업계에서는 본부장이 소문이 난 사업수완가요. 스캔들 메이커였기 때문에 소희는 걱정인 것이다. 그가 친구를 하룻밤 상대로 만난 게 싫었을 것이다.

"괜찮아, 끝난 일이야. 언니가 자꾸만 의심이 간다고 해서 문제지만."

"언니가 뭔가를 느낀 거겠지."

"언니가 뭔가를 느낄 시간이 이제는 없을 거야."

"그건 또 무슨 소리야?"

"민우가 오늘 언니랑 정식으로 사귀고 싶다고 부모님께 말했다."

"대박!"

아주 대박의 연속일 것이다. 이번 새해는 삼재가 든 게 분명했다. 그렇지 않고서는 새해부터 이렇게 기막힌 일들의 연속일 수가 없었다.

"언니랑 언제부터 사귄 거야?"

"몰라."

"야, 난 너랑 민우가 연결될 줄 알았는데 웃긴다. 짝이 따로 있 었네."

"그러게 말이다."

"넌 괜찮아?"

괜찮지가 않았다.

"안 괜찮다."

자꾸 그가 생각이 나서 미칠 것 같았다. 사랑하는 남자하고만 사랑을 나누고 결혼하고 뭐 그런 줄 알았는데 갑자기 며칠 사이에 모든 게 아주 뒤죽박죽이 되어버렸다.

"회사 그만둘까?"

"왜? 신경 쓰여?"

"응."

하늘은 맥주를 벌컥벌컥 들이마셨다.

"사실은 지난번부터 그만두고 싶었는데 조 부장 때문에 오기로 버틴 거였어."

"그만둬."

언제나 소회는 그녀 편이었다. 이런 친구가 있어서 너무 좋았 다.

"회사 일 마무리하고 조금 쉬었다가 다른 일 찾아. 너도 졸업하 고 일만 했잖아."

"모아둔 돈이 없다."

"내가 지원해 줄게."

역시 말을 예쁘게 하는 소희였다. 말만 들어도 고마웠다.

"신경 쓰지 말고 맥주나 마셔."

하늘은 맥주 캔을 벌써 5개나 비웠다.

"전화는 드렸어?"

"아직."

소희가 집에 전화를 걸어 오늘은 자신의 집에서 재우겠다고 말을 해주었다. 아무래도 술을 먹고 운전하는 건 아니라는 판단이 든 모양이었다. 그리고 밤새 나눌 얘기도 많았다.

"김건우는 그 뒤로 연락이 없어?"

"아니, 너무 자주 만나서 탈이다."

"진짜? 뭐래? 사귀자고 해?"

"아니."

"그럼, 뭐야?"

"나도 모르겠다. 왜 자꾸 나타나는지."

진짜 의문이었다. 자주 만나도 너무 자주 만나고 있었다. 그리고 만날 때마다 너무 도가 지나친 스킨십을 하고 있으니 더욱 기가 막혔다.

"넌 어때?"

"나도 잘 모르겠다."

"싫지는 않구나?"

"모르겠어."

"야, 잠까지 자고 모르면 어떡해? 네가 여태까지 자유분방하게 살았으면 모르는데 남자 하나 만나지도 않던 게 어디서 원나잇이야."

진짜 마음을 알 수가 없었다. 술이 오늘따라 정말 술술 들어가고 있었다.

"정확하게 물어봤어?"

"뭘?"

"너에 대해서 어떻게 생각하냐고."

"그 사람 여자 있어. 오늘 밥 먹고 나오는데 웬 여자랑 같이 나오더라."

"그 모습 보고 어땠어?"

"좋지는 않았어."

"결혼한 건 아니니까. 한번 정확하게 물어봐. 어떻게 생각하냐고."

한 번도 물어본 적은 없었지만 그는 언제나 그녀를 보면 화만 내고 그녀에게 키스를 했다. 싫어하는데 키스를 하지는 않겠지만 그는 그녀에게 화가 난다고 했었다.

"물어본다고 손해 볼 거 없으니까 낼이라도 당장 물어보고 확실하게 정리해. 잠 한 번 잤다고 인생 끝난 거 아니잖아."

하늘은 자신의 핸드폰을 들었다. 그리고 취기를 빌려 본부장에게 전화를 걸었다. 번호는 지난번에 그가 그녀의 핸드폰에 아주 친절하게 찍어주셨다. 이렇게 걸게 될 줄은 몰랐지만 말이다.

신호가 가고 있었다. 받지 마라 제발, 받지 마.

[여보세요?]

깊은 저음이 그녀의 귀를 간질였다.

"안녕하십니까, 본부장님?"

하늘의 혀가 술기운에 꼬이고 있었다. 그렇게 취하지 않았는데 말이다. 맥주 열 캔쯤은 아무것도 아니었다. 배만 부를 뿐. 하지만 오늘은 이상하게 열이 오르고 있었다.

"빨리 물어봐."

옆에서 소희가 재촉을 하고 있었다.

[무슨 일인가? 이 시간에.]

"본부장님, 나 좋아해요?"

[뭐?]

"나 좋아하냐고요?"

[술 마셨나? 아까 그 남자친구하고?]

"아뇨, 여자친구랑 마시는데요?"

[그래? 어디야?]

"여기를 어디라고 해야 해?"

소희가 주소를 불러주자 하늘이 그에게 그대로 주소를 불러주었다.

[기다려.]

"난 여기서 잘 건데요."

[금방 갈 테니까 기다려.]

그리고 그는 전화를 끊어버렸다.

"소희야, 전화를 끊었어, 그리고 이리로 온대. 묻는 말에 대답이나 할 것이지."

"온대?"

하늘이 고개를 끄덕였다. 왜 그가 이 밤에 이곳에 쓸데없이 온다고 하는지 이해가 가지 않았다.

"너한테 관심이 있긴 한가 보다."

"누가."

"본부장 말이야."

"아냐, 다른 여자 있어. 내가 만나는 남자들, 그리고 날 좋아한다고 한 사람들은 이상하게 다 짝이 있다. 아니? 그래서 속상해."

하늘이 처음으로 소희에게 푸념을 늘어놓았다.

"그래서 미치겠어. 소희야."

하늘은 소희의 품에 안겨 울었다. 정말 속이 상했다. 얼마나 울었을까? 마음이 조금은 편안해진 하늘이었다. 그리고 취기도 사라졌다. 다시는 속상할 때 술을 먹지 말아야겠다는 생각이 들었다. 확실히 기분이 좋지 않으니까 금방 취하는 것 같았다.

윙—

그때 그녀의 핸드폰이 요란하게 울렸다. 너무 놀란 하늘이 핸드폰을 손에서 떨어뜨렸다.

"받아."

"지금?"

"그럼 언제 받을래."

본부장의 번호였다. 가려고 했는데 무슨 일이 갑자기 생겨서 못 갈 것 같다고 얘기해 주길 하늘에 대고 기도를 한 하늘은 전화를 받았다.

"여보세요?"

[내려와.]

"네?"

[지하 2층 주차장에 있어.]

그리고 그는 전화를 끊었다.

"뭐래?"

"지하 2층이래."

"본부장 너에게 관심이 있는 거야."

"아냐, 내가 그만두기 전에 자르러 온 거야. 목소리가 아주 안 좋아."

"그만둔다며. 확실하게 물어보고 아니라고 하면 그만둬."

소희가 그녀의 코트를 챙겨주었다.

"내일 아침에 차 가져가면서 옷 갈아입으러 들어와. 괜한 오해 사지 말고."

소희가 세세하게 신경을 써주었지만 지금 하늘의 귀에는 아무것도 들리지 않았다.

"얼른 내려가. 기다리겠다. 파이팅."

뭘 파이팅하라는 건지. 하늘은 죽을상을 하고는 엘리베이터를 탔다. 오늘이 그녀에게 최대의 위기일 것 같았다.

"후~ 미쳤어. 나하늘."

그녀는 이렇게 중얼거리며 엘리베이터의 숫자판을 쳐다보고 있었다. 숫자가 줄어들수록 그녀의 공포심은 반비례로 늘어만 가고 있었다.

4

아버지와 어머니가 다녀가신 후에 기분이 좋지 않은 건우는 한참을 소파에 앉아 벽에 붙어 있는 명화들을 감상하고 있었다. 특히 김창열 화가의 물방울 작품을 좋아하는 그는 머리가 어지러울 때마다 이렇게 조용히 앉아서 작품을 감상하곤 했다.

"맥주나 한잔할까?"

밤이 깊었는데 잠이 오지 않았다. 이럴 땐 알코올의 힘을 빌리는 것도 괜찮은 방법 같았다. 소파에서 일어나는데 갑자기 전화가 울렸다. 액정화면에 sky라고 떴다. 그는 재빠르게 전화를 들었다.

"여보세요?"

[안녕하십니까, 본부장님?]

혀가 꼬일 대로 꼬인 하늘이 그에게 말을 하고 있었다. 그녀의 목소리가 그의 귀를 타고 흘러내려 그의 온몸에 소름이 돋게 만들었다. 뭘까? 목소리 하나만으로도 그를 야릇하게 만드는 하늘이었다.

[빨리 물어봐.]

그녀 옆에 누군가가 있는 것 같은데 나 부장은 아닌 듯했다.

"무슨 일인가? 이 시간에."

[본부장님, 나 좋아해요?]

"뭐?"

취한 것 같았다. 그리고 옆사람을 의식하지도 않고 말하고 있었다. 괜한 스캔들에 휘말리는 건 싫었다. 그녀 주변에 그 사람 혼자인지 아니면 다른 사람들도 있는 것인지 알 수가 없었다. 술이 취한 여자는 폭탄과도 같았다. 언제 터질지 몰랐다.

[나 좋아하냐고요?]

"술 마셨나? 아까 그 남자친구하고?"

분명히 옆에서 들리는 건 여자 목소리였지만 괜히 확인을 하고 싶었다.

[아뇨, 여자친구랑 마시는데요?]

그녀의 말에 안심이 되었지만 내색하지는 않았다.

"그래? 어디야?"

이렇게 말을 하고 보니 자신이 하늘의 남자친구인 것 같았다.

[여기를 어디라고 해야 해?]

소희라고 하는 걸 보니 분명히 여자는 맞았다. 하지만 12시가 넘은 시간에 여자친구의 집에 있는 게 마음에 들지 않았다.

"기다려."

[난 여기서 잘 건데요.]

아주 대책이 안 서는 여자였다. 술만 먹으면 용기가 생기는 스타일인 것 같았다. 그들이 처음 만났던 날도 그녀에게서 술맛이 났었다.

"금방 갈 테니까 기다려."

그리고 그는 전화를 끊어버렸다. 그는 자신의 드레스 룸으로 가서 손에 잡히는 대로 옷을 입고 차 키를 들고 빠르게 그녀에게로 향했다.

"귀찮아."

말은 이렇게 하면서도 그의 얼굴은 어느 때보다 밝았다. 오피스텔이 생각보다 멀지 않은 위치에 있어서 그는 20분 만에 지하 주차장까지 도착했다.

윙—

[여보세요?]

"내려와."

[네?]

말귀를 한 번에 못 알아듣자 짜증이 나는 건우였다. 술을 도대체 얼마나 마신 건지.

"지하 2층 주차장에 있어."

그리고 그는 전화를 끊고 나서 엘리베이터 쪽만 쳐다보았다. 태어나서 술 취한 여자를 마중 나온 적은 한 번도 없었다. 맹세코 처음이었다.

그때 하늘이 출구로 나오고 있었다. 그는 차를 그녀의 앞까지 가지고 갔다. 똑바로 걷는 걸 보니 많이 취하지는 않은 것 같았다.

"어? 본부장님이네."

취했다.

"어서 타지."

"네."

그녀가 그의 옆자리 운전석에 탔다. 그의 정신을 흐리게 만드는 향을 가득 담은 채 말이다.

"빨리 오셨네요."

"내일 출근하는 날인데……."

"빙고!"

취한 여자를 두고 뭔가를 말하고 싶지 않았다. 그는 그녀에게 손을 뻗어 안전벨트를 매주었다. 자신에게 이런 친절한 면이 있다는 게 새삼 놀라웠다.

"나 좋아하죠?"

"취했군."

"조금 마셨는데 취하진 않았어요."

하늘이 자세를 고쳐 앉았다. 술 냄새를 풍기면서 말이다.

"그렇다고 치지."

"커피 한 잔만 주세요."

"지금 유혹하는 건가?"

"아뇨, 먹고 싶을 뿐이에요. 얘기도 해야 할 것 같고."

"무슨 얘기."

"……"

옆을 보자 그녀의 눈이 감겨 있었다. 취하면 자는 모양이었다.
일단 건우는 그녀를 데리고 그의 집으로 향했다.

이렇게 추운 겨울에 짧은 미니스커트라니, 여자들을 이해할 수
가 없었다. 그는 자신의 코트를 그녀의 무릎 위에 덮어주었다.

어느덧 그의 집에 도착했지만 그녀는 여전히 눈을 감고 있었다.

"일어나."

차갑게 말을 내뱉었지만 그의 손은 그녀의 안전벨트를 풀고 있
었다.

"벌써 왔어요?"

"그래."

하늘이 차에서 내리기 전에 그가 먼저 내려 하늘이 내리는 문을 열어주었다. 그리고 휘청하는 그녀를 잡아주었다.

"고마워요."

"다음부터는 술 마시지 마."

"그렇게 하긴 힘이 들 것 같은데요."

하늘이 무심한 듯 말을 하고는 엘리베이터로 익숙하게 걸어갔다. 마치 이곳에 자주 와본 사람 같았다. 그는 걸음걸이가 위태로워 보이는 그녀의 뒤를 따랐다.

"짧은 치마를 입고 넘어지면 얼마나 보기 흉한 줄 알아?"

"몰라요."

하늘은 술이 한잔 들어가더니 아주 용감해져 있었다. 그의 말에 따박따박 말대꾸까지 하고 말이다. 집에 이렇게 여자를 자연스럽게 데리고 온 적이 있던가? 건우는 이래저래 뭔가 하늘과 엮이는 기분이 들었다. 뭔가 당하는 기분이 드는 건 무슨 이유일까?

집에 들어서자 하늘은 소파에 앉았다. 마치 이 집의 주인인 듯 당당하게 말이다.

"커피 마실 텐가?"

"네."

"잠이 안 올 텐데?"

"어차피 오늘은 잠들기 쉽지 않을 것 같아요."

"왜지?"

"생각이 많아서요. 그래서 그놈의 생각을 좀 줄이려고 만나자 말씀드린 거예요."

생각을 줄이겠다니 도대체 무슨 소린지. 커피는 아까 어머니께서 내려놓은 게 있어서 금방 잔에 따라 그녀의 앞에 가져다주었다.

"퀵이네요."

"아까 어른들이 다녀가셨거든."

"그 여자가 아니고요?"

"뭐?"

"난 전화를 했는데 혹시 그 여자분과 같이 있으면 어쩌나 하고 생각했어요."

"오늘 처음 본 여자야."

"괜히 거짓말할 필요는 없어요."

술 취한 여자치곤 차분하게 대구를 하고 있는 하늘을 건우는 뚫어지게 보았다. 뭔가 나무랄 데는 없는데 생각보다 야한 그녀의 의상이 오늘은 눈에 거슬렸다.

"원래 추운 날에도 그렇게 반쯤 벗고 다니나?"

"제가 어떻게 다니든 상관없으시잖아요?"

그녀의 말은 틀린 게 없었다.

"그래서, 왜 보자고 한 거지?"

"솔직하게 묻고 싶었어요. 저한테 왜 이러시는지, 그리고 아까 호텔에서 본 친구는 언니하고 결혼할 사람이에요."

"언니의 남자?"

"이상하게 생각하지 마세요. 민우랑은 어릴 때부터 같이 자란 친구고 지금도 가장 친한 친구예요. 대학 때는 다들 애인으로 착각했을 정도로 우리는 친해요."

"그래도 언니의 남자인데 그렇게 가깝게 지내면 나 부장이 싫어하지 않을까?"

"그래서 오늘 딱 잘라 말했어요. 그렇게 행동하지 말라고. 그리고 민우도 알았다고 했어요."

그녀의 말에 안심이 되는 건 뭘까?

"저도 묻고 싶은 게 있어요."

"말해."

"본부장님의 그 수많은 여자들 중에 제가 속하는 건가요?"

"난 수많은 여자가 없어."

"스캔들 메이커잖아요."

"내가?"

뭐 이렇게 말은 했지만 반박할 수는 없었다. 그가 어린 시절에는 좀 심하게 놀았다는 걸 대한민국에서 모르는 사람은 없으니까 말이다.

"그게 중요한가?"

"중요하진 않아요. 다만 저의 첫 남자가 이 여자 저 여자 만나고 다니는 사람이라면 제가 좀 우스워지지 않겠어요?"

확실하게 그녀의 첫 남자가 자신인 건 인정하지 않을 수가 없었다.

"그래서 책임을 져라?"

그녀가 자기 스스로 그의 미끼가 되려고 제 발로 그의 우리에 들어왔다.

"네? 제가 언제요?"

"지금 책임을 지라고 날 부른 거 아닌가? 다른 여자들에 대해 물어보는 건 핑계에 불과하고 말이야."

"그건, 아니……."

"아니긴, 나 대리가 그렇게 다 말했잖아."

"제가요?"

"그래, 내가 나 대리를 책임지면 되겠나?"

"책임요?"

나 대리가 갑자기 크게 놀란 얼굴이 되었다. 하얗게 질렸다고 해야 하나? 이렇게 밀어붙여야 뭔가가 될 것 같았다. 행운의 여신이 왠지 오늘은 그의 편인 것 같았다.

"내가 책임을 지도록 하지."

그가 툭하고 내뱉었다. 생각보다 어려운 말은 아니었다. 어차피 부모님께도 말을 했고 하늘만 잘 잡는다면 매번 보는 지겨운 선의 굴레에서도 해방이 될 수 있었다. 부모님과도 얼굴 붉힐 일이 없어지는 것이었다.

그리고 어차피 누구와 하든 결혼은 해야 한다. 첫눈에 반해 영혼을 다 바치는 영혼의 반려를 만난다는 건 영화에나 나올 법한 일이었다. 그냥 무난한 상대를 만나 아이 낳고 살면 그뿐인 것이다.

그런 면에서 하늘과의 잠자리까지 만족하니 이보다 더 완벽한 짝은 없었다.

"책임은 안……."

"사나이가 한 번 내뱉은 말은 끝까지 책임을 져야 하지 않겠나?"

"하지만 마음에도 없는 여자를 어떻게 책임을 지시겠다는 거죠?"

"결혼하면 되겠나?"

자신이 말을 해놓고도 아차 싶었다. 너무 진도가 빨랐다. 생각은 그렇게 정리가 되었다고 해도 말은 상황을 봐서 해야 하는 건데 실수였다.

"아뇨."

"아니, 결혼하면 될 것 같아."

"본부장님."

"나 대리, 결혼할 사람이 있나?"

"아뇨."

"나도 그런 사람은 없고. 뭐가 문제지?"

그의 막힘없는 말에 하늘의 눈이 더 커졌다.

"이제부터 내가 시키는 대로 하면 되는 거야."

"본부장님이 몰라서 그러시는데 제 소문이 그렇게 좋지 않습니다."

"알아."

"아신다고요?"

나 대리에 대한 소문은 들어서 알고 있었다. 특히 조 부장이 그만둘 때 회사의 여직원과의 스캔들이 있었다는 보고는 받아서 알고 있었다. 그게 하늘이라는 걸 나중에 알기는 했지만 문제가 된다고는 생각지 않았다.

"사실인가? 그 소문이?"

"아뇨."

"그럼 됐어."

그는 그녀가 아니라고 했으면 아닐 거라 생각했다. 왠지 모르게 그런 믿음이 생기는 여자였다. 겉보기에는 남자들을 몰고 다닐 것 같은데 그것과는 반대로 그녀는 그가 처음이었다. 그녀에겐 뭔가

반전이 있었다.

"아니, 뭐가 돼요?"

"나 대리가 아니라고 하면 아닌 거 아닌가. 더 이상 따지고 싶지 않아."

그는 솔직하게 말했고 그의 대답에 하늘은 놀랐는지 멍하게 그를 보았다.

"이걸로 된 것 같군. 커피 안 마시나?"

"이걸로 된 건 아니지만 커피는 마시고 싶어요."

그가 커피를 마시는 하늘을 바라보자 하늘의 손이 가늘게 떨려 왔다.

"편하게 마셔. 안 잡아먹을 테니까."

"왜 이러시는지 정말 모르겠어요."

"나도 모르겠어. 내가 왜 이러는지."

진짜 자신도 왜 이러는지 몰랐다. 여자가 궁한 것도 그렇다고 특별히 하늘처럼 너무 섹시한 여자를 원한 것도 아니었다. 하지만 정확히 알 수 있는 건 그가 지금 하늘이라는 여자를 얻을 기회를 잡았다는 것이다.

사랑은 나중에 따져도 될 것 같았다. 지금은 그냥 그녀를 자신의 곁에 잡아두는 게 먼저일 것 같았다. 그렇게 결론을 내리고 나니 하늘이 자신의 완벽한 파트너라는 느낌이 들었다. 영혼의 반려까지는 아니어도 말이다.

"어머, 지금 뭐 하시는 거예요?"

그가 소파에 앉아 있는 하늘을 그대로 안아 올렸다.

"씻으러."

"씻어요?"

"먼저 씻을 텐가?"

"집에 가야죠."

"지금 이 상황에 그 얘기가 맞는다고 생각하나? 나 대리?"

"……."

그는 당황한 표정의 하늘을 안고는 자신의 욕실로 향했다.

성큼성큼 이어지는 그의 발걸음에 하늘은 떨어질 것 같아 그의 목에 팔을 감았다. 그의 체온이 그대로 느껴지고 있었다. 그의 심장 소리도 말이다.

본부장은 그녀가 좋다거나 사랑한다거나 그런 말은 하지 않았다. 다만 그녀가 처음이었던 것에 대한 책임을 진다고 말했다.

하늘은 알 수 없는 서운함을 느꼈다. 그리고 그녀는 깨달아 버렸다. 본부장이 이미 그녀의 마음에 들어와 버렸다는 것을 말이다.

뭐든지 멋대로 하는 남잔데 오늘 그는 의외로 부드러운 면을 보여주었다. 개인적일 것 같았는데 여자에 대한 배려도 있었다. 겉모습에서 풍겨 나오는 마초 같은 이미지는 그녀에게 보이지 않았다. 그렇다고 한없이 부드러운 남자도 아니었다.

그의 매력에 빠졌다는 걸 인정하지 않을 수 없었다. 그녀의 심장이 미친 듯이 쿵쾅거리고 있었다. 본부장이 그녀의 심장 소리를 그대로 들을 것만 같았다.

하늘은 살짝 고개를 들어 앞만 보고 걸어가는 그를 올려다보았다. 운동으로 다져진 그의 단단한 몸은 인상적이었다. 그의 굵은 목과 강인한 턱 선이 그녀의 눈을 사로잡았다. 남성스럽다는 게 이런 것이구나라는 생각이 들었다.

여태 그녀의 마음을 차지했던 짝사랑의 상대들은 본부장처럼 남성스러운 게 아니라 모범생의 모습에 가까웠다. 그들과 다르기 때문에 매력을 느낀 것일까?

"다 감상했나?"

"네?"

"계속 그렇게 쳐다보면 사시돼. 그리고 난 정면이 더 잘생겼다는 평이 많아."

그녀가 보고 있다는 걸 이렇게 얄밉게 말하는 본부장이었다. 그는 자신이 잘생겼다는 건 알았다.

그녀의 발이 바닥에 닿았다. 그녀를 내려놓은 그는 자신의 옷을 벗기 시작했다.

"뭐 하시는 거예요?"

"샤워."

"둘이요?"

"여자들이 쓰는 화장품은 첫 번째 서랍에 있어."

그는 이렇게 무심하게 말하고는 욕실 문에 기대서서 그녀를 바라보았다.

"왜 안 들어가세요?"

"같이 들어가려고."

"원래 이렇게 여자한테 친절한 스타일이에요?"

"아니."

그는 이렇게 말하고는 그녀를 갑자기 어깨에 들쳐 멨다.

"아악, 뭐 하는 거예요?"

"이게 원래 내 스타일이야."

그녀를 안고 욕실로 들어간 그는 그녀를 바닥에 내려놓자마자 욕실 벽과 그 사이에 가두었다.

"이제부터 내 스타일로 할 거야. 알았나?"

지금까지 그래도 약간은 부드럽던 그는 사라지고 없었다. 그의 입술이 그녀의 입술을 거칠게 빨아들였다. 어쩌면 이걸 바라고 그에게 전화를 건 걸지도 몰랐다. 자신에게 있는 줄도 몰랐던 성적인 욕망이 그로 인해 판도라의 상자가 열리듯 열려 버렸다.

"으음."

거친 키스 사이로 그녀의 신음 소리가 흘러나왔다. 이제 그와 그녀 둘뿐이었다. 아무것도 신경 쓰지 않고 지금 이 순간은 그와의 섹스를 즐기고 싶었다.

그녀의 손이 그의 어깨를 타고 그의 목까지 넘어가 팔로 그를 끌어당겼다. 그녀의 큰 키에도 불구하고 지금 하늘은 까치발을 하고 그의 입술을 머금고 있었다.

그의 손이 그녀의 가는 허리를 감쌌다. 그들의 몸은 틈이 없을 정도로 밀착되었다. 그의 페니스가 그녀의 배를 찌르고 있음을 느낄 만큼 말이다.

그가 그녀의 엉덩이를 양손으로 잡고 자신의 페니스를 그녀의 배에 비볐다. 이상야릇한 느낌이 자꾸 그녀의 아랫배에서 느껴지고 있었다.

"아~ 미치겠어."

그의 입에서 소리가 나왔다. 그녀의 마음도 마찬가지였다. 그가 그녀의 원피스의 지퍼를 찾아 내렸다. 등 뒤로 지퍼가 내려가는 게 그대로 느껴지면서 온몸에 소름이 돋았다. 그에 의해 그녀의 원피스가 빠르게 벗겨져 나가고 속옷도 순식간에 사라졌다.

하늘은 조금도 그와 떨어져 있고 싶지 않아서 그의 목에 팔을 두르고 키스를 했다. 그의 혀가 그녀의 입안으로 들어와 그녀의 곳곳을 헤집고 다녔다.

"원래 이렇게 대담한 성격인가?"

그가 거친 숨을 내쉬며 그녀에게 물었다.

"아뇨."

"거짓말도 잘하는군."

그는 이렇게 말하며 그녀를 안아 올려 세면대 위에 앉혔다. 그녀의 다리 사이에 그가 섰고 하늘은 그를 끌어안고는 다시 열정적인 키스를 했다.

그의 입술이 그녀의 목을 타고 내려와 가슴에 머물렀다. 커다란 그녀의 가슴은 흥분으로 인해 빵빵하게 부어올랐다. 그리고 그녀의 유두는 그의 입술을 기다리는 듯 빳빳하게 일어섰다. 그의 혀가 마침내 그녀의 유두에 닿자 하늘의 몸이 흥분으로 가늘게 떨렸다.

모든 경험이 처음인데도 하늘은 익숙하게 느껴지고 있었다. 본부장이기 때문에 이러는 건지 아니면 그녀가 원래 이렇게 섹스를 밝히는 여자인지 알 수 없었지만 지금 이 순간의 이 흥분이 하늘은 너무나 좋았다.

그의 혀가 그녀의 유두를 희롱하고 그의 입술이 유두를 힘껏 빨았다.

"더 세게 해줘요."

자신도 모르게 튀어나온 말에 순간 당황스러웠지만 지금 그녀는 어느 때보다 솔직했다. 그가 그녀의 말에 따라 더 강하게 유두를 빨고 두 손으로 그녀의 가슴을 주물렀다. 그의 손길이 주는 강한 압박도 그녀는 너무나 좋았다.

아무래도 원래 섹스를 좋아하는 스타일인 것 같았다. 그렇지 않고서야 그의 손끝에 이렇게 쉽게 허물어질 순 없었다. 하늘은 그녀의 가슴에 머물러 있는 그의 머리를 끌어안았다. 그의 머리는 가슴에만 머물지 않고 점차 아래로 향했다.

"안 돼요."

그가 뭘 할지 알기에 흥분과 거부감이 동시에 그녀를 괴롭히고 있었다. 그런 그녀의 고민을 그의 혀가 정리해 주었다.

"아흐."

그녀의 검은 숲을 가르며 들어온 그의 혀는 빠르게 그녀의 성감대인 클리토리스를 찾아 정신없이 움직이고 있었다. 그녀의 작은 클리토리스는 그의 혀가 주는 터치에 흥분하고 있었다. 그리고 그 작은 클리토리스는 그녀의 몸 전체를 달뜨게 만들었다.

"아, 그만해요. 미칠 것 같아."

그녀의 몸부림에 그는 그녀의 몸을 꼭 잡고는 여전히 그녀의 작은 클리토리스를 공격하고 있었다. 하두 혀루 빨아서 닳아 없어질 것만 같았다.

"본부장님, 제발 그만."

말은 이렇게 하고 있었지만 그녀는 너무 흥분한 나머지 애액을 마구 쏟아내고 있었다. 클리토리스만을 괴롭히던 그의 혀가 조금 더 아래로 내려와 그녀의 질을 건드렸다. 자신의 혀를 단단하게 만들어 질 안으로 집어넣자 하늘은 몸을 활처럼 휘었다.

"아아아앙."

그녀의 신음 소리가 욕실 안을 울리고 있었다. 하지만 그는 멈출 줄을 모르고 그녀를 공격하기 시작했다. 그녀의 질 안에 들어온 혀로는 만족할 수가 없었다. 그는 그녀로 하여금 절대적인 복종을 요구하는 것 같았다. 하지만 그럴 수는 없었다.

"이제 그만 넣어줘요."

하지만 자신의 입에서 나온 소리는 달랐다. 더 큰 것을 넣어달라는 애원에 가까운 소리였다. 더 큰 자극이 필요했고 그는 그걸 알았다. 그래서 이렇게 그녀로 하여금 그를 애타게 원하게 만드는 것이었다.

그는 그녀의 부탁에도 계속해서 자신이 먹고 싶은 것만 먹고 있었다.

"본부장님."

그녀가 다시 한 번 그를 부르자 그가 그제야 몸을 세우고 그녀를 내려다보았다. 그의 눈은 욕망으로 칠흑같이 물들어 있었다. 그리고 아주 당당한 전사처럼 그녀 앞에 섰다. 하늘은 그의 탄탄한 가슴을 손으로 쓸어 내렸다.

"내가 넣어주길 원하나?"

"네."

그가 하늘의 다리를 양쪽으로 넓게 벌리고는 자신의 거대한 페니스를 밀어 넣기 시작했다.

"아악!"

절로 비명이 터져 나왔다. 이렇게 고통스러운데 조금 있으면 그무엇보다 강한 쾌감으로 바뀐다는 걸 이제 알아버린 하늘이었다.

"으으윽."

그도 좁은 그녀의 안으로 들어오기가 힘이 든 모양이었다.

"힘 빼."

힘을 빼기에 그의 페니스는 너무나 거대했다. 온몸이 긴장으로더 굳어졌다. 하지만 그녀의 좁은 질도 그의 힘찬 허리 짓에 점차벌어지고 있었다.

"으윽, 너무 좁아."

"아아아악!"

드디어 그의 페니스가 그녀의 질 안을 점령했다.

퍽퍽퍽!

욕실 안은 그들의 부끄러운 소리로 가득했다. 방에서보다 욕실에서 들리는 소리가 더욱 야하게 느껴졌다. 하늘은 그를 더 깊이받아들이기 위해 다리를 더 힘껏 벌렸다. 그의 페니스가 그녀를 둘로 갈라놓을 것만 같았다.

"아아, 더 깊이."

그녀는 자신이 뭐라고 하는지도 모를 정도로 그의 리듬에 빠져들고 있었다. 좋았다. 이런 쾌락을 느낄 수 있다는 게 행복했다. 무엇보다 그녀에게 이런 쾌락을 주는 게 본부장인 게 너무 좋았다. 얼마 전까지만 해도 그는 그녀와는 다른 세계의 사람이었다.

그런데 그런 그와 이렇게 알몸으로 있을 줄은 그 누가 상상을 했겠는가? 하지만 속도가 너무 빨랐다. 본부장에게 깊이 빠져드는 자신을 깨달았다. 물론 이 관계가 오래가진 않을 거라 생각한다. 그럼에도 자신은 본부장에게 빠져들 수밖에 없었다. 본부장은 너무나 위험한 남자였다.

"더 깊이 넣어줄까?"

"네."

그의 정력은 정말 지칠 줄을 몰랐다.

퍽퍽퍽!

하늘은 그가 움직이고 있는 사이에 고개를 들어 그의 얼굴을 보았다. 그는 지금 거대한 맹수 같은 모습이었다. 사냥감을 공격하는 아주 포악한 짐승 말이다. 그의 가슴 위로 땀이 흘러내렸다. 하늘은 정신없이 공격을 당하는 중에도 몹시도 아름다운 그의 조각 같은 근육 사이로 땀방울이 흘러내리는 모습을 넋을 놓고 보며 생각했다.

많은 여자들이 그의 이런 거친 모습에 넘어갔으리라는 생각이 들었다. 그에게 강한 소유욕을 느끼는 하늘이었다. 아무래도 이번에는 정말 가슴 아픈 짝사랑을 할 것만 같았다. 하늘은 손을 들어 그의 가슴에 맺힌 땀방울에 가져다 댔다.

그녀의 터치에 그의 가슴근육이 움찔하며 반응을 했다. 그녀의 몸과는 반대가 되는 그의 단단한 몸이 너무 좋았다.

"처음이란 걸 몰랐다면 아주 경험이 많은 줄 알겠어."

"왜요?"

그가 숨을 헐떡이며 말하자 그녀가 물었다. 왜 그렇게 생각을 하는지 궁금했다. 그녀는 아무것도 모르는데 말이다. 그와 한 모든 게 그녀로서는 처음이었다.

"본능적으로 남자를 홀리는 재주가 있어."

"제가요? 설마……."

그의 말을 믿을 수가 없었다. 그녀같이 아무것도 모르는 초짜를 두고 왜 이런 말을 하는지 이해가 가지 않았다. 하지만 그의 눈빛은 그가 사실을 말하고 있다고 말하는 듯했다. 그의 거친 몸짓이 더욱 속도를 내고 있었다. 그녀의 다리 사이가 불이 붙은 듯이 뜨거워졌다.

하늘은 본능적으로 그의 허리를 다리로 감았다. 그가 나가는 걸 허락하지 않겠다는 표시였다. 하지만 마지막 정염을 뿜어내는 그의 거친 행동에 그녀의 다리는 풀려 버렸다.

"으으윽."

그의 몸짓은 괴성과 더불어 마지막 종착점을 향해 달리고 있었다. 그의 이마에 힘줄이 튀어나오며 그는 자신의 분신을 그녀에게 쏟아냈다.

"허억헉."

거친 숨을 몰아쉬며 그는 그녀를 안았다. 그녀 안에 그가 사정을 한 게 걸리기는 했지만 한 번으로는 괜찮을 것 같았다. 그가 그녀를 다시 안아 들고는 샤워 부스 아래로 갔다.

"내일 출근은 괜찮겠어?"

"네."

"다행이군."

물줄기가 뿜어져 나왔다.

"여자들이 많이 왔나 봐요?"

그녀에게 필요한 용품들을 가져다주는 그의 모습을 바라보며 말했다. 하늘은 기분이 좋지 않았다.

"아니, 여자는 나 대리가 처음이야."

"거짓말."

"이 용품들은 우리 집에서 일하시는 집사 분이 혹시나 하는 마음에 챙겨놓으신 거야. 옷장의 옷들을 보면 더 놀라겠군."

샤워를 마친 후에 그녀는 그의 말이 무슨 뜻인지 알았다. 그가 말한 게스트 룸은 여자를 위한 것이었다. 그곳에 정말 그녀가 입을 수 있는 속옷부터 옷까지 상표가 붙은 채로 있었다. 당장 내일 입을 옷은 걱정하지 않아도 될 것 같았다.

그녀는 그중에 면티를 하나 골라 입었다. 아무것도 안 입고 자는 건 익숙하지가 않았기 때문이었다.

"어머."

갑자기 그가 뒤에서 그녀를 안아 올렸다.

"오늘은 옷이 필요 없을 것 같은데."

"내일 출근하는 날이라고요."

"알아. 그냥 잠만 잘 거야."

그는 이렇게 말하고는 그녀를 자신의 침대 위에 눕혔다.

"이러고 자자."

그는 그녀를 뒤에서 안고는 바로 잠이 들었다. 하늘도 뭐라고 하고 싶었지만 지금 눈꺼풀이 천근만근이었다. 그렇게 잠이 든 하늘은 정말 거짓말처럼 오랫동안 시달리던 꿈도 꾸지 않고 아주 깊은 잠에 빠져들었다.

5

윙— 윙— 윙—

핸드폰이 요란하게 울리고 있었다. 그녀의 핸드폰이었다. 하늘은 눈꺼풀이 너무 무거워 전화를 받을 수가 없었다. 게다가 지금 그녀의 가슴은 본부장의 손이, 그리고 다리 위에는 본부장의 무거운 다리가 걸쳐져 있어서 꼼짝을 할 수가 없었다.

이러고도 그렇게 깊은 잠을 잔 자신이 용했다. 하늘은 그의 다리를 힘껏 밀었지만 정말 그는 돌덩어리였다.

"으음~!"

그가 그녀를 더욱 강하게 끌어당겨 자신의 품에 가두었다.

"벌써 7시인가?"

"넘은 것 같아요. 시계를 안 봐서 모르겠지만……."

"잘 잤나?"

"모처럼 잘 잤어요."

"잘됐군. 이제는 익숙해져야 할 일인데."

김칫국을 아주 사발로 드시고 계셨다.

윙―

"핸드폰이 계속 울려요. 받아야 해요."

그녀의 말에 그가 순순히 그녀를 놓아주었다. 하지만 주변에 뭔가 걸칠 게 보이지 않았다. 이대로 일어난다면 완전히 벗은 몸이었다. 할 수 없이 바닥에 떨어져 있는 수건으로 몸을 아슬아슬하게 가린 채 하늘은 거실에 놓여 있는 자신의 가방에서 핸드폰을 꺼내는 데 성공했다.

"여보세요?"

[야!]

엄마의 목소리였다.

[너 거기 어디야?]

"어제 말했잖아. 소희네서 잔다고."

전화기 너머의 분위기가 그녀에게까지 전달되고 있었다. 뭔가 불길한 조짐이었다.

[소희네야?]

"응, 그럼."

그때 본부장이 아무것도 걸치지 않은 채 주방에서 뭔가를 하고 있었다. 아무래도 아침을 준비할 모양이었다.

[소희 좀 바꿔봐.]

"소희? 소희 지금 씻으러 들어갔어. 출근 준비해야 하잖아."

[하늘아, 미안하다. 진짜 어쩔 수가 없었어.]

소희의 울먹이는 목소리가 들렸다. 하늘은 너무 놀라 들고 있던 수건을 그대로 놓쳐 버렸다. 진짜 하늘이 무너져 내리는 느낌이었다.

[너, 거기 어디야? 지금 당장 말해.]

"엄마, 나 출근해야 해. 이따가 집에 가서 말할게."

[나하늘!]

"진짜야, 그러니까 화내지 말고 소희도 그만 괴롭혀. 소희는 내가 어디에 있는지 몰라."

[나하늘, 빨리 말 안 해?]

"엄마, 이따 집에서 봬요."

낭패도 이런 낭패가 없었다. 엄마가 이렇게 화를 낸 것도 처음이었지만 화를 낸 이유가 딸의 외박이니 더 면목이 없었다. 이 수습을 어떻게 해야 할지 하늘은 막막하기만 했다.

"어머니야?"

커피를 잔에 따르며 그가 아무렇지 않게 물었다.

"네."

한숨이 나왔지만 그의 잘못만은 아니었다. 어쨌든 그녀가 제 발로 걸어 들어온 것이고 어제는 어쨌든 황홀한 밤을 보낸 건 사실이니까 말이다. 구차하게 구는 건 싫었다. 그가 어제 어떤 말로 그녀를 유혹했든 아침은 다른 것이었다.

섹스 전과 후의 차이점이랄까? 물론 이론이지만.

"이것부터 먹고 샤워하라고. 난 아침은 꼭 먹어야 하는 사람이야."

어련하시겠어요? 하늘은 속으로 이런 생각을 하며 그를 한번 힐끗 보았다. 완벽한 뒤태였다. 옛날 신화에 나오는 듬발 좋은 신들의 조각상 같은 몸이었다. 다시 한 번 그의 몸을 만지고 싶다는 생각이 들자 하늘은 머리를 흔들었다. 정신을 차려야 했다.

그녀는 좋아하는 사람들을 떠나보내는 데 익숙했다. 그리고 한 가지 깨달은 점이 있다면 절대로 누굴 좋아한다고 입 밖으로 발설하지 말아야 한다는 것이었다. 말을 하고 나면 깨졌을 때 두 배로 창피하니까 말이나.

"왜, 내 아침상에 불만인가?"

"아뇨."

토스트와 스크램블에 커피는 훌륭한 맛이었다. 다만 지금 하늘의 정신이 다른 곳에 있기 때문에 맛있게 먹을 수는 없었다.

"어머니께서 뭐라고 하셨군."

"딸이 외박을 했으니 화가 많이 나신 거죠."

"보수적이시군."

"세상의 딸 가진 엄마들은 다 그렇죠."

"세상의 딸들은 당신같이 말을 안 듣고."

그의 말에 반박을 할 수가 없었다.

"이따가 집에 같이 가지."

"네?"

"회사 끝나고 어머니를 직접 만나겠어."

"지금 뭐라고 하시는 거예요. 이게 그렇게 간단한 문제가 아니라고요."

그는 엄마가 얼마나 무지막지한지 몰라서 그런다. 평소에는 조용한 분이시지만 딸들에 관해서는 완전 원더우먼 수준의 엄마였다. 오늘 밤 무슨 일이 일어날지 몰랐다.

"그냥 오늘은 제가 엄마한테 혼나고 말게요. 쫓겨날 수도 있고."

"그럼, 이리로 오면 되겠군."

"농담할 기분이 아닙니다."

그렇게 말하며 하늘은 한숨을 내쉬며 토스트를 입에 물었다. 아침 출근 준비를 하고 그들은 마치 부부처럼 회사로 향했다.

"옷 때문에 걱정이에요."

"옷이 어때서?"

"평소 제 스타일이 아니라서."

어제 입었던 옷을 입을 수가 없어서 그녀는 그의 집에 있는 검은색의 블랙진에 검은색의 터틀넥을 입었다. 코트는 어제 블랙으로 입고 와서 잘 매치가 되기는 했지만 평소의 그녀다운 화려한 복장은 아니었다.

"다른 사람들이 눈치챌까 걱정이에요. 저는 회사 근처에서 내려주세요."

"……"

그는 대꾸도 하지 않았고 회사 지하 주차장에 도착해서 같이 내렸다. 차에서 내리기 전에 그녀는 주변을 두리번거리며 살펴보았다.

"뭘 그렇게 보나?"

"좀 떨어져 걸어주실래요?"

"왜?"

"더 이상의 소문은 싫거든요."

"더 이상의 소문이라……"

"저, 지금 기획실에서도 왕따예요. 뭐 그런 거죠. 성희롱으로 부장님을 그만두게 만든 사람이라는 거죠."

"피해자는 나 대리 아닌가?"

"그러게요. 세상은 그렇게 약자에게 관대하지 않네요."

그들은 엘리베이터를 나란히 탔고 다음 층에서 기획실의 윤 과장과 별이 엘리베이터를 탔다. 그녀와 본부장을 보고 놀란 둘은 서둘러 본부장에게 인사를 했다. 뭔가 묘한 분위기였다.

"안녕하십니까, 본부장님?"

"둘이 사귀나?"

"네?"

윤 과장과 별이 당황한 표정으로 본부장을 보았다.

"아니, 둘이 같이 타길래."

"아닙니다."

"맞다. 윤 과장은 결혼을 했지?"

"네? 네."

결혼이란 말에 유난히 더 큰 반응을 보이는 윤 과장이었다.

"요 앞에서 만나서 태워준 겁니다."

"궁금하지 않았는데 대답을 해주는군."

본부장의 말은 차갑기 그지없었다. 쩔쩔매는 윤 과장의 모습이 우습기까지 했다. 하지만 이 와중에도 별이는 크게 반응하지 않았다. 생각해 보면 별이가 더 대단한 것 같았다.

"자넨 누군가?"

"기획실의 박별입니다."

"그래? 내가 과장급 이하는 잘 몰라서. 기억해 두도록 하지."

그의 말에 별의 얼굴에 화색이 돌았다.

"안녕하세요?"

"어, 나 대리."

그제야 윤 과장에게 인사를 건넨 하늘이었다.

"본부장님과 같이 출근을 했나?"

윤 과장이 모기만 한 소리로 본부장이 들리지 않게 살짝 물었다.

"아뇨, 같은 층에 주차를 했습니다."

이번에는 하늘이 차갑게 응수를 했다.

그들은 기획실이 있는 19층에서 내렸다. 그녀가 내리기 전에 본부장이 그녀의 손을 살짝 잡았다가 놓았다. 정말 사람을 헷갈리게 만드는 남자였다. 하지만 싫지 않았다.

엘리베이터에서 내린 윤 과장이 도끼눈을 뜨고 그녀를 보았다.

"나 대리, 뭐야 그 표정은?"

"제 표정이 어떤데요?"

"마치 우리를 의심하는 듯한 표정은 뭐냐고?"

찔리는 구석이 많은 모양이었다.

"뭔가 찔리는 구석이 있으신가 봐요?"

어차피 그만둘 회사였다. 이제 이들과 공존할 필요는 없었다. 윤 과장의 얼굴이 붉어졌지만 하늘은 신경 쓰지 않고 자리를 떴다.

"나 대리님."

별이 그녀에게 밀크커피를 건넸다.

"오늘은 커피를 마셨어."

"누구랑요?"

"집에서."

그녀의 말에 별의 표정이 굳었다. 뭔가를 들켰다고 생각한 모양이었다.

"별이 씨는 나에 대해 관심을 좀 끊어줬으면 좋겠어. 조 부장 때 당한 걸로 족하니까."

"대리님."

하늘이 몸을 일으켜 별이 옆에 섰다. 그리고 그녀의 귀에 대고 얘기했다.

"한 번만 더 내 뒤통수를 쳤다가는 그때는 용서하지 않을 거야. 조 부장님이 누구 때문에 사직서를 냈는지 잘 생각해 보는 게 좋을 거야."

그렇게 말을 하고는 하늘은 사무실을 나왔다.

별이는 이를 악물었다. 한 번도 누군가에 뒤진 적이 없는 그녀였다. 항상 수석을 했고 뭐든 우수하다고 소문이 났었다. 그런 그녀가 대한백화점에 들어오게 된 이유는 연봉이 대기업 중에서 가장 높았기 때문이었다.

당장에 부양할 가족들이 그녀에게는 줄줄이였다. 그녀가 독하게 이곳에 남아 있는 이유였다. 솔직히 처음에는 수석만 하면 다 될 줄 알았었다. 공부는 누구보다 자신이 있었다. 시험은 그녀의 인생에 빛을 주었다. 언제나 그녀는 일등이었고 이곳에서도 일등이어야만 했다.

하지만 그녀는 처음으로 자신보다 나은 사람들을 보며 현실의 벽을 느꼈다. 그녀의 라이벌인 나 대리는 못하는 게 없었다. 거기다가 미모까지 뛰어나 그녀가 범접할 수 없는 곳에 있는 여자였다.

회사의 모든 남자들은 나 대리에게 잘 보이려고 혈안이었고 나 대리의 기획안은 언제나 히트를 쳤다. 그런 모습에 별은 기가 죽어갔고 그 기를 살려준 게 조 부장이었다. 조 부장은 그녀가 나 대리에게 콤플렉스가 있다는 걸 알고 그녀에게 접근했었다.

물론 그걸 모를 만큼 별은 어리석지 않았다. 조 부장과의 부적절한 관계는 나 대리에 대한 콤플렉스 때문에 시작되었다. 조 부장은 별을 안으면서도 항상 나 대리와의 섹스를 얘기했다. 모든 남자들의 로망이라나 뭐라나. 그런 소리를 들을 때마다 별은 나 대리에 대한 안 좋은 감정을 갖게 되었다.

그리고 드디어 그녀가 조 부장의 껄떡거림에 화가 나서 술 취한 조 부장이 싫다는 나 대리를 안는 장면을 찍어 조 부장의 와이프에게 사진을 보냈다.

그래도 조 부장의 사모가 회사까지 쳐들어와서 나 대리의 머리채를 잡을 줄은 그녀도 상상하지 못했었다. 더구나 그 일로 나 대리가 그만둘 줄 알았지, 조 부장이 사표를 낼 줄이야. 일이 심각하게 꼬여가고 있었다. 그녀의 승진을 보장해 줄 조 부장이 그만두다니.

그래서 지금은 썩은 동아줄이라도 잡는 심정으로 윤 과장을 잡았는데 아무래도 나 대리가 눈치를 챈 것 같았다. 점점 불안한 마음이 드는 별이었다.

"뭘 그렇게 생각해."

눈치 없는 윤 과장이 그녀의 옆으로 다가와서 그녀의 엉덩이를 더듬었다. 별이는 그의 손을 치우며 말했다.

"사무실에서 이러시면 어떡해요."

"뭐 어때서. 아무도 안 보는데."

윤 과장은 보통 키에 서른 후반의 나이임에도 사십 넘은 아저씨처럼 배가 올챙이처럼 튀어나온 남자였다. 그래도 몸매는 조 부장

이 훨씬 나았다. 밤일도 조 부장이 훨씬 잘했다. 그리고 어찌나 끈
적거리는지 별이는 윤 과장이 부장 대행만 아니었어도 그를 가까
이하고 싶지 않았다.

"그래도 사무실에선 싫어요."

"으그, 여우. 알았어."

그는 이렇게 말하며 그녀의 엉덩이를 쥐었다가 놓았다. 진짜 하
나같이 마음에 드는 구석이라고는 없는 인간이었다.

윙—

조 부장이었다. 요즘 다른 회사에 들어갔다며 자꾸 연락을 하는
데 기분이 좋지 않았다.

"여보세요?"

별이는 핸드폰을 들고 그대로 비상계단으로 향했다.

"어쩐 일이세요? 이 시간에."

[물어볼 게 있어서.]

"네, 말씀하세요."

[서울백화점으로 올 생각 없어?]

서울백화점은 대한백화점보다 연봉이 작았다. 그리고 근무 조
건도 그리 좋지 않은 곳이었다.

[내가 이번에 이사가 될 것 같아.]

서울백화점에서 이사를 해도 이곳 대한백화점의 부장급 대우

였다.

"저는 좀······."

[이리로 와. 내가 잘해줄 테니까. 여긴 여자들이 못생겨서 말이야.]

아직도 정신을 못 차린 조 부장이었다. 하긴 평생을 그러고 살았는데 그 버릇이 어디 가겠는가?

[이 말은 생각해 보고 빠른 시일 내로 답을 줘. 요즘 나 대리는 아직 멀쩡한가?]

갑자기 그의 말에 귀를 종긋 세우게 되었다.

"왜요?"

[아니, 내가 윤 과장에게 나 대리를 알아서 내쫓으라고 했는데 아직도 다니고 있는 거야?]

"쇠심줄이에요. 기획실에서는 아무도 상대해 주지 않는데 왜 그러고 버티고 있는지 모르겠어요."

[빨리 처리하라고 다시 얘기를 해야 되겠군. 그리고 별이도 나 대리의 약점을 좀 찾아봐. 내가 봤을 때는 윤 과장보다 별이가 더 일은 잘하니까.]

"제가 나 대리 잡는 일을 잘하기는 하죠. 사모님께 사진 보내고 나서 전 나 대리가 그만둘 줄 알았거든요. 조금만 기다려 보세요."

별이는 완벽하게 이를 갈고 있었다. 조금 전에 나 대리가 그녀에게 귓속말을 한 게 그녀의 질투심에 휘발유를 부은 결과였다.

"저만 믿으세요."

별은 이렇게 말을 하고 전화를 끊었다. 별은 자신의 자리로 돌아갔고 비상계단은 이내 조용해졌다. 하지만 비상계단에는 별이만 있었던 게 아니었다.

20층에 있는 이사실에 들렀던 건우는 담배 생각이 너무나 간절해서 비상계단을 찾았었다. 아무 생각 없이 담배 한 개비를 입에 물었는데 아래층에 누군가 들어왔다. 그리고 하늘을 괴롭히고 있는 사람들의 전화 통화 내용이 들려왔다.

바로 위층 계단에서 건우가 내려왔다. 그것도 아주 묘한 표정을 지으면서 말이다. 그는 이번에 퇴사한 조 부장과 방금 통화를 한 여자에 대해서 알아볼 생각이었다.

그는 이제 하늘을 건드리는 자들은 용서할 수 없었다.

하늘은 자신의 손목시계를 힐끗 쳐다보았다. 퇴근 시간이 다가오고 있었다. 일사분기 기획안들을 다시 정리하고 3월까지 패션쇼 행사에 관한 섭외 때문에 성신없이 하루를 보내고 나니 온몸이 녹초가 되었다. 거기에 어제 그렇게 밤새 불타는 밤을 보냈으니 피곤이 몰려오는 게 당연한 일이었다.

거기다가 이제 집에 들어가면 2차 세계대전을 방불케 하는 서

명은 여사의 속사포 공격이 그녀를 기다리고 있을 게 분명했다. 오늘은 등짝 스매싱으로 끝나지는 않을 것 같았다.

여느 때처럼 언니의 차가 기다리고 있을 회사 앞의 약속 장소에 그녀가 나가자 언니의 차 대신에 본부장의 차가 있었다.

"어서 타."

"뭐 하시는 거예요?"

"빨리 타. 다른 사람들에게 보이는 게 싫다면."

그의 말에 하늘은 주위를 살피며 차에 탔다.

"본부장님."

"오늘 내가 같이 집에 간다고 말했을 텐데."

"농담이신 줄 알았습니다."

그녀의 말에 그가 피식 웃었다. 지금 하늘은 울고 싶은데 그는 웃고 있었다.

"지금 저는 이 일로 본부장님께 폐를 끼치고 싶지 않습니다. 엄마의 등짝 스매싱이 아무리 아프다고 해도 견뎌야죠. 지은 죄가 있는데."

"하긴 그 죄에 나도 동참했지."

"원래 이렇게 자상한 척하는 스타일이십니까?"

그의 친절이 불편한 하늘이었다.

"난 원래 자상해."

"농담할 기분 아닙니다. 이왕 태워주셨으니 집까지 부탁드립니다."

"알았어."

그는 그녀의 집주소를 묻지 않았다.

"우리 집이 어딘 줄 아세요?"

"아까 어머님이랑 통화했어."

"네?"

아주 가지가지하고 있었다.

"우리 엄마랑요? 서명은 여사한테 도대체 뭐라고 하셨어요?"

"본부장인데 오늘 따님과 함께 인사드리러 가겠다고 했지."

"거기까지만 얘기한 거죠?"

"어제 같이 있었다는 얘기도 했어."

하늘은 결혼을 승낙한 게 아니었다.

"본부장님!"

하늘은 자신도 모르게 소리를 질렀다.

"여자가 목소리가 너무 크면 매력 없어."

"매력 따위는 개나 주라고 해요."

화가 머리끝까지 난 하늘이었다. 뭐든 자기 마음대로였다.

"도대체 왜 이러시는지 알고 싶어요. 저는 잤다고 해서 뭔가를 본부장님에게 바란 적은 없다고 생각하는데 제가 뭔가를 바라고 접근했다고 생각하세요?"

"아니."

"그런데 왜 그러시는 거예요? 저는 진짜 괜찮아요. 두 번 다 좋았고 그걸로 끝이에요."

하늘의 언성이 조금 높아졌다.

"죄송해요. 화가 나서 그만……."

"아니야, 나도 나 대리가 필요하기 때문이야."

"제가요?"

"분명히 말했을 텐데. 결혼할 거라고."

"그거야 장난……."

그의 표정이 굳어 있었다.

"그냥 한 말이 아니었군요?"

"그래, 난 어른들의 선 얘기가 아주 진절머리가 나. 그렇다고 아무 여자하고 결혼을 할 수도 없고. 나 대리 정도면 잠자리도 맞고 성격도 괜찮아 보여서 결혼을 해도 무리는 없겠다는 생각을 했어."

무리가 없어서 결혼을 생각했단다. 섹스 파트너로도 좋고 그의 와이프로도 별로 결격사유가 없어서. 그리고 무엇보다 선을 보기 싫어서? 이걸 좋다고 해야 하는 건지. 기가 막혔다.

"나 대리는 꼭 사랑하는 사람과 해야 한다고 생각하나?"

꼭 그런 건 아니지만 어쨌든 사랑하는 사람이랑 하는 게 더 좋은 거라는 생각이 들기는 했다.

끼익!

길가에 차를 세운 본부장이 그녀를 조금 무섭게 쳐다보았다.

"그건 아니지만 이렇게 결혼을 했다가 정말 사랑하는 사람이 생기면요?"

하늘은 자신의 생각을 말하는 게 나을 것 같았다.

"그때는 내가 깨끗하게 물러나 주지."

이 사람은 결혼이라는 걸 너무 간단하게 생각하는 것 같았다.

"영혼의 반려 같은 사람이 나타날 확률이 얼마나 된다고 생각하나? 그런 건 드라마에서나 나오는 얘기야."

그러나 그의 표정은 아주 진지했다. 진짜로 결혼 후에 누군가가 생기면 이혼을 할 것 같았다. 그녀가 생길 일이 없으니까 그를 위한 아주 이기적인 탈출구였다.

"같이 살다가 헤어지는 게 마음대로 돼요?"

"사랑 없이 시작한 결혼은 가능하다고 생각해."

그의 생각을 정리하자면 결혼도 하고 섹스도 하고 사랑하는 사람이 생기면 물러나 준다는 것이었다.

"그게 가능할까요?"

"난 가능해."

그는 이렇게 차갑게 말하고는 다시 차를 몰기 시작했다. 그는 진심인 것 같았다.

머리가 복잡해지고 있었다. 그러는 사이에 어느새 집에 도착했다.

"잠깐 기다려."

그는 트렁크를 열더니 엄마가 좋아하는 장미꽃 바구니를 꺼내 들었다.

"엄마가 장미 좋아하는 건 어떻게 알았어요?"

"나 부장."

배후에는 언니가 있었다. 그녀에게 꽃바구니를 건넨 그는 다른 선물들도 꺼냈다.

"이건 뭐예요?"

"와인."

아빠의 취향까지 생각해서 맞추다니 치밀한 인간이었다. 그리고 연이어 다른 선물을 꺼내는 그였다.

"이건 또 뭐예요?"

"나 부장 입막음용."

"과연 우리 식구들에게 통할까요?"

"보면 알겠지. 등짝 스매싱을 당할지 술 한 잔을 주실지."

집에 도착하자 현관에 엄마, 아빠, 언니 그리고 민우까지 한 줄로 서서 그들을 맞이했다. 이건 전혀 예상하지 못한 광경이었다.

"안녕하십니까? 김건우입니다."

"어서 오세요, 본부장님."

엄마가 정말로 버선발로 나와 그를 환영했다.

"어제 보고 오늘 이렇게 보니 반갑습니다. 어제 본 게 우연이 아니었군요."

아빠는 한술 더 뜨셨다.

"말씀 편하게 하십시오."

"그럴까?"

아빠는 아주 신이 났다.

"이리 와서 앉지."

"네, 이거 받으십시오. 와인입니다."

"아이고, 내 취향도 알고."

언제는 시집을 안 보낸다고 하더니 오늘 보니 그 말은 다 거짓말이었다. 와인 한 병에 팔린 느낌이었다.

"이건 아름다우신 어머님 선물입니다."

"어머머, 내가 장미를 좋아하는 건 어떻게 알고."

엄마의 등짝 스매싱은 이로써 사라진 것 같았다.

"이건 나 부장님 거."

"어머, 이 향수는 내가 뿌리는 건데 어떻게 아셨어요?"

이 순간 이 집에서 뜻을 같이하는 동지는 저 구석에서 인상을 쓰며 찌그러져 있는 민우와 본부장 옆에서 찌그러져 있는 하늘뿐이었다.

"이리 와서 앉아요."

"네."

"식사부터 하고 천천히 얘기해요."

엄마는 아주 극대화된 친절 모드로 본부장을 식탁으로 안내했다.

"하늘이는 이리 와서 국 푸고."

하늘은 어쩔 수 없이 엄마의 옆에 가서 섰다.

"언제 이렇게 준비를 했어? 상다리가 휘어지게."

"아까 점심때 전화 받고 이거 혼자 준비하느라 죽는 줄 알았다."

본부장이 점심에 엄마에게 전화를 한 모양이었다.

"어쩜, 저렇게 멋있게 생겼을까? 우리 딸이 이번에 정말 큰 건을 했어. 장하다. 딸아."

"엄마."

"빨리 국이나 퍼. 너 오늘 맞아 죽을 뻔한 거 본부장이 구한 거니까."

그건 사실이었다. 오늘 그녀는 죽을 뻔했다. 저녁식사는 어색한

가운데 그래도 잘 끝이 났다. 문제는 후식이었다. 그도 어른들도 이제 본론을 꺼낼 예정이기 때문이었다.

"식사가 입에 맞았는지 모르겠네?"

"아주 맛있게 잘 먹었습니다."

"호호호, 어쩜 말하는 것도 이렇게 소탈한지."

엄마는 완벽하게 본부장에게 넘어갔다에 한 표다.

"어른들은 둘이 만나는 거 아시나?"

"네."

아시긴, 회장님에게 말했을 리가 없다.

"오늘 허락하시면 이번 주말에 집에 데리고 오라고 말씀하셨습니다."

본부장이 말하는 걸로 봐선 정말 회장님도 아시는 것 같았다. 이제 어떻게 해야 할지 갈피를 잡지 못할 것 같았다. 모든 게 일사천리였다.

"늦었지만 따님을 제게 주십시오."

그가 소파에서 내려와 무릎을 꿇고는 부모님께 그렇게 말했다. 연기대상 감이었다. 표정 하나까지도 디테일하게 살리고 있었다.

"호호호, 우리 둘째 사위가 생기려나 봐요."

둘째 사위라니, 엄마는 아주 좋아서 어쩔 줄을 몰라 하고 있었고 아빠도 그렇게 싫은 내색은 아니었다.

"찬물도 위아래가 있는데 저희가 먼저 결혼을 해야죠."

민우가 옆에서 한마디를 했다.

"당연히 나 부장님이 먼저 하셔야죠."

아주 인심 좋게 결혼식 순서까지 양보한 본부장을 하늘은 멍하게 바라보았다. 이게 지금 뭐 하는 짓인지. 선배들의 정신을 차리고 보니 예식장이라는 말이 맞는 것 같았다. 지금 그녀는 본부장에게 속절없이 끌려다니고 있었다.

영업사원 같은 말솜씨에 엄마를 향한 눈웃음까지 오늘 본부장은 늑대가 아닌 꼬리가 아홉 개 달린 여우 같았다. 옆에서 넋이 나간 가족들을 보고 있자니 아주 어이가 없었다.

"알았네."

본부장 덕에 민우도 아빠의 허락을 받아버렸다. 아까까지는 싫은 내색이더니 이제는 민우도 본부장을 좋게 보는 눈치였다.

"나 대리와 잠깐 이야기를 하고 싶은데……."

"그래, 하늘아. 네 방 구경도 좀 시켜 드려."

그녀는 군소리도 못하고 본부장을 데리고 자신의 방으로 들어갔다. 작은 방이지만 깔끔하게 정돈이 된 그녀의 방이었다.

"여자 냄새가 나."

"방주인이 여자니까요."

그녀는 무심하게 말을 하며 문을 닫았다. 닫지 말았어야 했는데 습관처럼 문을 닫았다. 아차 하는 순간 그가 그녀를 벽과 자신의 사이에 가두었다.

"뭐 하시는 거예요?"

그가 스릴을 즐기는 건 알았지만 여기는 집이었다. 그것도 식구들이 모두 모여 있는. 그의 입술이 순식간에 그녀의 입술을 덮쳐 왔다.

"오늘 하루 종일 이렇게 하고 싶어서 미치는 줄 알았어."

그는 거친 호흡을 내뱉으며 그녀의 귀에 속삭였다. 그의 말에 그녀는 아랫배가 찌릿함을 느꼈다. 본부장은 확실하게 그녀를 사로잡는 법을 알았다. 그의 입술이 다시 그녀의 입술을 덮었고 그의 혀가 그녀의 입안을 지배하고 있었다.

그의 손이 그녀의 니트 안으로 들어와 속옷마저 위로 올리고 맨 가슴을 만지기 시작했다. 더 많은 걸 원했다. 늦게 배운 도둑질에 날 새는 줄 모른다더니 지금 하늘을 두고 한 말 같았다. 그의 손길에 점점 몸이 뜨거워지고 격한 반응을 하기 시작했다.

"으음."

자신도 모르게 신음 소리가 새 나왔다.

"하늘아, 얘기 다 끝났으면 나와. 술상 봐놨으니까."

"알았어."

언니가 그들의 뜨거운 타이밍을 아주 싹뚝 잘라 버렸다. 그들은 진정을 하고 밖으로 나왔다.

아빠와 민우 그리고 본부장은 밤새 술을 마셨다. 그리고 결국은 본부장까지 집에서 자는 아주 극한 사태가 일어났다.

하늘은 술에 취해 그대로 거실에서 잠이 든 세 남자를 바라보았다. 앞으로 그녀의 삶이 이 술꾼들 때문에 힘들 것 같은 불길한 예감이 들었다.

"이거 김 서방 덮어줘."

엄마는 아예 김 서방이라고 부르고 있었다. 본부장은 진정한 악마였다. 그러지 않고서는 깍쟁이 서울아줌마인 엄마를 저렇게 만들어놓을 수가 없었다. 언니도 민우에게 이불을 가져다 덮어주었다.

"왠지 우리 고생길이 훤한 것 같다."

"집에 안 오면 되지."

짝!

"아야! 엄마."

"그걸 말이라고 해?"

엄마의 등짝 스매싱이 이어졌다. 역시 사위 사랑은 장모인 것 같았다. 하늘은 등짝이 아프기는 했지만 집안 식구들과 잘 어울리는 본부장이 속으론 싫지 않았다.

6

건우의 사무실이 오늘따라 분주하게 돌아가고 있었다. 서류를 산더미처럼 쌓아놓은 건우는 서류 검토에 온 정신을 다 쏟고 있었다. 대부분은 주말에 나와서 처리를 했는데 이번 주는 주말에 쉴 예정이었기 때문에 정신없이 업무를 보고 있었다.

오늘 저녁 하늘을 집안 어른들께 인사를 시키기 위해 집으로 초대했다. 하늘은 빈손으로 갈 수 없다며 어머니와 아버지께서 좋아하시는 걸 물었다. 그래도 철저하게 준비를 하고 싶은 모양이었다. 그래서 비싸지 않은 범위 내에서 하늘에게 말해주었다.

"본부장님."

이 실장이 그를 불렀다. 건우의 업무량이 늘다 보니 이 실장의 업무량도 덩달아 늘어 이 실장도 정신이 없어 보였다.

"말씀하세요."

"이건 지난번에 기획실에서 올린 자료이고 이건 같은 시기의 백화점 행사 리스트입니다."

이 실장이 그의 옆에 서류를 올려놓았다.

"정말 이번 주말에 쉬실 생각이십니까?"

"네."

이 실장은 그 때문에 사생활을 포기한 지 오래였다.

"헉."

이 실장이 놀랐는지 숨을 들이마시는 소리를 냈다. 서류를 보다 말고 건우가 눈을 들어 이 실장을 보았다. 그리고 하마터면 웃을 뻔했다. 이 실장의 얼굴이 완전히 홍당무가 되어 있었다. 방금 낸 소리 때문에 창피한 모양이었다.

"왜요?"

"아닙니다."

"이번 주말은 이 실장도 푹 쉬세요."

이 실장의 얼굴이 밝아졌다. 언제나 그의 눈치를 보느라 힘이 든 건 알았지만 이 정도까지인 줄은 몰랐다. 그는 괜히 미안한 마음이 들었다.

"이건 지난번에 부탁하신 와인입니다."

"고맙습니다."

미래의 장인어른을 위한 뇌물이었다. 아들이 없는 예비 장인에게 잘 보이는 길은 자주 가서 이런 뇌물을 주는 것이라고 생각했다. 생각보다 하늘의 아버지와 그는 잘 맞았다. 어른들 모두 그를 재벌이라기보다 진짜 사위처럼 맞아주셨다. 거기에 나이 어린 형님까지 모두 그를 챙기기에 여념이 없었다.

그래서 고마웠고 하늘에 대한 애정도 더 깊어진 것 같았다. 그런 하늘이 이번에 그의 집에 인사를 드리러 가는 것이다. 그만큼 건우도 신경이 쓰였다.

하늘이 잘하기는 하겠지만 어른들이 마음에 들어하실지가 걱정이었다. 여태까지 그에게 소개시켜 준 여자들은 모두 재벌가의 딸들이었는데 일반 가정의 아가씨를 부모님께서 마음에 들어하실지, 뜻밖에도 반대하실 가능성도 있었기 때문이다.

일이 끝이 나기가 무섭게 그는 주차장으로 황급히 내려갔다. 마음이 급한 건우였다. 차에서 시동을 걸고 기다리고 있는데 나 부장과 나 대리가 나란히 걸어오고 있는 모습이 보였다.

자매지만 둘은 너무나 다른 외모였다. 나 부장이 여성스러운 외모라면 하늘은 화려한 외모의 소유자였다. 그는 차에서 내려 하늘의 짐을 받았다.

"언니 차에 실어놓은 것 가지고 오느라 같이 왔어요."

그가 불편해할까 봐 하늘이 말했다.

"뭐, 이렇게 처형 얼굴도 보고 좋지."

그의 입에서 이제 처형이라는 소리가 아주 자연스럽게 나오고 있었다.

오늘 하늘은 아주 아름다웠다. 평소의 화려한 모습이 아닌 아주 얌전한 모습이었다. 머리는 깔끔하게 하나로 묶고 화장도 연하게 했다. 그리고 베이지색 코트에 베이지색 원피스를 입어서 차분한 인상이 강했다.

"하늘아, 오늘 잘해. 실수하지 말고."

나 부장이 하늘의 옷을 털어주며 걱정이 되었는지 계속 당부의 말을 했다. 하늘이 그의 차를 타자 차 안에 그녀의 향이 가득했다. 건우는 자신이 이렇게 향에 민감한 사람인 줄 몰랐었다.

"향수를 뭘 쓰지?"

"샤넬이요."

"내 생각이 맞았군."

"저는 사람이든 향이든 오래된 걸 좋아해요."

"그런가? 나와는 너무 짧은 기간인가?"

"아니라고 하면 거짓말이겠죠."

그는 유일하게 단기간에 그녀의 마음을 사로잡은 남자였다. 아니, 그녀가 모든 걸 허락한 남자였다.

"제가 준비한 선물이 마음에 드셔야 할 텐데 걱정이에요."

"아마 며느릿감이 가는 것만으로도 두 분에게는 선물일 거야."

하늘이 반대편 창을 봐서 모르겠지만 지금 건우의 얼굴에는 미소가 번졌다.

지하 주차장에 도착하자마자 하늘은 이 집이 범상치 않음을 단번에 느낄 수 있었다. 자동차에 대해 전혀 모르는 그녀가 봐도 알 만한 차들이 즐비하게 서 있었다. 색상이 화려한 건 아무래도 그의 차인 듯했고 어두운 계열의 차들은 김 회장님의 것 같았다. 언뜻 보기에도 20대는 넘어 보였다.

"이쪽으로 와."

그가 그녀가 준비한 선물을 들고는 앞장섰다. 지하 주차장은 집 안으로 연결이 되어 있었다. 계단을 오르자 거실로 통하는 문이 나왔다. 문이 열리자 집에서 일하시는 분들이 쭉 일렬로 서서 그들을 맞이했다.

"오셨습니까?"

나이가 든 남자기 그들을 보며 정중하게 인사를 했다.

"집사님, 오늘은 너무 오버하신 것 아니십니까?"

그의 말에 집사는 표정 하나 변하지 않았다.

"아닙니다. 저희는 늘 이렇게 준비가 되어 있습니다."

"나 대리, 겁먹을 거 없어. 원래 이렇지 않아. 우리 집에서 무뚝뚝한 건 나 하나뿐이라고."

그는 이렇게 말을 하며 그녀를 거실로 데리고 갔다. 하늘은 이런 고풍스런 집을 처음 와봐서 모든 게 신기했다. 그의 빌라도 넓었지만 이 집에 비교할 바가 아니었다.

거실에 들어서자 하늘은 마치 TV를 보는 착각 속에 빠졌다. 화면에서만 보던 김근태 회장이 그녀의 앞에 있었기 때문이었다.

"어서 와요."

"안녕하십니까? 나하늘입니다."

"앉아요."

그녀가 꿈속에서나 보았던 고가의 이태리 가구에 앉자 이곳이 재벌가라는 걸 실감할 수 있었다. 그때 작은 체구의 부인이 다가와서 김 회장의 옆에 앉았다. 커다란 체구의 김 회장과는 많이 달랐다. 하늘은 다시 자리에서 일어나 인사를 했다.

김 회장과는 다르게 부인은 하늘을 찬찬히 살펴보았다.

"우리 회사에 다닌다고?"

"네, 기획실에서 근무합니다. 직급은 대리입니다."

"회사가 크다 보니 직원들은 잘 몰라. 그래도 이 정도의 미인이면 기억을 했을 텐데……."

"과찬이십니다."

"이 양반은 진심이에요."

본부장의 어머니가 아주 조근조근 말씀하셨다. 성격이 까다로우실 것 같았다. 머리카락 한 올도 흐트러지지 않은 걸로 봐서는 여간 꼼꼼한 분이 아닐 것 같았다.

"이건 제 작은 성의입니다."

"이게 뭔가요?"

어머니는 하늘의 준비한 선물을 받으셨다.

"아는 작가님께 어렵게 구한 겁니다. 마음에 드실지 모르겠습니다."

그건 조각보였다. 어머니께서 조각보를 수집하신다는 소스를 본부장에게 듣고는 이런 쪽에 발이 넓은 소희에게 부탁을 해서 겨우 구한 물건이었다. 잘은 모르지만 비단 조각보로는 거의 일인자라고 하는 분의 작품이라고 했다.

"어, 이건. 우리 나 대리가 보는 눈이 있네."

어머니의 눈이 조각보에서 떠나질 못했다.

"그리고 이건 회장님께 드리는 성의입니다."

"이건 뭔가?"

"담배를 좋아하신다고 해서 준비해 보았습니다."

"어디 보자, 이건 내가 좋아하는 시가군. 역시 보는 안목이 있어."

"감사합니다."

하늘은 웃으며 말했다. 지금 시가도 그녀의 형편에는 비싼 것이었다. 재벌가에 어떤 선물을 해야 할지 몰라서 이번에는 본부장의 도움을 받았지만 지금 생각해 보면 그냥 그녀가 간단하게 준비를 할 걸이라는 생각이 들었다.

"고맙군."

하지만 시가를 들고 좋아하는 회장의 모습을 보니 다행이라는 생각도 들었다.

"나 대리의 부모님은 뭐 하는 분이신가?"

"아버지, 어머니 모두 평범한 분이십니다."

"나 대리 아버지는 나성범 선수예요."

본부장이 끼어들었다.

"내가 아는 그 나성범 선수?"

"네, 저도 뵙고 깜짝 놀랐어요."

"진짜 그 국가대표 축구 선수 나성범이야?"

김 회장이 아버지의 얘기를 듣더니 마치 10대 팬처럼 좋아하셨다.

"회장님이 나성범 선수 팬이에요. 아마 오늘 시가 대신에 나 선수의 사인이 된 티셔츠를 가지고 왔으면 내일 당장 예식장에 들어갔을 거예요."

어머니께서 옆에서 말씀하셨다. 아빠의 열성팬이 지금도 있다는 게 신기하면서도 좋았다.

"다음에 준비하도록 하겠습니다."

"그럼, 축구화에 부탁해도 되겠나? 내 드레스 룸에 있는 진열장 안에서 축구화 가져와."

"여보."

그의 말에 옆에 서 있던 집사가 정말 신발을 가져왔다.

"이거 나성범 선수 신발인데 부탁 좀 하지."

"그 신발 예전에 경매에 나온 거예요. 몇천만 원을 주고 산 거라니까요."

"아빠가 신던 신발을요?"

"이게 그냥 신발이 아니라 월드컵에서 역전골을 넣었던 그 신발이야."

김 회장은 이제 아주 열변을 토하고 있었다. 아빠의 신발의 위력이 이렇게 클 줄은 몰랐었다. 신발을 받아 든 하늘은 다시 신발을 내밀었다.

"아빠와 만나셔서 직접 받으시는 게 나을 것 같은데요."

"나 선수와 만날 수 있나?"

"그럼요, 아빠 조기 축구회에도 같이 활동하실 수 있으실 거예요."

"조기 축구?"

"네, 매주 일요일 오전에 하는데, 아빠뿐만 아니라 전직 국가대표 선수들도 몇 분 계신다고 들었어요. 아주 재미있다고 하시더라고요."

김 회장의 표정이 아주 밝았다. 이럴 줄 알았다면 아빠를 모시고 오는 편이 훨씬 좋았을 것 같다는 생각이 들었다.

"저녁은 먹었어요?"

"아뇨, 그리고 말씀 편하게 하세요."

어머니는 처음의 딱딱하던 표정을 푸시고 이제 얼굴에 미소를 가득 담으셨다.

"며느릿감이 와서 좀 엄격한 시어머니의 모습을 보이려고 했는데 우리 김 회장님 덕분에 다 틀렸지 뭐야."

"내가 뭐?"

"지금 회장님께서 어떻게 하고 계시는지 몰라서 그래요?"

두 분의 모습이 아주 눈에 익었다. 엄마, 아빠의 모습이 그대로 보이는 것 같았다.

"저희 엄마, 아빠는 동갑이세요."

"그래요? 우리도 동갑인데."

"그래 보이세요. 저희 집하고 아주 비슷한 분위기시거든요."

하늘은 처음보다 많이 편해졌다. 대궐 같은 집이 주는 중압감도 조금 나아진 것 같았다. 본부장은 별말 없이 그녀가 자신의 어머니, 아버지와 이야기하는 것을 거의 지켜보는 편이었다.

즐거운 분위기 속에서 식사를 마친 그들은 티타임에서도 아주 화기애애한 분위기였다.

"어릴 때 축구를 했었다고?"

"네, 아빠의 운동신경을 제가 이어받았거든요. 그래서 초등학교 때까지는 축구를 했습니다."

"왜 그만뒀지?"

회장은 여자인 그녀가 축구를 했다는 게 신기한 모양이었다.

"중학교 때는 유도부에서 어찌나 콜이 오는지 그때는 또 유도를 하느라. 물론 축구를 하다가 부상을 당하기는 했지만요."

"저런."

아버지는 너무 안타까워했다.

"그럼 유도를 아주 잘하겠고만."

"뭐, 좀 하죠."

"건우가 조심해야 하겠는데. 하하하."

이렇듯이 생각보다 어른들과 새미있는 시간을 보낼 수 있어서 다행이었다.

"자주 놀러 와요."

"네, 어머니."

하늘의 말에 본부장의 어머니가 환하게 미소를 지었다. 본가를 나올 때까지 본부장은 말이 없었다.

"내가 오늘 잘못한 거 있어요?"

말이 없는 그를 보며 하늘이 물었다. 불안한 마음이 들었기 때문이었다.

"아니."

"그런데 왜 말이 없어요?"

"나 대리의 웃고 있는 얼굴을 보고 있으려니 참을 수가 없어서."

"뭘요?"

"이거."

그가 그녀의 손을 잡아 자신의 페니스 위에 정확하게 올려놓았다.

"본부장님!"

그녀는 손을 빼려고 했지만 그가 그녀의 손을 꽉 잡고 있어서 뺄 수가 없었다.

"이렇기 때문에 얘기할 수가 없었어."

"알았으니까……."

순간 차를 갓길에 세우더니 그녀의 입술을 그가 덮쳐 왔다. 그의 열정을 느낄 수 있는 키스였다. 그의 혀가 다급하게 그녀의 안으로 들어왔다.

"으으음."

그녀의 입에서도 신음 소리가 흘러나왔다. 이 거친 남자에게 속절없이 무너져 내리는 하늘이었다. 그가 점점 더 깊이 혀를 밀어넣어 숨 쉬기도 곤란한 상황이었지만 하늘은 그의 페니스를 쥔 손을 놓지 않았다.

그의 페니스는 그녀의 손으로 다 잡기에는 너무나 거대했다. 그의 페니스가 흥분으로 움찔거리자 하늘은 자신도 모르게 신음 소리를 냈다. 그녀도 그와 같이 점점 더 욕망의 늪으로 빠져들고 있었다.

차들이 오가는 길가였다. 인도에는 간혹 사람들이 오가고 있었다. 그런데 하나도 신경이 쓰이지 않았다. 지금은 그의 입술이 절실하게 필요했다.

"안 되겠어."

그가 갑자기 차의 시동을 걸더니 빠른 속도로 어디론가 향했다. 그녀의 직감이 맞다면 그는 지금 자신의 집으로 향하고 있는 것이었나.

"오늘은 너무 늦었어요."

"오늘은 집에 못 가."

"본부장님."

"허락은 내가 받을 테니까 걱정 마. 아니, 등짝 스매싱은 내가 맞도록 하지."

그 뒤로 그는 운전에만 몰두했다. 얼마 지나지 않아 그들은 그의 빌라 주차장에 도착했다. 그는 하늘의 손을 잡고 빠르게 엘리베이터로 향했다. 그들을 기다렸다는 듯이 엘리베이터가 열렸고 그는 그 안에 들어가자마자 그녀의 얼굴을 양손으로 잡고는 키스를 시작했다.

그녀의 팔은 그의 가슴에 얌전하게 놓여 있었다. 그의 폭발하는 욕망을 감당하기 힘이 들 정도였다. 엘리베이터가 멈추었고 그녀는 그에게 매달려 있었다.

디리릭.

어떻게 문을 열고 들어갔는지도 모르게 그들의 입술은 떨어질 줄을 몰랐다. 그가 그녀의 입안을 점령해 가고 있었다.

하늘은 자신도 모르게 그의 넥타이를 풀고 와이셔츠의 단추 역시 하나씩 하나씩 풀었다. 욕망으로 손이 떨려서 단추가 잘 풀리지 않았다.

그는 그녀의 코트를 벗기고 원피스의 지퍼를 내렸다. 그녀의 옷은 현관 바닥에 떨어져 내렸다. 그녀는 지금 스타킹과 속옷 차림이었고 그는 바지만 입은 상황이었다.

"이러다가 여기서 나 대리를 가질 것 같아."

이렇게 말을 하며 그는 그녀를 안아 올렸다. 그리고 다시 그녀의 입에 키스를 했다. 침실로 향하려다가 그는 더 이상 못 참겠는지 소파에 그녀를 내려놓았다. 그리고 그녀의 속옷을 모두 벗겨버리고 자신의 바지와 속옷도 단번에 벗었다.

"더 이상은 못 참겠어."

그가 그녀의 다리를 벌리고 자신의 페니스를 그녀의 질 안으로 밀어 넣었다.

퍽퍽퍽!

그의 동공이 점차 확장되어 짙은 색을 띠었다. 욕망으로 그는 지금 짐승이 되어 있었다. 그의 격렬한 몸짓에 하늘은 몸이 둘로 나뉘는 느낌이었다. 그의 거친 숨소리가 거실 전체를 울리고 있었다.

좁은 소파였지만 그들의 행위에는 문제가 되지 않았다. 오히려 더 가까이 서로를 느낄 수가 있었다. 하늘은 그와의 섹스가 너무나 만족스러웠다. 그에 대한 마음이 더 깊어질수록 더더욱 강한 욕망을 느끼고 있었다.

그들의 강렬했던 소파에서의 섹스가 끝이 나고 그는 다시 그녀를 안아 들고는 침대로 향했다. 그의 욕망은 끝이 없었다.

"이러다 죽을 것 같아요."

"내일은 쉬는 날이니까 괜찮아."

"아흐, 미치겠어요."

침대에서 그의 페니스를 받아들이며 하늘은 미칠 것 같은 쾌락을 경험하고 있었다. 아무런 생각이 나지 않았다. 오로지 그와 연결이 되어 있는 곳에 하늘의 온 신경이 쏠려 있었다. 그리고 하늘은 자연스럽게 자신의 허리를 돌리고 있었다.

"아윽."

그녀의 행동에 그의 입에서 신음 소리가 터져 나왔다.

"좋아요?"

"응."

단순한 대답이었지만 하늘에게 많은 용기가 생기는 답이었다. 그녀는 조금 더 과감하게 그의 밑에서 허리를 움직였다. 그와 같은 리듬을 타며 하늘은 어떻게 하면 더 자극적으로 쾌감을 느낄 수 있는지 알아가고 있었다.

그녀의 안이 그의 분신들로 가득차고 있었다. 그들은 몇 번의 섹스를 했는지 기억조차 하지 못할 만큼 서로를 밤새 탐했다.

"헉헉, 우리 이래도 되는 거예요?"

하늘은 거친 숨을 내쉬며 천장을 바라보고 있었고 본부장은 그녀의 몸 위에 쓰러져 있었다.

"왜?"

"우리 너무 짐승 같아요."

그녀의 몸 위에 그의 몸이 흔들렸다.

"지금 웃는 거예요?"

"하하하, 나도 그 생각을 하고 있었거든."

"내일이 쉬는 날이라서 다행이에요."

"과연 내일 우리가 쉴 수 있을까?"

하늘이 본부장의 등을 손으로 때렸다.

"난 죽은 듯이 잘 거예요. 그나저나 원래 본부장님은 주말에 출근하시지 않았어요?"

"소문이 그렇게 났나?"

"네, 사실이잖아요."

"나 대리하고 주말을 보내려고 주중에 아주 빡세게 일을 했지."

그는 이걸 미리 생각한 모양이었다.

"본부장님은 진짜 짐승이에요."

"부인은 못하겠군."

이렇게 말을 하며 부풀어 오른 그녀의 입술에 다시 입을 맞춰왔다. 하늘은 싫은 척하며 그의 입술을 다시금 받아들였다. 그들의 밤은 그렇게 날이 새도록 불타올랐다.

주말에 쉴 수 없을 거라던 그의 말은 정확하게 맞았다. 그녀와 본부장은 집 안에서 하루 종일 섹스 투어를 했다. 집 안 곳곳이 그들에게는 침대와도 같았다. 밥을 먹다가도 식탁 위에서 하고 씻으러 욕실을 들어가서도 그리고 침대에서도. 나중에는 그만하자고 말해놓고 소파에서도 했다.

"내가 돌아가면 집 안 곳곳에서 우리들이 했던 일들이 본부장님은 생각나겠어요."

하늘이 마지막으로 거실 바닥에서 일어나면서 말했다.

"이제 거실 바닥에서까지 했으니 집 안에 발만 들여놓으면 생각이 날 것 같아."

그와 그녀는 이렇게 주말 내내 서로만을 바라보았다. 그들은 인정하지 않았지만 서로에게 한걸음씩 더 빠져드는 주말이었다.

주차장에서 하늘과 본부장을 배웅했던 그날은 바다에게도 큰 의미로 남을 날이 되었다.

두 사람을 보낸 후에 바다는 어디론가 전화를 걸었다. 여태까지 남자가 없지는 않았다. 하지만 진지하게 만나본 사람은 없었던 것 같았다.

언제부터인가 민우와 함께 있는 게 즐거웠고 굳이 다른 남자들을 만날 필요를 느끼지 못한 바다였다. 이게 다 민우를 좋아하는 마음 때문이었다는 건 나중에 깨달았다.

"어디야? 알았어."

그녀는 자신의 아우디를 몰고 민우가 기다리고 있는 곳으로 향했다. 요즘 회사 일로 정신이 없는 민우는 늦게까지 회사에 있었다. 그래서 그들은 거의 데이트도 하지 못했다. 얼떨결에 사귀기는 했지만 이게 사귀는 건지 어떤 건지 알 수가 없었다.

거기에 이번에 본부장이 집에 와서 그들의 결혼이 하늘보다 앞당겨질 것 같았다. 엄마와 민우 엄마가 친하다 보니 가능한 일이었다. 번갯불에 콩을 굽듯이 모든 게 빠르게 진행되고 있었다. 이래도 되는 건지 도저히 알 수가 없었지만 바다는 민우를 한번 믿어보기로 했다.

차를 몰고 가는데 길가에 한 커플이 사람들을 의식하지도 않은 채 키스를 나누고 있었다. 세상이 달라진 건지 요즘은 이런 모습이 오히려 자연스러워 보였다.

바다는 어릴 때부터 민우를 봐왔다. 어릴 때 다섯 살 차이는 아주 컸다. 그녀의 눈에 민우는 언제나 어린아이였다. 하늘이와 거의 같은 느낌으로 민우를 보았고 친동생처럼 민우를 대했다. 그녀에겐 언제나 남자들이 귀찮을 정도로 따라 다녔었기 때문에 민우는 그렇게 착한 동생으로 자리 잡고 있었다.

하늘이 대학에 들어가고 민우와 함께 집 근처에서 어울리면서 바다는 민우와 하늘이 사귀는 줄 알았다. 재미있게 말도 잘하고 사람들과도 잘 어울리는 민우가 바다는 마음에 들었다. 하늘과 사귀었으면 좋겠다는 생각도 했었다.

그렇게 시간이 흘렀고 그녀는 여전히 민우를 동생으로 생각을 했었다. 그러다가 일이 터진 건 1년 전 비가 몹시도 내리던 여름날이었다.

[누나.]

"어, 민우야."

[어디예요?]

"집이지. 하늘이 바꿔줄까?"

[아뇨, 누나 지금 잠깐 나올 수 있어요?]

"무슨 일 있어?"

[할 말이 있어서요.]

시간을 보니 9시가 넘었고 그녀는 트레이닝복에 맨얼굴이었다.

"그래, 어디서 볼까? 비 오는데……."

그녀 방의 창을 보니 비가 세차게 내리고 있었다.

[제가 모시러 갈게요.]

"오면 전화해."

바다는 얼른 편안한 옷으로 갈아입었다. 그래도 트레이닝복은 아닌 것 같았다. 그래서 청반바지에 흰색 티를 입고는 머리를 묶고 밖으로 나갔다.

"어디 가?"

하늘이 소파에 배를 깔고 누워 TV를 보고 있었다.

"잠깐 밖에."

민우를 만나러 나간다고 왜 말을 하지 못했을까?

"비 많이 와. 큰 우산으로 챙겨가."

"응."

바다는 그렇게 혼자서 집을 나섰다. 그리고 집 앞에서 그녀를 기다리고 있는 민우의 차에 탔다.

"무슨 일이야?"

"……."

민우가 말없이 그녀를 쳐다보았다. 슈트를 입고 있는 민우의 모습을 가까이서는 처음 보았다.

"우리 민우 이렇게 입으니까 멋있는데."

차 안의 이상한 기류가 싫어서 바다가 먼저 말을 했다.

"왜 말이 없어."

"저 미국 가요."

"왜?"

민우의 갑작스런 말에 바다는 좀 당혹스러웠다. 그리고 서운한 마음이 들었다.

"아주 가는 거야?"

"아뇨. 돌아올 거예요."

"그래, 잘 다녀와."

달리 해줄 말이 없었다. 서운했지만 동네 누나로서는 더 이상의 표현은 오버라는 걸 바다는 알았다.

그는 우리나라의 굴지의 대기업에 다니고 있었다. 원래 머리가 좋기로 동네에서 소문이 난 천재였다.

"이 말 하려고 부른 거야?"

하여튼 싱거운 녀석이었다.

"아뇨."

"그럼."

무슨 말을 하려고 이렇게 뜸을 들이는지 알 수는 없었지만 답답한 마음이 드는 건 사실이었다. 바다는 옆에 앉은 민우를 쳐다보았다.

슈트를 입어서 그런지 오늘따라 민우의 모습이 많이 달라 보였다. 떡 벌어진 어깨에 단단한 턱 선, 미소년에 가까운 얼굴이라고 생각했는데 가까이서 본 민우는 남자였다.

순간 바다는 조금 당황했다. 이런 느낌을 가져본 건 맹세코 오늘이 처음이었다.

"누나 좋아해요."

"……."

민우가 힘겹게 꺼낸 얘기는 뜻밖의 것이었다.

"제가 누나를 좋아한다고요."

"민우야."

"나이 같은 거 얘기할 거면 말도 꺼내지 마요. 우리 둘이 다섯 살 차이 나는 정도는 나도 알고 있으니까."

민우가 달라 보이기 시작한 바다였다. 왜 자신의 심장이 이렇게 쿵쾅거리는지 정말 이해할 수가 없었다.

"지금 만나는 남자친구 내가 미국에 다녀올 동안 정리해요. 그 말 하려고 만나자고 했어요."

지금 만나는 친구가 한둘이 아니어서 누굴 정리해야 할지 알 수가 없었다. 바다는 민우가 생각하는 것과는 달리 남자친구는 많아도 애인을 만들지 않았다.

한 번 사랑에 상처를 받고 나서부터는 남자와 사랑을 하는 데 트라우마가 생긴 그녀였다.

"민우야……."

그녀의 뒷말은 민우의 입술에 의해 삼켜졌다. 너무나 놀란 바다가 몸을 빼려 했지만 민우의 단단한 팔에 붙들려 꼼짝을 할 수가 없었다.

"으으읍."

고개를 틀어보았지만 그것도 쉽게 되지는 않았다. 처음 도망칠 기회를 놓쳐 버린 바다는 민우의 2차 공격에 속절없이 당하고 있었다. 하지만 더 문제는 녀석이 키스를 너무 잘한다는 것이었다.

갑작스런 민우의 키스에 놀란 바다는 또 한 번 자신의 반응에 놀랐다. 그녀는 민우를 남자로 느끼기 시작했다.

"다녀올 동안 누나의 남자들을 다 정리해요. 알았죠?"

바다는 얼떨결에 고개를 끄덕였다.

"그리고 이렇게 짧은 바지 입지 말아요. 만지고 싶어지니까."

민우에게 이런 남성적인 면이 있었다는 게 신기할 지경이었다. 바다의 심장은 민우를 향해 주책없이 뛰고 있었다.

"다녀온 후에는 말을 놓을 거예요. 애인에게 존대하는 건 좀 그러니까."

바다는 아무런 말을 하지 못했고 그 한 번의 키스 후에 그녀는 이렇게 코가 끼워져 버렸다.

이런저런 생각을 하다 보니 그의 회사 앞에 도착했다. 민우에게 전화를 걸어 도착을 알렸다. 한참이 지났는데도 그는 오지 않았다.

똑똑!

민우가 왔다. 오늘도 그녀가 좋아하는 슈트를 말끔하게 차려입은 그였다.

"수고했어."

"빨리 끝이 나야 하는데 아직 멀었어."

"얼마나 더 야근을 해야 하는데?"

"일주일쯤."

"그래도 끝이 보이니 다행이다. 피곤한데 집으로 갈까?"

"아니, 오늘은 갈 데가 있어."

그렇게 말을 하고는 그가 그녀의 운전대를 빼앗았다.

"어디에 가는데?"

"가보면 알아."

그는 한참을 운전한 후에 작은 펜션 앞에 차를 세웠다. 시간을 보니 11시가 가까운 시간이었다.

"오늘은 집에 못 들어가. 어머니, 아버지께도 허락받았어."

민우는 그녀의 손을 잡고는 작지만 아름다운 펜션 안으로 들어갔다. 작은 거실에는 장작불이 피워져 있었다.

"예쁘다. 미리 준비한 거야?"

"응."

그가 바다를 뒤에서 안았다. 1월의 매서운 바람에서도 그녀를 지켜주는 것 같아서 좋았다. 민우의 품은 따뜻했다. 난로 가에 차려진 음식들도 그가 준비를 한 것 같았다. 통닭에 맥주지만 그래도 둘이 먹을 수 있어서 좋았다.

장작불 앞에 바다가 앉자 그도 따라 앉았다. 그리고 캔 맥주를 따서 그녀에게 건넸다.

"행복하다. 이렇게 사랑하는 여자와 함께 있으니까."

"……."

바다도 행복했다.

"난 누구처럼 재벌은 아니지만 평생 바다만 사랑하며 살 자신 있어. 사랑해."

"나도."

"나와 결혼해 주겠어?"

"응."

바다는 쑥스럽지만 그의 말에 답했다. 그러자 그가 그녀의 손에 반지를 끼워주었다. 제법 큰 다이아가 박힌 반지였다.

"예뻐."

"결혼 10주년 때는 이거 두 배만 한 거 사줄게."

"고마워."

그의 입술이 그녀의 입술에 닿았다. 장작불은 그들의 사랑처럼 활활 타오르고 있었다.

7

본부장과의 주말을 멋지게 보내고 편안하게 출근을 했는데 아무래도 이번 주는 그녀에게 최악의 한 주인 것 같았다.

아침부터 사무실의 기운이 무거웠다. 기획안을 제출했는데 이게 문제가 생겼기 때문이었다. 분명히 하늘이 제출한 기획안에 윤 과장의 이름이 올라 있었다. 오전에 임원회의가 있는데 하늘은 빠지고 윤 과장과 별이 회의에 들어가는 일이 생기고 말았다.

조 부장 때도 그러더니 그걸 그대로 물려받은 윤 과장이었다. 이번에는 도저히 참을 수가 없는 하늘이었다. 좋게 회사를 그만두고 싶었는데 이것들이 자신을 가만히 두지 않았다.

아침 부서 회의 시간이었다. 회의실에 모두가 모여 앉아 한 시간 후에 있을 임원회의를 대비하고 있었다. 기획실 회의는 대한백화점의 브레인들이 모인 만큼 아주 체계적일 거라 생각하지만 실상은 그렇지 않았다. 물론 다들 실력들은 좋았지만 부장이나 과장급들이 부하직원들의 아이디어를 자신의 것처럼 발표를 하는 일이 비일비재했다.

"이번에 명품 브랜드 VIP 패션쇼 건에 대한 회의를 시작하죠."

"잠시만요."

모두의 눈이 하늘에게 향했다.

"이 건은 제가 기획안을 낸 건데 저와 회의에 들어가셔야 하는 것 아닙니까?"

"이게 나 대리만의 의견이었나? 내가 알기로는 별이 씨 기획안인데."

"윤 과장님."

"소란을 피우는 건 한 번으로 족해. 기획실에 나 대리만큼 일하는 사람은 널렸어."

아주 자신만만한 윤 과장이었다. 모두가 그녀를 비웃듯 쳐다봤다.

"요즘 여직원들은 얼굴 하나 반반한 거 믿고 너무 나대. 안 그런가? 실력도 없으면서."

윤 과장은 뚫린 입이라고 함부로 말을 해대고 있었다. 마지막으로 하늘은 참았다. 임원회의에서 발표를 하고 정해지길 기다려야 했다. 그 기획안의 핵심은 그녀가 아니면 안 되는 것이었다.

계획만 세운다고 쇼가 이루어지는 것은 아니다. 그에 따른 세부적인 기획들도 같이 병행이 돼야 기획안으로 움직이는 타 부서들이 작업을 할 수 있는 것이었다.

하늘은 일부러 세부자료들을 빼놓았다. 기획안이야 낼 수 있지만 행사를 치를 수 없다면 아무런 소용이 없으니 그것이야말로 무용지물이었다.

회의가 끝이 나고 사직서를 내야겠다 결심했다. 엿은 이렇게 먹이는 것이었다.

"이번 VIP 패션쇼의 핵심은 한국 전통의 미인데 섭외는 다 됐지? 별이 씨?"

"네, 그럼요."

별이는 아주 의기양양하게 답을 했다. 남의 기획안을 그대로 카피한 주제에 아주 대담하기까지 했다. 아마도 그녀에게 사정을 할 것이다. 그럼 그녀가 예전처럼 할 수 없이 그녀를 도와줄 거라는 계산이 깔린 것 같았다.

남을 아프게 하는 게 자신에게 어떻게 돌아가는지 알려줄 것이다. 오전에 회의가 끝이 나고, 아니나 다를까, 별이 그녀에게 커피를 뽑아 들고 왔다.

"과장님 말 너무 기분 나쁘게 생각하지 마세요."

"기분 나쁘지 않아."

"그럼 다행이구요. 커피 드세요."

"고마워."

하늘은 아무렇지 않게 별이의 커피를 받았다. 잠시 후의 사태를 즐기면서 말이다.

하늘의 손이 바쁘게 움직였다. 하늘이 오랜 기간 동안 공들여 작업을 해놓은 것이었다. 다행히 한 파일에 저장해 두지 않고 분류를 한 덕에 세부사항들까지는 모르는 것 같았다. 그들이 돌아왔을 때는 지금 기획안에 없는 세부사항들이 모두 사라져 있을 것이다. 그녀가 퇴근을 하고 나서도 별이는 그녀의 파일을 볼 수 없을 것이다.

요즘 본부장과의 데이트 때문에 항상 별이보다 일찍 퇴근을 했는데 그 후유증이 기획안으로 나타났다. 별이가 그녀의 컴퓨터를 몰래 열어본 것이 분명했다. 그렇다면 죗값을 받아야 하지 않을까?

하늘은 그동안 정들었던 책상을 정리하기 시작했다.

본부장이 참석하는 회의에 참석하기 위해 별이는 화장실에서 메이크업을 고치고 있는 중이었다. 회의까지 20분이 남았는데 아주 떨렸다. 대리가 아닌 일개 평사원이 임원회의에 참석한다는 건

이례적인 일이었다.

특히 대한백화점같이 위계질서가 분명한 곳에서는 더더욱 그랬다. 윤 과장이 모처럼 그녀를 위해 신경을 써준 자리였다. 조 부장보다 나은 것 같았다.

"아주 쓸모가 있어."

별이는 이렇게 중얼거리며 기름종이를 얼굴에 댔다.

"별이 씨."

홍보실의 경은 씨였다.

"안녕하세요?"

"점점 더 예뻐지는 것 같아. 애인 생겼어?"

"아뇨."

홍보실의 경은은 대한백화점의 정보통이었다.

"우리 본부장님께서 애인이 생기셨다네. 아니, 결혼을 하실 것 같아."

"진짜요?"

"응, 이건 비밀인데 본부장님 비서실에서 나온 말이야. 예식장을 알아보고 계신대."

본부장은 모두의 선망의 대상이었다. 차라리 입사 수석이 되지 않았다면 어쩌면 본부장의 비서실로 갔을 수도 있었을 것이다. 괜히 수석을 해서 기획실로 온 게 그녀에게 있었을지도 모르는 일생

일대의 기회를 놓친 것이었다.

이왕 몸을 팔아 승진의 기회를 노릴 거라면 더 윗사람이 좋은데 말이다.

"누군지 몰라도 완전 봉 잡았지 뭐. 잘생겼지, 섹시하지, 재벌이지, 뭐 하나 부족한 게 없잖아."

"그러네요."

"오늘 약속 있어?"

그녀가 메이크업을 고치는 걸 보고 얘기하는 것 같았다.

"아뇨, 임원회의에 들어가 봐야 해서요."

"진짜? 별이 씨가 실력이 있긴 한가 봐? 평사원이 임원회의에 들어가고?"

"아니에요. 운이 좋은 거죠."

"운도 실력이야."

경은은 이렇게 말을 하고는 화장실에서 나갔다. 그랬다. 경은의 말처럼 운도 실력이었다. 별이는 이번 일을 생각해 보았다. 조 부장이 하늘을 엿 먹인다며 하늘의 컴퓨터 비밀 번호를 별이에게 알려주었다.

그래서 하늘이 먼저 퇴근을 한 날 정보를 캐낼 수가 있었다. 그리고 약간의 단어만을 수정해서 기획안을 먼저 올렸다. 그리고 생각지도 않았던 기회가 그녀에게 생겼다.

"아자, 파이팅."

별이는 심호흡을 하고는 윤 과장과 함께 임원회의에 들어갔다.
커다란 회의실은 생각보다 압도적이었다. 수십 명의 임원들이 있
었고 본부장이 가운데서 그들을 보고 있었다. 그녀는 발표를 한다
기보다는 윤 과장의 보조에 가까웠다.

윤 과장은 노련하게 발표를 이어갔다. 그런데 그녀의 느낌일
까? 본부장의 눈이 그녀에게 향해 있었다. 모든 발표가 끝이 난 후
에 본부장이 윤 과장에게 말했다.

"이건 윤 과장의 아이디언가?"

"네."

아니, 자기의 아이디어가 아니라 그녀의 아이디어 아닌가? 비
록 나 대리의 아이디어를 훔치긴 했지만 지금은 엄연히 그녀의 기
획안이었다.

"그래? 그럼 나 대리가 보조를 맞추어야지 왜 평사원이 온 건
가?"

"기획 단계에서 박별 사원의 도움을 받았기 때문입니다."

"그럼, 박별 사원의 아이디언가?"

본부장이 멋있기기만 한 줄 알았는데 예리하기도 한 것 같았다.

"아닙니다."

"박별 사원, 윤 과장의 아이디언가?"

"그게……."

별은 일부러 뜸을 들였다. 윤 과장이 칭찬을 다 받는 건 싫었고 지금은 임원들에게 그녀를 어필할 수 있는 기회였다.

"박별 사원의 아이디어가 들어갔다는 얘기군."

윤 과장의 얼굴이 빨갛게 달아올랐다. 하지만 지금은 그녀가 먼저였다.

"그럼, 이 아이디어의 진짜 주인인 박별 사원이 어떻게 일이 진행되는지 얘기를 해봐."

"올해 명품 브랜드들의 주제가 오리엔탈입니다. 거의 모든 디자인이 동양적이죠. 거기에다가 이번 디자인은 우리나라의 한복과 접목을 시킨다면 좋을 것 같아서 우리나라의 한복 명인들의 작품과 함께 하면 명품의 느낌을 극대화할 수 있을 거라 생각했습니다."

"아주 좋아."

"그래서 섭외한 디자이너는 누구지?"

"그게 아직 몇 분 중에 고심을 하고 있습니다."

"우리 패션쇼는 두 달 후인데 VIP 고객들께 DM을 발송하려면 지금부터 준비를 해야 해. 너무 늦은 것은 아닌가?"

"아닙니다."

"그래? 난 이 패션쇼의 아이디어는 좋지만 디테일한 부분이 마음에 들지 않는군. 내일까지 더 보완해서 올리도록 해."

"알겠습니다."

"그리고 윤 과장, 부하직원의 아이디어를 그렇게 자신이 한 것처럼 가로채는 건 조 부장으로 족하지 않나?"

"죄송합니다."

"알았어. 내일까지 철저하게 보완해서 박별 사원이 직접 내 사무실로 와서 보고하도록."

"네."

"나가봐. 다음은 홍보실."

그들은 나왔지만 회의는 계속되었다.

"박별, 이렇게 나를 엿 먹여도 되는 거야?"

"저는 아무 말도 안 했어요. 본부장님이 눈치를 챈 거지. 아까 진짜 깜짝 놀라서 말을 못한 거지 일부러 그런 거 아니에요."

별은 눈웃음을 치며 윤 과장의 화를 풀어주려고 했다. 그리고 사무실로 돌아와서 하늘부터 찾았다.

"나 대리님."

"왜?"

"지금 뭐 하시는 거예요?"

"자리 정리."

정말 나 대리의 책상에는 아무것도 없었다.

"어디 가세요?"

"응, 그만두려고."

"지금요?"

별이는 순간 입안이 바싹 말라 버렸다. 내일 당장 본부장실에 올라가야 하는데 걱정이었다.

"그럼, 인수인계는요?"

"무슨 인수인계? 지금은 내가 기획한 게 아무것도 없어서 인수인계는 안 해도 돼."

"그렇지만."

"그리고 컴퓨터도 싹 지워 버렸어. 어차피 그만둘 회사 내 아이디어를 저장해 둘 필요는 없잖아. 그리고 별이 씨한테만 얘기하는데 어떤 쥐새끼가 내 컴퓨터의 비번을 알았지 뭐야. 이번 기획안은 빼갔을지 몰라도 디테일한 부분은 아무것도 모를 거야. 누군지 몰라도 속 좀 탈 거야."

그렇게 말하며 사직서를 들고는 윤 과장에게 향했다.

"과장님, 그간 감사했습니다."

"이게 뭐야."

"뭐긴 사직서지."

나 대리가 윤 과장에게 처음으로 반말을 했다. 이제 나 대리는 막나가고 있는 중이었다. 별이는 나 대리가 어디까지 얘기할지 몰라 옆에서 전전긍긍하고 있었다.

"뭐?"

놀란 건 윤 과장뿐이 아니었다.

"나이 어린 여직원이랑 놀아나느라고 잊었나 본데? 이 기획안은 내 기획안이었어. 그리고 모든 자료를 날려서 별이도 어떻게 감당이 안 될 거야. 남의 기획안을 훔치려면 제대로 끝까지 했어야지."

기획실의 모든 직원들이 그들을 보고 있었다. 아니, 다른 부서에서 용무를 보러 온 직원들도 멍하게 이 광경을 바라보았다.

"지, 지금 무슨 말을 하는 거야? 조 부장이랑 놀아난 게 누군데."

"조 부장이랑 놀아난 건 박별이고 또 당신하고도 놀아난 거 아닌가?"

"야!"

별은 자신도 모르게 나 대리의 말을 막았다.

"흥분할 거 없어. 다 인과응보 아니겠어."

"지금 뭐라고 하는 거야? 내가 언제 조 부장님하고 윤 과장님이랑 놀아났다고 그래?"

나 대리가 그녀의 어깨에 손을 올리며 얘기했다.

"왜 그랬는지는 너 혼자 알겠지. 앞으론 그렇게 살지 마라."

"야!"

별이는 자신도 모르게 손을 올렸다.

"아악!"

그리고 바로 나 대리에게 잡혔다. 여자의 힘이 아니었다. 팔이 꺾여 꼼짝을 할 수가 없었다.

"조 부장의 와이프한테는 정신이 없어서 그냥 당한 거지만 넌 아니지."

"이거 안 놔?"

"아참, 내가 얘기 안 했구나? 나 유도 선수 출신인 거. 여기 남자들도 내 상대들은 아니지."

별이는 하늘이 무너지는 느낌이었다. 다른 부서 사람들이 나 대리보다 그녀를 더 이상한 눈으로 쳐다보는 게 보였다.

"자, 그럼 난."

이렇게 말을 하며 나 대리는 자신의 짐이 들어 있는 박스를 들고는 유유히 사무실을 빠져나갔다. 바닥에 쓰러진 별은 자신을 본체만체하고 있는 윤 과장을 보며 눈물을 삼켰다.

자신의 짐을 가지고 본부장실로 향한 하늘은 묘한 쾌감을 느끼고 있었다. 진작에 이럴 걸이라는 생각이 들 정도로 가슴속의 체증이 다 가시는 기분이었다. 그녀가 엘리베이터에서 내리자 비서실 직원들이 그녀를 쳐다보았다.

"안녕하십니까?"

이상우 비서실장이 그녀를 보고는 의아하다는 듯이 쳐다보았다.

"여기는 어쩐 일인가?"

"본부장님을 뵈려고 왔습니다."

"본부장님께서는 지금 아주 바쁘신데 어쩐 일이지? 나한테 말하게."

"개인적인 급한 용무입니다. 기획실 나 대리가 왔다고 하면 들여보내 주실 겁니다."

융통성이 없기로 소문이 난 이 실장이 그녀를 들여보내 줄 리가 없었다. 게다가 박스에 자신의 짐을 가득 들고 있는 상태의 직원을 말이다.

"휴, 알겠습니다."

하늘은 짐을 내려놓고는 핸드폰을 꺼내 들었다.

"본부장님, 바쁘십니까?"

그녀의 말에 이 실장의 얼굴이 사색이 되었다.

"저 지금 본부장실 앞이에요."

"뭐 하는 겁니까?"

"나오신다네요."

그러자 정말로 본부장이 자신이 방에서 나왔다.

"언제 왔나? 이건 또 뭐고?"

"저 사표 냈어요."

"그래?"

본부장이 아무렇지 않게 그녀의 박스를 들었다.

"아무도 들이지 마세요."

"네."

이 실장의 표정이 아주 가관이었다. 거기다가 비서실의 직원들도 모두 넋이 나가 보였다. 그의 사무실에 들어온 하늘은 들어가자마자 본부장을 뒤에서 안았다.

"너무 밝히는 거 아냐?"

"그런 말을 할 입장은 아니시잖아요."

"그렇지."

그가 그녀의 박스를 내려놓고는 하늘을 꽉 안아주었다.

"이제 결심이 선 거야?"

"오늘 기획안을 뺏기고 나니까 더 확신이 섰어요. 이런 열정이 있을 때 내 일을 하는 것도 괜찮을 것 같다는 생각이요. 지난번에 말했듯이 친구하고 같이 다른 일을 시작해 보려고요."

"잘 생각했어. 안 그래도 아까 회의 때 박별인가 뭔가 하는 여직원에게 내가 아주 살짝 복수를 했지."

"그랬어요?"

"지난번에 비상계단에서 조 부장하고 통화를 하는 걸 우연히 들었어. 그때부터 벼르고 있었는데 오늘 기회를 잡은 거지."

"그랬구나."

"우리 예식 날짜가 잡힌 건 알아?"

"네, 엄마가 얘기해 주셨어요. 언니 결혼식 끝나고 다음 달에 하자고요."

"우리가 먼저 하고 싶은데……."

그가 그녀의 입술에 살짝 입맞춤을 한 후에 그렇게 말을 했다.

"하지만 어쩔 수 없죠."

하늘은 그의 책상 위의 서류들을 쳐다보았다. 생각보다 양이 많았다.

"많이 바빠요?"

"응, 주말에 쉬려면 주중에는 정신이 없어."

"나 때문에 너무 고생하는 거 아니에요?"

"괜찮아."

"그만 가볼게요."

그가 그녀에게 진한 키스를 했다.

"나 대리가 더 있다가는 여기서 나 대리를 가질 것 같아."

"갈게요. 그리고 이제 하늘이라고 불러주세요."

"알았어."

하늘이 그의 사무실에서 나오자 모두들 다시 의아한 표정이었다. 하늘은 살며시 미소를 지으며 그들에게 인사를 하고는 사무실을 빠져나왔다.

택시를 타고 그녀는 소희의 오피스텔로 향했다. 일주일 전에 회사를 그만두고 창업 준비에 정신이 없는 소희였다.

"한 사장, 나 왔어."

소희를 보며 하늘이 웃으며 말했다.

"그래 잘 왔다."

"우리 뭘 하고 먹고살 거냐?"

소희와는 대학 다닐 때부터 같이 일을 하자고 말했었다. 하지만 기회가 되지 않았고 서로 바쁘게 지내다가 소희가 회사를 그만둘 마음을 먹으면서부터 본격적으로 사업 얘기가 시작되었다. 그로부터 1년이라는 시간이 흘러서야 이렇게 일을 함께할 수 있도록 둘 다 백수가 되었다.

"요즘 친환경 소재의 제품들이 각광을 받잖아. 그리고 내가 그런 회사에 다녔고 너는 패션이 전문이니까. 잘 접목하면 좋은 사업이 될 것 같아."

"그럼, 인터넷 쇼핑몰을 할 거야?"

"처음에는 그렇게 인지도를 쌓아가는 것도 좋을 것 같아."

들어오기가 무섭게 소희는 그녀에게 사업 아이템을 설명하고 있었다. 소희는 말은 이렇게 가볍게 했지만 기획안에는 그녀의 생각이 얼마나 구체적인지가 잘 나타났다. 역시 믿음이 가는 친구였다.

"급하게 시작하지는 말고 철저하게 시장조사를 해야 해."

"알아. 혼자 하는 것보다 하늘이 네가 있어서 좋다."

하늘은 소희와 시간 가는 줄도 모르고 아이디어를 교환했다.

하늘이 퇴사를 한 지도 한 달이 넘었다.

건우는 요즘 들어 생각이 많아지고 있었다. 결혼이라는 걸 너무 간단히 생각한 게 아닌가라는 생각이 들었다. 솔직하게 어느 정도 맞는 상대와 한집에서 섹스를 하며 사는 것 정도라고 생각했다. 거기에 아이가 생기면 잘 키우고 그렇게 살다가 죽는 게 인생이라고 생각했다.

하지만 요즘 그는 복잡해졌다. 더 아껴주고 싶고 잘해주고 싶었다. 그리고 문제는 그의 마음이 따뜻해짐을 느끼고 있었다. 하늘을 보면 볼수록 그는 그런 마음이 더 들었다. 처음부터 그는 하늘이 신경이 쓰였다.

이상하게 그는 하늘의 기분을 생각하게 되고 그녀가 싫어하는 게 뭐고 좋아하는 게 뭔지를 생각하게 되었다. 이런 생각을 그가 하리라고는 상상도 해본 적이 없었다.

이번 주, 그는 하늘에게 프러포즈를 할 생각이었다. 언니의 결혼 준비로 요즘 하늘은 바빴다. 거기에 창업 준비까지. 그보다 하늘이 바빠서 요즘은 얼굴 보기도 힘이 들었다.

하지만 그 와중에도 언니가 프러포즈를 받고 좋았다는 얘기를 할 때 하늘은 언니를 부러운 듯 보고 있었다.

김건우가 여자의 기분을 맞춰주기 위해, 아니, 그의 마음을 전하기 위해 지금 애를 쓰고 있었다.

"이 실장이라면 어떻게 하겠나?"

"저도 이런 건 해보지 않아서……."

노총각 이 실장이 아주 난감한 표정으로 그를 보고 있었다.

"요즘 이벤트 업체들도 많은데 이벤트 회사에 맡기시죠."

그것도 좋은 방법인 것 같아서 그는 이 실장에게 이벤트 회사를 알아봐 줄 것을 부탁했다.

"그리고 지난번에 지시하신 일에 대한 처리 결과입니다."

그가 서류를 그에게 보여주었다. 한 달 전에 하늘이 회사를 그만둔 다음 날 박별이 그의 사무실을 찾았다. 하늘과 그의 관계를 모르는 박별은 그에게 알 만한 한복 명인들의 이름을 말했다.

"그래서 어떤 분이랑 작업을 할 거냐고?"

그가 화를 내자 별이 잔뜩 굳은 얼굴로 말을 얼버무렸다. 그는 윤 과장을 호출했다.

"내가 윤 과장을 왜 부른 것 같나?"

"……."

"둘의 관계가 이상하다고 소문이 파다해."

"그건 어제 회사를 그만둔 나 대리가 유언비어를……."

"이래도 발뺌을 할 텐가?"

건우는 박별과 윤 과장이 모텔로 들어가는 사진과 나오는 사진을 그들에게 보여주었다.

"어떻게 설명할 거지? 그리고 박별 씨는 사진이 한 장 더 있어."

그러면서 조 부장과 박별이 모텔에서 나오는 사진을 보여주었다.

"몸으로 회사 일을 했군."

"이건 모함입니다. 이게 다 나 대리의 짓입니다."

"이건 나 대리가 아니라 내가 지시한 일이야. 회사에서 이런 불륜이 일어나는 건 회사 이미지에 막대한 타격이지. 그래서 감찰반을 시켜서 조사하게 만든 거야. 더 할 말이 있나?"

"……."

"……."

둘은 아무런 말도 하지 못하고 사직서를 제출했다. 그리고 인수인계를 끝내고 오늘 그들이 완벽하게 회사를 그만두는 날이었다. 서류를 덮으며 그는 이 실장에게 수고했다고 말을 했다. 하늘이 그동안 마음고생을 한 걸 생각하면 두 사람을 가만두고 싶지 않았지만 그는 좋은 일을 앞두고 약간의 아량을 베풀기로 했다.

하늘은 요즘 몸이 둘이라도 모자랐다. 언니의 결혼식이 일주일 앞으로 다가왔고 그다음 주에는 소희와 작은 사무실을 오픈하기로 했기 때문이었다. 거기에 내일은 본부장이 무슨 일이 있어도 시간을 내라고 해서 오늘 하늘은 더 정신이 없었다.

언니의 웨딩드레스를 체크한 하늘은 예식을 할 국제호텔에 들러 전체적인 상황을 다시 한 번 체크하기로 했다. 마사지를 받으러 간 언니는 호텔로 오기로 했다.

호텔에 도착한 하늘은 급한 마음에 뛰다가 마주 오던 사람과 세게 부딪쳤다.

"괜찮으십니까?"

"네, 죄송해요. 괜찮으세요?"

하늘은 자리에서 일어나 섹시한 저음의 남자를 쳐다봤다. 남자는 굉장히 깔끔한 스타일이었다. 명품 코트를 걸친 그는 완벽하게 딱 재벌 2세 스타일이었다.

"다친 곳은 없나요?"

"네."

"다행입니다. 호텔에 볼일이 있으십니까?"

그녀는 고개를 끄덕이고는 호텔 안으로 들어왔다. 아무리 잘생긴 남자라도 지금은 바빴다. 그녀는 호텔 안의 예식부를 찾아 올라갔다. 이것저것 체크를 하고 있는데 언니가 왔다.

"언니."

"미안. 길이 막혔어."

"대충 체크는 다 끝났고. 언니가 확인할 것만 하면 될 것 같아. 음식은 먹어봐도 된다고 했으니까. 점심은 여기서 먹으면 될 것 같아."

하늘이 꼼꼼하게 체크를 해줘서 그런지 언니는 결혼식 준비가 한결 수월하다고 했다. 호텔에서 식사를 마친 둘은 또 다른 장소로 이동하기 위해 각자 자신의 차로 향했다.

윙—

차를 출발시켰는데 갑자기 전화가 울렸다. 화면을 보니 본부장이었다. 하늘이 반가운 마음에 전화를 받으려고 손을 뻗는 순간.

끼익! 쾅!

하늘은 앞에 오는 차를 정면으로 받아버렸다. 다행히 서행으로 운전을 하다가 부딪친 거라 크게 사고가 난 것 같지는 않았다. 덕분에 아빠 차가 찌그러지는 사태가 발생하고 말았지만 말이다. 차에서 내려보니 그녀는 앞이 깜깜했다.

그녀가 받은 차는 벤츠였다. 그것도 최고급 라인이었다. 모르긴 몰라도 그녀의 전 재산을 다 털어 넣어야 할 것 같았다.

차에서 운전자가 내리더니 그녀에게 다가왔다. 30대의 운전자는 몹시 화가 난 모습이었다.

"아가씨, 이게 뭡니까? 눈을 어디다가 두고 다니는 겁니까?"

"죄송합니다."

"운전을 못하면 차를 끌고 나오지를 말든지."

그때였다. 차 안에서 한 명이 더 내리는 것 같았다. 이제 둘이 그녀를 윽박지를 예정인 것이다.

"죄송합니다."

"그만하게. 다치지 않았으면 됐어."

고개를 들어보니 아까 호텔 로비에서 부딪친 남자였다.

"오늘 여러 번 부딪칩니다."

"죄송합니다."

하늘은 허리를 구십 도로 숙이며 사과를 했다.

"명함을 주시면 보험 처리해 드리겠습니다."

"괜찮습니다. 우리 차는 멀쩡한데 그쪽 차가 더 찌그러진 것 같네요."

"⋯⋯."

하늘은 천사가 있다면 이 사람 같지 않을까라는 생각이 들었다.

"그렇다고 그냥 넘어가기는 그러니⋯⋯."

그럼 그렇지 이렇게 비싼 차에 흠집을 냈는데 그냥 넘어갈 리가 없었다.

"밥을 열 번 사면 어떨까요?"

아니, 백번이라도 살 수 있었다.

"그래도……."

그래도 양심에 찔려 조금 뜸을 들인 하늘이었다.

"전화번호를 주시면……."

"이건 제 명함입니다."

아직 아무에게도 주지 않은 아주 따끈한 명함이었다.

"자연의 힘?"

"네, 제 회사예요. 아직 작지만 앞으로 대기업이 될 친환경 소재의 제품들을 파는 곳이죠."

남자가 미소를 지었다. 꽤 젠틀한 사람 같았다.

"제가 연락드리겠습니다. 저는 이신욱입니다."

"네."

정말 남자는 그녀의 명함만을 가지고 갔다. 하늘은 멍한 기분이었지만 그것도 잠시 아빠한테 뭐라고 말을 할지 암담하기만 했다.

"좋게 생각하자. 수리비로 전 재산을 날릴 뻔했는데."

이렇게 말을 하며 하늘은 소희의 오피스텔로 차를 몰았다.

"나 왔어."

힘이 하나도 없었다. 사고가 잘 처리됐기는 했지만 그래도 너무나 놀란 건 사실이었다. 하늘의 얼굴에 핏기가 하나도 없었다.

"하늘아, 그러다 쓰러진다."

"너나 조심해."

둘은 조그마한 사무실 겸 가게를 얻고는 인테리어부터 모든 걸 챙기느라 자신들의 몸을 돌볼 시간적인 여유가 없었다.

"오늘 오다가 사고가 났어."

"뭐?"

"아빠의 애마가 찌그러지셨다."

"누구 잘못인데?"

"나."

하늘은 지금 생각해도 몸서리가 쳐져서 몸을 부르르 떨었다.

"상대편은 최고급 벤츠였는데 그냥 괜찮다고 갔어."

"진짜야? 넌 전생에 나라를 구했나 보다."

그건 소희의 말이 맞는 것 같았다. 요즘같이 여기저기에 돈이 들어갈 때는 새는 돈이 없는 게 돈을 버는 것이었다.

"그런데 그 남자가 나한테 10번 밥을 사라고 해서 그런다고 했어."

"100번을 사라고 해도 사야지."

"그런데 진짜 비싼 것만 먹게 생겼던데……."

"그래도 차 값보다는 싸잖아."

"그건 그래, 지금 돈이 너무 많이 들어가서 파산 직전이시다."

하늘은 한숨이 나왔다. 결혼 준비하랴 사업 준비하랴 은근히 돈이 많이 들어갔다. 그나마 결혼 비용은 집에서 해주신다지만 그녀가 벌어놓은 알량한 돈이 사업자금으로 들어가고 있었다.

"소희야, 망하지는 않겠지? 야!"

소희가 그녀의 등을 쳤다.

"시작도 전에 초칠래?"

"미안."

소희에게 사과를 했지만 불안한 마음이 강했다. 월급만 받다가 처음으로 투자라는 걸 하다 보니 이래저래 불안한 하늘이었다. 그나마 든든한 친구가 있어서 다행이었지만 말이다.

티격태격하던 둘은 언제 그랬냐는 듯이 다시 각자의 일에 몰두했다.

이렇게 뭔가를 열심히 해본 적이 없었던 하늘이었다. 하늘은 열심히 장부를 살피고 있는 소희를 바라보며 흐뭇하게 미소를 지었다. 언제 잘릴지 그리고 승진은 언제 될지를 생각하며 불안에 떨던 게 엊그제 같은데 이제 그럴 염려 없는 그녀의 평생 직장이 생긴 것이다.

하늘은 그 어떤 때보다 마음이 가벼웠다.

8

눈코 뜰 새 없이 바쁜 일주일을 보내고서야 그와의 주말 약속을
지킬 수 있게 되었다. 하늘은 눈이 반쯤 감겨 있었다. 피곤이 누적
돼서 지금은 자고 싶은 마음이 굴뚝같았지만 차창 밖의 건물들을
보며 겨우겨우 졸린 눈을 뜨고 있었다.

"피곤해?"

"아뇨."

옆에서 운전을 하고 있던 건우가 그녀가 가만히 있자 물었다.

"사실 조금 피곤해요."

"안 피곤한 게 이상하지. 나 부장은 혼자 결혼 준비 못하나?"

"언니는 출근해야 하니까 바쁘잖아요."

"그래도 난 하늘이 고생하는 거 싫어."

"근데 우리 어디 가는 거예요?"

"가보면 알아. 그리고 피곤하면 자. 가려면 한참 걸리니까."

그의 말에 하늘은 곧바로 잠이 들어버렸다. 얼마나 지났을까? 뭔가 허전한 마음에 눈을 뜨니 낯선 장소였다. 차는 낯선 공간에 주차가 되어 있었다. 그리고 운전석에는 그가 없었다.

"뭐지?"

그녀는 차 문을 열었다. 자다가 깨서 그런지 몹시 추웠다. 옷을 여미며 차에서 내린 하늘은 아직 잠이 덜 깼는지 이상한 게 보이는 것 같았다. 그래서 계속해서 눈을 깜빡였는데 같은 게 계속 보였다.

작은 초들이 길을 만들어 그녀를 안내하고 있었다. 그 길을 따라 걸으니 펜션의 문 앞이었다. 문을 열어주세요라는 글이 쓰여있는 팻말이 눈에 띄었다. 하늘이 문을 열고 들어가자 바이올린과 피아노 첼로 연주자들이 그녀를 위해 팝송 연주를 시작했다.

제목은 기억나지 않지만 로맨스 영화의 삽입곡이었던 것 같았다. 하지만 아직 그가 보이지 않았다. 집 안에는 온통 사진으로 가득했다. 어릴 때부터 클 때까지 그녀의 모든 추억이 담겨있는 사진들과 그의 어린 시절부터 지금의 모습까지의 사진들이었다.

그녀가 연주를 들으며 자신의 사진을 보는 순간 하얀 벽에 그의 얼굴이 나타났다. 영사기가 틀어진 모양이었다.

"놀랐지? 우리의 만남은 얼마 되지 않았지만 어릴 때부터 지금까지 당신의 모습을 기억할게. 그리고 앞으로는 우리 둘의 사진으로 채워가자."

그의 말이 끝이 나자 화면에는 나랑 결혼해 줄래? 라는 글자가 써 있었다. 하늘은 너무 놀랐지만 아주 기뻤다. 비록 사랑한다는 말은 없었지만 지금 이 순간 하늘은 김건우라는 남자를 사랑하게 된 자신을 다시 한 번 느꼈다.

그녀는 눈물로 눈앞이 뿌옇게 변했다. 그때 꽃다발을 든 그가 나타났다.

"뭐예요?"

"프러포즈지."

여태까지와는 다른 무뚝뚝한 그의 말에 하늘은 웃음이 나왔다.

"고마워요."

"이거."

그가 그녀의 손에 엄지 손톱만 한 다이아 반지를 끼워주었다.

"마음에 드나?"

"예뻐요. 언제 이런 걸 다 준비했어요?"

"이벤트 회사의 도움을 받았지."

그는 솔직하게 말했다. 사람들이 철수를 하고 둘만 남자 뭔가

쑥스러운 기분이 들었다. 하지만 그들은 언제나처럼 불타는 밤을 보내며 서로를 탐하기 시작했다.

타닥타닥.

모닷불이 타는 소리가 들렸다. 그게 나무가 타는 소리인지 그들의 달아오른 욕망의 소리인지 구분이 가지 않았다. 완전히 나체인 그들은 타는 불빛에 서로의 몸을 탐했다. 그의 입술이 그녀의 유두를 미친 듯이 빨아들이고 있었다. 카펫 바닥이었지만 아무런 상관이 없었다.

"타는 것 같아요."

하늘은 온몸이 타들어가는 걸 느끼고 있었다.

"나도."

그도 마찬가지인 것 같았다. 서로의 몸에 의해 그들은 욕망의 불구덩이에 빠져들고 있었다. 그의 손이 하늘의 다리를 활짝 벌리고 타오르는 불빛에 그녀의 여성을 내려다보았다.

"너무 아름다워."

"어서 들어와요."

"쉿."

그가 그녀의 바람대로 그녀의 질에 페니스를 넣는 대신에 그의 입술을 가져다 댔다. 삼킬 듯이 그녀의 여성을 빨아들이는 그의 움직임에 하늘은 거의 정신을 잃을 것 같았다. 평소보다 더 느낌이 오는 날이었다.

그의 단단하고 축축한 혀가 그녀의 여성을 반으로 가르며 들어왔다. 할짝이는 소리가 불에 타는 나무 소리와 묘하게 섞여 그녀를 미치게 하고 있었다.

"건우 씨, 제발……."

하지만 건우는 말없이 그녀의 여성을 계속 빨아들이기 바빴다. 그의 입술에 그녀의 여성이 완벽하게 빨려들어 갈 것 같았다. 잠시 후에 그가 몸을 일으키더니 그의 거대한 페니스를 그녀의 안에 밀어 넣었다.

"아아악!"

하늘의 쾌락에 찬 비명이 공간을 울렸다. 그의 나체가 불길과 함께 그녀의 앞에서 일렁였다. 집에서 할 때와는 확실하게 다른 야성의 느낌이 있었다. 그래서인지 그의 짐승 같은 매력은 더욱 폭발했다.

그들의 거친 숨결 속에 미친 듯한 열정이 밤새 녹아내리고 있었다.

언니의 결혼식 날은 몹시도 추웠다. 하늘은 코가 빨갛게 변한 줄도 모르고 밖에서 열심히 손님들에게 건넬 선물과 예식이 끝이 나면 언니가 타고 갈 웨딩카를 챙기고 있었다.

"하늘."

낮은 저음의 목소리가 그녀의 뒤에서 울렸다.

"본부장님."

"여기서 뭐 하는 거야?"

"이것만 챙기면 끝이 나요."

"누가 보면 하늘이 딸 시집보내는 줄 알겠어."

"그러게요."

그때 그가 자신의 손으로 하늘의 얼굴을 감싸주었다. 그의 체온
이 그녀의 마음까지 따뜻하게 만들어주고 있었다.

"어서 들어가자. 예식 시작했어."

하늘은 건우의 손을 잡고 식장 안으로 들어갔다. 남자의 손이
이렇게 따뜻했는지 그전에는 몰랐었다. 하늘은 그의 손을 내려다
보며 행복한 미소를 지었다.

언니의 결혼식은 모두를 즐겁게 했다. 언니는 너무나 태연한데
민우의 실수가 계속되었다. 어디에 서야 하는 줄도 모르고 계속
이곳저곳을 옮겨 다니는 신랑에게 주례 선생님이 정신 차리라는
말을 할 정도였다.

주례는 민우의 고등학교 선생님이셨다. 그러니 그렇게 혼낼 만
도 하셨다. 민우는 괴로웠겠지만 다른 사람들은 지루하지 않은 결
혼식이었다. 언니는 눈물 한 방울 흘리지 않는데 민우의 울음보가

터져 버려 신랑이 우는 아주 웃긴 결혼식이 되어버렸다.

"본부장님은 저러면 안 돼요."

"내가? 설마."

"그렇겠죠?"

하늘은 건우와 점심을 먹으러 갔다가 잠깐 화장실을 간 사이에 또 누군가와 부딪쳤다. 이놈의 호텔만 오면 사람이든 자동차든 부딪치기 일쑤였다.

"죄송합니다."

고개를 들어보니 그때 그 사람이었다.

"이거 세 번 우연이면 운명이라는데."

"그러네요."

하늘이 웃으며 말했다.

"오늘 아주 아름다운데 선보러 왔어요?"

"아뇨. 언니가 오늘 여기서 결혼했어요."

"다행이네요. 본인 결혼이 아니어서."

남자는 부담스럽지 않게 그녀에게 말을 걸었다.

"우리 약속 잊지 않았죠?"

"그럼요."

"전화할게요."

"네."

왠지 모르게 편안한 사람이었다. 그렇게 남자를 보낸 하늘은 점심식사를 하고 언니와 함께 인천공항까지 같이 갔다. 물론 웨딩카 운전은 건우가 했다. 민우의 친구가 원래는 웨딩카를 운전하려고 했지만 출장이 잡혀 있는 건우가 가는 길에 웨딩카를 몰기로 한 것이다.

"제가 본부장님이 운전하시는 차에 타게 될 줄은 몰랐습니다."

언니가 진심으로 신기해하며 말했다.

"제가 나 부장을 처형이라 부르게 될 줄 누가 알았겠습니까?"

그들은 이렇게 언니를 공항까지 데려다 주었고 건우도 미국 출장길에 올랐다.

"차 운전하고 갈 수 있겠어?"

"그럼요."

"다녀올게. 너무 무리하지 말고."

"이제 언니 결혼식도 무사히 끝났으니 사무실 일만 하면 돼요."

"알았어."

그는 이렇게 말을 하고는 비행기에 올랐다. 하늘은 좀 외롭다는 생각이 들었지만 며칠만 참으면 되는 것이었다.

윙—

운전 중에 모르는 번호로 전화가 왔다.

"여보세요?"

[이신욱입니다.]

누구지 하고 한참을 생각하다가 드디어 생각이 났다.

"아, 네."

[오늘 저녁에 시간 어떠십니까?]

"오늘요? 괜찮아요."

[그럼, 이따 7시에 제가 모시러 가겠습니다.]

"아뇨, 약속 장소에서 만나죠."

[그럼, 어디로 갈까요?]

"드시고 싶은 거 사드릴게요."

[그럼, 제가 문자로 주소 보내 드리겠습니다.]

"네."

그녀는 그가 싫지 않았다. 유머도 있고 사람이 나쁘지 않아 보였다. 물론 수리비를 안 받은 게 한몫했지만 말이다.

집에 도착한 하늘은 얼른 옷을 갈아입고는 나갈 차비를 했다. 결혼식 때보다는 조금은 편한 옷으로 갈아입었다.

그에게 예뻐 보일 필요는 없었지만 문자로 온 주소를 보니 이탈리안 레스토랑이었다. 아무리 유명식당을 모른다고 해도 이태원에서 이 집은 꽤 유명한 곳이었다.

어느 정도의 격식은 필요할 것 같아서 블랙 원피스에 업스타일의 머리와 그에 어울리는 진주 비드목걸이와 진주 귀걸이를 하고 블랙밍크를 입었다. 약간은 고급스럽게 가는 게 좋을 것 같았다.

그녀가 식당에 들어서자 사람들의 시선이 다 그녀에게 쏠렸다. 마치 유명모델이 걸어 들어오는 것 같은 그녀의 모습에 남자들은 탄성을 여자들은 질투의 시선을 보내고 있었다.

저 멀리서 그런 그녀를 민망할 정도로 신욱이 뚫어지게 보고 있었다. 가끔씩 보이는 이런 시선이 하늘은 불편했다.

"기다리셨어요?"

그가 자리에서 일어나 그녀를 맞이했다.

"아뇨, 방금 왔습니다."

그가 그녀를 위해 의자를 빼주었다. 사람이 매너도 있고 좋아 보였다. 소희가 남친이 없다면 소개해 주고 싶을 정도로 그는 괜찮은 사람 같았다.

"여기는 소문은 많이 들었는데 처음 와봐요."

"제가 아는 이탈리안 식당 중에선 최곱니다."

"기대가 되는데요."

그들은 사소한 이야기를 나누었다. 그러면서 하늘이 느낀 건 그는 참 사람을 편하게 해준다는 것이었다. 본부장에게 느끼는 강한 끌림은 없었지만 그가 매력이 있는 건 사실이었다.

"뭐 하시는 분이세요?"

"맞혀보세요."

"일반 직장인은 아니신 것 같고 사업하세요?"

"네, 사람 보는 눈이 있으십니다."

"호호호, 처음 듣는 얘기네요."

이렇게 사소한 얘기부터 많은 얘기를 나누었지만 둘 다 만나는 사람이 있는지는 묻지 않았다. 그 이유는 알 수가 없었지만 그가 묻지 않는데 결혼할 사람이 있다고 말하는 것도 우스운 일이었다.

"이 집 음식 맛있어요."

"다행입니다. 다음번에 또 오죠."

"네."

그의 애프터에 하늘은 예스라고 말했다. 어쨌든 9번이 남았다. 그가 음식 값을 계산했다면 그녀는 다음번의 약속을 부담스러워 했겠지만 그녀가 음식 값을 계산하게 그는 내버려 두었다.

그래서 마음의 빚을 조금이라도 갚은 느낌이라서 좋았다. 진짜 불편함이 없어서 좋았다.

그들이 첫 번째 만남은 이렇게 시작이 되었다. 하늘은 이때까지 이 사람과의 만남이 나중에 자신에게 얼마나 큰 화살이 되어 돌아올지 알지 못했다.

일주일은 빠르게 흘러갔다. 사무실 오픈 때문에 정신이 없었고 신욱과의 약속을 지키느라 정신이 없었다. 일주일 동안 그들은 세 번을 만났다. 아직도 일곱 번이 남았는데 하늘은 걱정이었다.

생각보다 열 번은 너무나 많은 횟수였다. 하지만 어쩌겠나. 벤츠 수리비보다 이게 싸게 먹히는 걸 말이다.

"가게 오픈까지 이제 일주일 남았다."

진짜 시간이 빨리 갔다.

"그러게. 결혼식은 언제로 정했어?"

"4월 첫째 주."

"그럼 이제 얼마 남지 않았네."

"말이 두 달이지. 금방이야."

"준비는 했어?"

"준비는 무슨 언니 결혼식에 사무실 오픈에 내가 내 결혼식 준비를 어떻게 하니?"

진짜 자신의 예식 준비는 하나도 못한 하늘이었다. 시어른들께서는 건우 집에 다 있으니 그냥 몸만 들어오라고 하시지만 그렇게 하면 마음이 불편할 것 같았다.

"하긴 시무실 오픈하면 내가 도와줄게."

"됐다. 오픈하면 망하지 않게 가게 운영이나 신경 써. 내 전 재산이 여기 다 들어와 있다."

"재벌가의 며느리가 될 사람이 소심하긴."

"그건 내 돈이 아니다."

건우가 돌아오면 의논해 봐야 할 것 같았다. 미국에 가 있는 내내 건우는 전화 한 통이 없었다.

"본부장한테 전화 아직도 없어?"

"응."

인테리어의 마무리 단계였다. 작은 공간에 숍과 사무실을 만들려고 하니 여간 복잡한 게 아니었다. 하지만 진짜 천재적인 인테리어 업자를 만나서 그들은 생각보다 훌륭한 공간을 만들었다.

"오늘은 여기까지 하고 밥 먹으러 가자."

"미안 오늘 신우 오빠 오기로 했어."

"알았다."

하늘은 쓸쓸했다. 자주 만나지는 못해도 근처에 있는 게 나았다. 지금 미국에 있으니 괜히 시차 때문에 자는 사람을 깨우기도 그렇고 해서 연락도 못하는 게 더 사람을 쓸쓸하게 만들었다.

신우 오빠를 기다리는 소희를 두고 하늘은 먼저 집으로 향했다. 집에서 치킨이나 한 마리 시켜 먹어야겠다고 생각한 하늘이었다.

집에 들어서자마자 집 안이 시끌벅적했다. 어제 언니가 신혼여행에서 돌아왔는데 오늘 또 집에 온 모양이었다.

아니나 다를까, 언니의 목소리가 들렸다.

"다녀왔습니다."

"하늘이 왔어."

엄마의 목소리가 한층 업이 되어 있었다. 시집간 딸이 오니 좋은 모양이었다.

"엄마, 우리 치킨 시켜……."

하늘은 갑자기 말문이 막혔다. 지금 헛것이 눈에 보였다. 건우가 그녀의 집에 와 있었다. 얼굴에 수염까지 가득해서 말이다.

"본부장님."

"지금 미국에서 왔대."

건우의 모습은 초췌함 그 자체였다.

"일 때문에 바빴을 텐데 가족들 선물까지 다 챙겨왔지 뭐니."

엄마의 입이 귀에 걸려 있었다.

"본부장님, 잠깐 나 좀 봐요."

하늘은 굳은 얼굴로 그를 밖으로 불렀다.

"타요."

그녀는 본부장을 차에 태웠다.

"어디로 가는 거야?"

"……"

그녀는 집에서 얼마 멀지 않은 그의 집으로 차를 몰았다. 화가 난 표정의 그녀 때문에 그는 말도 하지 못하고 있었다. 그의 집 주차장에 도착해서야 그가 입을 열었다.

"여기는 왜?"

"······."

그녀는 말도 하지 않고 엘리베이터에 몸을 실었다.

"화났어?"

"······."

엘리베이터 안에서도 한마디도 하지 않은 그녀가 그의 집 문 앞에서 멈춰 섰다.

"열어요."

본부장은 아무 소리 없이 자신의 집 현관문을 열었다. 그리고 그는 먼저 들어간 그녀에게 멱살을 잡혔다.

"하늘, 이게 무슨······."

하늘은 현관에서 그의 멱살을 잡아당기고는 그의 입술을 삼켜버렸다. 일주일이었다. 전화도 문자도 아무것도 하지 않은 그에게 벌을 주고 싶었다. 하지만 그를 본 순간 하늘은 이렇게 하지 않고서는 견딜 수가 없었다.

본부장도 그런 그녀의 마음을 알았는지 강하게 그녀를 안고 자신의 혀를 그녀의 입안으로 밀어 넣었다. 정신없이 키스를 하다 보니 그녀의 몸이 거칠게 벽에 부딪쳤다. 등에서 전해지는 아픔 따위는 지금 아무런 의미가 없었다.

지금은 그녀의 입술이 그의 입술을 빨아들이고 있다는 게 중요했다. 얼마나 서로의 입술을 탐했는지 이가 부딪치며 입안에서 피 맛이 느껴졌다. 그래도 아랑곳없이 그들은 서로의 입안을 탐하느라 정신이 없었다.

그의 혀가 그녀의 목젖까지 깊숙이 들어 와 있었다. 이렇게 키스만으로 그녀의 팬티가 촉촉이 젖어드는 건 처음이었다. 하늘은 더욱 세게 그에게 매달렸다. 점점 더 타오르는 욕망에 그가 그녀의 니트를 위로 들어 올렸다.

며칠 동안 주인이 없었던 집 안의 차가운 냉기가 그대로 전해지고 있었지만 느낄 겨를조차 없었다. 옷을 밀어 올려 그녀의 맨가슴을 본 그는 사정없이 가슴을 그대로 빨아들이고 있었다. 그의 입에서는 짐승들의 으르렁거리는 소리가 났다.

하늘은 그가 주는 강한 쾌감에 그의 머리카락에 손을 밀어 넣었다. 검게 자란 그의 수염이 그녀의 여린 피부를 쓸어내리고 있었지만 그게 오히려 그녀의 욕망을 자극하고 있었다. 언제나 깔끔한 그의 모습을 보다가 수염이 난 그를 보니 자극적이었다. 그의 입술이 점점 아래로 내려오더니 그녀의 바지와 속옷을 한 번에 내렸다.

그가 무릎을 꿇은 채로 그녀의 여성을 향해 점점 그의 입술을 내렸다. 하늘은 그의 머리카락을 손으로 잡으며 자신의 몸을 지탱하고 있었다. 아직 그들은 현관이었고 지금 하늘은 욕망으로 인해 미칠 것 같았다. 그녀의 배꼽에 그의 혀가 들어와 그녀를 색다르게 자극하고 있었다.

온몸에 느껴지는 야릇함에 그녀는 점점 발뒤꿈치를 들어 올렸다. 하지만 그녀의 반응에 아랑곳없이 그는 자신의 먹이를 사정없이 먹어치우고 있었다. 그의 입술과 혀가 동시에 그녀의 검은 숲에 다다랐다. 그녀의 머리에는 빨간 불이 켜지고 있었다.

위험했다. 이렇게 가다가는 미칠 것 같았다. 호흡이 거칠어지고 숨 쉬기가 곤란할 정도로 그녀는 극한의 쾌락을 맛보고 있었다.

현관 벽에 기댄 하늘은 그의 머리를 잡고 있었고 그는 그녀의 여성을 입안 가득 머금고 있었다. 그는 그녀의 다리 한쪽을 자신의 어깨에 걸치고는 더욱더 깊숙하게 그녀만의 영역을 침입해 들어갔다.

"제발~"

그가 그녀를 삼키는 요란한 소리가 현관을 적시고 있었다. 이런 과감한 그의 행동이 이제는 하나도 이상하지 않았다. 그녀는 이제 그에게 완벽하게 몸을 맡기고 있었다.

"아흐~"

그의 혀가 그녀의 클리토리스를 살짝 건드리자 하늘의 입에서 신음 소리가 흘러나왔다. 그의 할짝이는 소리와 감촉에 하늘의 다리에 힘이 풀렸다.

"본부장님~"

거친 호흡과 함께 하늘은 이를 꽉 물고는 잇새로 그를 불렀다. 더 이상은 그가 주는 쾌락에 못 견딜 것 같았다. 그가 몸을 일으켜 그녀의 입술을 찾았고 하늘은 완벽하게 벗은 몸으로 그에게 매달렸다. 그의 손가락은 그녀의 질을 파고들어 질 벽을 자극하고 있었다.

"어서 빨리 들어와요."

그녀의 말에 그가 자신의 바지와 속옷을 내리고 거대한 페니스를 꺼냈다. 그의 페니스를 손으로 쥔 하늘은 본능적으로 다리를 들어 그의 물건을 자신의 질로 인도했다.

"아아악!"

그의 엄청난 페니스의 크기 때문에 그녀는 매번 처음에 고통을 느꼈다. 하지만 고통이 지나면 얼마나 큰 자극이 올지 그녀는 이미 알아버렸다.

"아악!"

그녀는 그의 등에 자신도 모르게 손톱자국을 내고야 말았다. 그건 그녀가 살기 위한 작은 몸부림이었다. 그는 그녀를 깃털처럼 가볍게 안아 올렸다. 그리고 벽과 자신 사이에 그녀를 가둔 채 본능의 리듬을 타기 시작했다.

"아, 미칠 것 같아요."

하늘이 거친 호흡과 함께 얘기했다. 말이 없는 그는 짐승의 눈빛을 하고 있었다. 그의 몸짓 하나하나가 격렬했다. 그는 그녀를 안아 들고는 쉴 새 없이 몰아치고 있었다. 하늘은 그의 목에 매달려 극도의 쾌감을 느꼈다.

그와 연결이 되어 있는 질은 타들어가는 느낌이었다. 하지만 이 고통은 온몸에 퍼지는 쾌감을 이기지 못했다.

"아아아아앙."

그의 움직임이 빨라지자 그들의 호흡이 동시에 거칠어지고 있었다. 한참을 격하게 몰아붙인 그가 마침내 그녀의 몸에 분신을 쏟아붓기 시작했다.

그가 마침내 그녀를 놓아주었다. 하늘은 제대로 서 있지도 못하고 바닥에 그대로 주저앉았다.

"괜찮나?"

"아뇨."

"어디 다친 데라도?"

"아뇨, 당신이 너무……."

나머지 말은 부끄러움에 하지 못했다.

"처음 시작은 하늘이 한 거야."

그가 이렇게 말을 한 후에 그녀를 안아 들었다. 하늘은 그의 품 안에 안겨 그의 얼굴의 턱수염을 만지작거렸다.

"이건 왜 길렀어요?"

"미국에 있을 때 너무 바빴거든. 이상한가?"

"아뇨, 완전 짐승남 같아요."

"그래? 그럼 기를까?"

"아뇨, 그건 아닌데 어쨌든 오늘은 아주 자극적이었어요."

그녀의 말에 그가 걸음을 멈추고 물었다.

"오늘 왜 그랬지?"

"당신을 보는 순간 그냥 하고 싶었어요. 왜, 싫었어요?"

"아니, 싫은데 그렇게 미친놈처럼 덤비진 않지."

그가 그녀를 그의 침대 앞에 세워두고는 핸드폰을 들었다.

"장모님, 접니다. 하늘이가 집에 중요한 걸 두고 가서 급하게 저희 집에 왔습니다. 오늘은 여기서 재우겠습니다."

그의 모습을 하늘은 아주 흐뭇하게 보았다. 그리고 전화기를 든 그의 등 뒤로 가서 그를 끌어안았다.

"아닙니다. 안녕히 주무세요."

그의 등에 귀를 대고 있는 하늘은 그의 목소리의 울림을 그대로 들었다.

"본부장님의 목소리는 너무 멋있는 것 같아요."

"목소리만?"

그는 이렇게 말하며 핸드폰을 침대 위로 던져 버리고는 몸을 돌려 하늘은 꽉 안아주었다.

"미국에 있을 동안 많이 생각했어."

"저도 많이 그리웠어요. 그런데 왜 연락 한 번 안 했어요?"

"너무 바빴어."

그의 손이 그녀의 턱을 천천히 들어 올렸고 그의 입술이 그녀의
입술에 내려앉았다. 처음과는 다르게 아주 부드러운 키스였다.

"당신하고 부드러운 건 어울리지 않아요."

"거친 남자를 좋아하는군."

"아마도."

"그럼 기대에 부응해야지."

그가 그녀를 빠르게 안아 올려 욕실로 향했다.

"역시 남자는 힘이 좋아야 하는 것 같아요."

그녀의 말에 그가 아주 기분 좋은 톤으로 웃었다. 이 남자에게
매력적이지 않은 구석은 하나도 없는 것 같았다.

쏴아아~

샤워기에서 따뜻한 물이 쏟아져 그녀의 몸을 적시고 있었다. 그
는 황홀한 듯 그녀의 몸을 내려다보며 목욕 스펀지에 거품을 내고
있었다. 그리고 그 거품으로 그녀의 몸을 닦아주었다. 그녀의 부
드러운 곡선을 따라 그의 손이 천천히 아주 야릇하게 움직였다.

"제가 할게요."

"……."

그녀의 말에 대꾸도 없이 그는 천천히 그녀의 몸을 닦았다. 마치 애무를 하는 것 같은 그의 손놀림에 하늘의 입에서 신음이 터져 나왔다.

"야해."

"다 본부장님 탓이에요."

"언제까지 본부장이라고 부를 거지?"

"그럼 뭐라고 해야 하나요?"

"오빠?"

하늘이 웃음을 터트렸다.

"왜, 느끼한가? 그럼 이름을 불러."

하늘은 그를 쳐다보다가 그의 소원을 들어주기로 마음먹었다.

"건우 씨."

"그거 듣기 좋군."

그의 손이 그녀의 은밀한 곳을 닦기 시작했다.

"아흐."

"하늘의 이런 소리가 너무 좋아."

그는 이렇게 말을 하며 그녀의 거품이 가득한 몸에 자신의 몸을 가져다 댔다. 그리고 자신의 페니스를 그녀의 배에 가져다 댔다.

"벌써 이렇게 됐어요."

"하늘 앞에선 녀석이 제 맘대로야."

그는 이렇게 말을 하며 그녀의 얼굴을 양손으로 감싸더니 깊은 키스를 하기 시작했다. 서로의 혀가 얽히고 서로의 입술을 빨며 서로의 몸을 더듬었다. 이번에는 그의 몸에 스펀지를 가져다 댄 하늘이었다.

그의 단단한 가슴에 그녀가 칠한 거품이 점차 영역을 넓혀가고 있었다. 단단한 근육을 따라 흘러내리는 모습이 굉장히 야릇했다. 그녀는 그의 몸 아래로 점점 손을 내리다가 그의 페니스에서 멈추었다.

그의 거대한 페니스를 움켜잡은 하늘은 얼굴을 들어 그의 눈을 쳐다보았다. 위험스러울 정도로 짙어진 눈동자 안에는 그녀가 오롯이 들어 있었다. 하늘은 그의 위험한 눈을 쳐다보며 페니스를 아래위로 움직였다.

"마녀로군."

그는 이렇게 말하며 그녀의 손에서 거칠게 스펀지를 빼앗았다. 그리고 물줄기 아래 그녀를 세우고는 거품이 씻겨 내려가길 기다렸다. 그는 거품이 다 사라지자 그녀를 벽에 세우고는 뒤에서 그녀를 안기 시작했다.

처음 하는 체위에 하늘은 당황했지만 색다른 쾌감을 느낄 수가 있었다. 그의 움직임은 노련했고 하늘은 점차 그의 야릇한 세계에 빠져들었다. 그렇게 그녀를 한 번 더 가진 그는 침대로 향했다. 그리고 물기도 제대로 닦지 않은 채 그대로 그는 깊은 잠에 빠져들었다.

미국을 다녀와서 시차 때문인지 그는 코까지 골며 잠을 잤다. 하늘은 잠이 든 그의 얼굴을 보며 미소를 지었다. 그리고 그의 얼굴을 따라 손가락으로 선을 그어 내려갔다.

진짜 그의 모든 게 남자다웠다. 잘생긴 이마를 지나 외국인같이 높은 콧대를 지나 도톰한 입술까지 뭐 하나 잘생기지 않은 곳이 없었다. 그녀의 움직임을 느꼈는지 그의 인상이 구겨졌다. 하늘은 그의 그런 모습을 보며 살며시 미소 지었다.

언제부터 이 남자를 이렇게 사랑하게 되었을까? 하늘은 자신의 이런 벅찬 감정이 그에게 아주 조금이라도 있기를 바랐다. 섹스가 좋아서 하는 결혼이 아닌 정말 가슴속 깊이 사랑해서 하는 결혼이었으면 하는 바람이었다.

하지만 그게 욕심이라는 걸 하늘은 그 누구보다도 잘 알았다.

'사랑해요.'

하늘은 마음속으로 계속해서 그에게 이 말을 하고 있었다. 언젠가는 입 밖으로 말할 수 있는 날이 오기를 바라면서 말이다. 한참을 그의 얼굴을 바라보던 하늘은 그의 품속으로 깊이 파고들었다. 그러자 그가 본능적으로 그녀를 꼭 안아주었다.

그의 몸에서 비누향이 약하게 났다. 하늘은 깊은 숨을 그의 향기와 함께 삼켰다. 이렇게 행복한 날들이 언제까지 이어질까 불안했다. 서로의 사랑이 나타나면 쿨하게 물러나기로 약속했지만 하늘은 그와의 이별이 쉽지 않을 거라는 걸 알았다. 하늘은 착잡한 마음으로 두 눈을 감았다. 그의 마음이 그녀의 마음과 같기를 기도하면서 말이다.

9

두 달이라는 시간은 그렇게 결코 오랜 시간이 아니었다. 새로운 사업과 함께 결혼 준비를 하다 보니 하늘은 두 달이라는 시간이 어떻게 지났는지 알지 못할 정도였다.

겨울이 지나고 완전하게 봄이 왔다. 온 세상이 파릇파릇하게 물들어가고 있었다. 도심도 차가운 건물 사이로 푸르름이 조금씩 자라나고 있었다. 마치 새로 시작하는 그녀와 건우를 축복해 주는 것 같았다.

오늘은 그녀의 결혼식 당일이었다. 대한호텔에서 하는 예식은 생각보다 그 규모가 너무나 컸다. 그녀의 집안도 손님이 적은 편이 아니었지만 재벌가와는 많은 차이가 있었다.

"우리 하늘이 오늘 너무 예쁘다."

소희가 어제부터 언니와 함께 그녀의 곁에서 여러모로 애를 쓰고 있었다. 언니가 잠시 자리를 비운 사이에 소희가 그녀의 옆으로 와서 조심스럽게 얘기를 꺼냈다.

"그제 사무실에 이신욱이라는 남자가 찾아왔었어."

"그래? 내가 말했던 그 벤츠 주인이야. 아직 한 번 밥 사는 게 남았는데 그것 때문에 왔나?"

하늘은 별일 아니라는 듯이 얘기했다.

"그 사람이 너한테 주려고 장미 바구니를 사들고 왔더라."

"그런데?"

"네가 결혼 준비로 나오지 않았다고 하니까. 굉장히 놀라는 눈치였어. 충격을 받았다고 해야 하나?"

"아냐, 소희 네가 잘못 생각하는 거야. 그 사람하고는 정말 친구처럼 밥만 먹었어. 그 사람도 내가 좋다는 표시를 한 적도 없었고."

소희의 얼굴은 걱정이 가득했다.

"그냥 밥 먹은 관계 그 이상도 그 이하도 아니야."

"결혼식 날 이렇게 이야기하는 건 미안한데 좀 걱정이다. 바다 언니가 계속해서 같이 있어서 말을 못했는데 내 머리가 다 복잡하다."

"걱정하지 마."

그냥 때때로 그가 그녀에게 호감을 가지고 있다는 걸 알았지만 그래도 하늘은 선을 지켰다. 특별하게 걱정할 일은 아닌 것 같았다.

"준비 잘돼가?"

갑작스러운 건우의 등장에 둘은 깜짝 놀랐다.

"신랑이 이렇게 함부로 들어오면 안 되는 거예요."

소희가 먼저 말을 꺼냈다.

"그런가요? 몰랐습니다. 하늘이 어떤 모습일지 너무 궁금해서요."

그는 이렇게 말하고 하늘을 따뜻한 눈빛으로 바라보며 말했다.

"오늘 너무 예쁘다."

"고마워요. 건우 씨도 멋져요."

"이럼 곤란합니다, 본부장님."

때마침 잠시 자리를 떴던 바다 언니가 형부와 함께 들어왔다.

"와, 하늘이…… 아니, 처제 오늘 너무 예쁜 거 아냐?"

형부가 호들갑을 떨었다.

"민우야."

소희가 민우를 진정시켰다.

"시끄러우니까 남자들은 좀 사라져 주실래요? 이제 마지막 준비해야 하거든요."

소희가 남자들을 내보내고 웨딩드레스를 체크해 주었다.

예식은 성대하게 열렸다. 사회 각계각층의 사람들이 하객으로 왔고 그 인원도 대단히 많았다. 어떤 정신으로 예식을 치렀는지 모를 만큼 그녀는 결혼식 내내 바빴다.

결혼식과 피로연이 끝이 나고 그녀는 바로 건우의 집으로 들어 왔다. 마치 주말에 그의 집에 놀러 온 느낌이었다. 집에 들어서기 전에 건우가 그녀를 안아 올렸다.

"어머!"

"신혼집에 들어오신 걸 환영합니다."

그녀를 바라보는 그의 얼굴에 미소가 가득했다.

"너무 좋아요."

"그래도 신혼여행을 못 가게 된 건 미안해."

"아니에요. 나중에 더 근사하게 보내면 되죠."

신혼여행은 건우가 너무 바빠서 여름에 휴가로 대신하기로 했다. 거기다가 그녀도 사업을 시작한 지 얼마 되지 않아서 지금은 한가로이 쉴 시간이 없었다. 그의 집에 정말 맨몸으로 들어가게 된 하늘은 그 돈을 사업에 투자했다.

건우는 결혼을 하고 매일 그녀를 뜨겁게 안아주었다. 확실하게 말할 수 있는 건 그들의 속궁합은 정말 기가 막히게 잘 맞았다.

그렇게 한 달이라는 시간이 흘렀고 여름의 문턱인 5월로 접어들었다. 매일매일 평온하며 바쁜 하루가 이어지고 있었다.

"나 신우 오빠랑 올가을에 결혼할 거야."

"축하한다."

갑작스런 소희의 말에 하늘은 기뻐해 주었다.

"그런데 결혼을 하고 나면 지금처럼 많이 신경을 쓰지 못할 것 같아."

"왜?"

"나 임신했거든."

"뭐?"

소희의 충격적이지만 기쁜 소식에 하늘은 뛸 듯이 기뻐해 주었다.

"진짜야? 축하해. 얼마나 된 거야?"

"2주. 나도 오늘 아침에 안 거야."

"그래서 오늘 늦었구나."

"너한테 괜히 짐이 되는 것 같아."

소희는 하늘을 보며 미안해했다.

"그렇게 생각하지 마. 난 너랑 이렇게 일을 할 수 있어서 행복해."

하늘은 막상 결혼을 하고 나니 섹스가 다가 아님을 느끼고 있었다. 언제나 일방통행인 사랑만을 해온 그녀였다. 이렇게 언제 끝이 날지 모르는 결혼 생활을 해야 하는 게 불안했다. 건우가 출장을 갈 때는 더욱 그랬다.

예비신랑에게 사랑을 받는 소희를 보면서 하늘은 매일매일이 부러움의 연속이었다. 그녀도 건우에게 사랑 받고 싶었지만 그건 낙타가 바늘귀에 들어가는 것보다 더 힘이 들 것 같았다. 그는 사업에 모든 걸 건 사람이었고 그런 그를 알면서도 그녀는 결혼을 택했다.

혹시나 다른 곳에서 그녀보다 더 섹시한 여자를 만나면 어쩌지라는 생각이 늘 그녀를 괴롭히고 있었다.

"내가 조금 더 노력할 테니까 소희 너는 아기하고 결혼 준비만 신경 써. 알았지?"

소희가 그녀를 따뜻하게 안아주었다.

그들은 오전 내내 새로 나온 천연식물성 바디 제품들의 사진 촬영을 했다. 이렇게 해서 인터넷에 올리면 솔솔 잘 팔렸기 때문이었다. 그리고 가게는 작았지만 장소가 좋아서 직접 매장을 찾는 사람들도 많이 늘어나고 있었다.

그리고 국제호텔에서 객실용 제품들을 구매하고 싶다고 연락이 와서 오후에는 제품을 챙겨 국제호텔에 갈 예정이었다.

"오늘 국제호텔에는 너 혼자 가야겠다."

소희가 그녀를 보며 말했다.

"왜?"

"가게에 손님이 오기로 했거든."

"그래? 그럼 그러지 뭐."

하늘은 제품을 챙겨서 국제호텔로 향했다. 이번 건만 성공을 한다면 그들의 사업도 조금은 키워 나갈 수 있을 것 같았다.

건우는 오늘따라 일이 하루 종일 꼬임을 느끼고 있었다. 어제까지 제주도에 출장을 다녀왔다. 대한호텔과 면세점의 입점으로 인한 공사 때문에 그는 며칠간 제주도에 머물렀었다. 신혼부부들을 보면서 그는 신혼여행조차 못 간 하늘에게 미안한 마음이 들었다.

제주도의 이번 사업만 아니었어도 시간을 조금 낼 수 있었을 텐데 사업을 확장하다 보니 일 욕심이 많은 그가 일을 놓고 신혼여행을 차마 갈 수가 없었다.

제주도에서 아침 비행기로 오자마자 그는 국제호텔에서 각 호텔의 사장단들과의 회의가 갑작스럽게 잡혀 이곳 국제호텔에 오게 되었다.

오늘 오후의 일정을 비워두기로 했는데 오전 일정이 이렇게 잡히게 되면서 그의 모든 일정이 뒤로 밀렸다. 오늘은 하늘에게 줄 아주 야릇한 속옷 선물까지 샀는데 모든 게 그의 개인사에 도움이 되지 않고 있었다.

국제호텔은 신흥으로 떠오르는 호텔이었다. 대한백화점처럼 여러 지사가 있는 그룹 형태가 아닌 이곳은 호텔사업만 했다.

내실이 탄탄하기로 소문이 난 곳이었지만 직접 이곳의 회장을 만나는 건 처음이었다. 그와는 다르게 이곳의 회장은 자수성가를 한 사람이었다.

"이곳에 이렇게 여러분들을 갑작스럽게 모이시라고 한 것은 이번에 외국계 호텔인 비즈니스호텔이 오픈을 할 예정이기 때문에 긴급으로 소집하게 되었습니다."

국제호텔의 회장이 오늘 아주 사회를 잘 보고 있었다. 그보다는 약간 나이가 많아 보였지만 전국에 호텔 체인을 가지고 있는 회장치고는 젊었다.

"외국 호텔이 들어오는 것에 대해서 반대하자는 것이 아닙니다. 비즈니스호텔은 객실료를 우리들이 받고 있는 금액의 반값에 손님들을 모실 예정이라는 정보가 들어왔습니다. 그래서 오늘 여러분들을 모시고 고견을 들어보는 자리를 만들었습니다."

국제호텔 회장은 심각하게 말하고 있었지만 오늘따라 그의 머릿속에는 다른 생각만 가득했다. 자꾸 하늘에게 그가 산 속옷을 입힌다면 어떨까 라는 생각이 들었다. 뭐 사실 벗고 있는 게 좋기는 했지만 때로는 색다른 분위기도 좋을 것 같았다.

그래서 그는 회의에 집중을 할 수가 없었다. 회의가 끝이 나고 그는 사장단들과 간단하게 점심 식사를 하고 서둘러 회사로 돌아가기 위해 엘리베이터를 기다렸다. 그때였다. 그의 눈에 하늘이 보였다.

"이제 헛것이 보이는군."

하지만 다시 보아도 그의 하늘이었다. 양손에 쇼핑백을 든 하늘은 누군가를 보더니 소스라치게 놀라며 반가워했다. 누구지? 하며 고개를 돌리는 순간 그는 국제호텔 회장이 하늘의 짐을 받아주는 장면을 보았다.

"국제호텔 회장을 어떻게 알지?"

건우는 자신도 모르게 그들을 따라갔다. 하늘의 이름을 부르면 되는데 그들은 너무나 다정해 보였다.

"뭐지?"

국제호텔 회장은 너무나 다정한 눈빛으로 하늘을 바라보았다. 마치 그가 하늘을 바라보는 눈빛처럼 다정하게 말이다. 건우는 그들의 모습이 찜찜하게 느껴졌다.

"뭐지?"

그들이 사무실로 들어가자 더 이상 미행을 할 수 없게 된 건우는 찜찜한 마음을 가지고 회사로 향했다.

저녁에 집으로 간 건우는 저녁 준비를 하고 있는 하늘을 발견했다. 그를 위해 저녁을 준비하는 그녀의 손길이 분주했다. 저녁에 집으로 갈 거라고 이 실장이 연락을 했다고 했다. 하지만 그녀는 그가 들어온지도 모르고 있었다.

"앗, 깜짝이야."

그를 본 하늘이 화들짝 놀랐다.

"왔으면 인기척이라도 하시지 그랬어요."

"미안. 바쁜 것 같아서."

"얼른 씻고 오세요."

그녀는 그에게 미소를 지으며 말하고는 다시 분주히 움직이기 시작했다. 아무 일도 아닐 것이다. 그리고 식탁에서 오늘 누굴 만났는지 그에게 말해줄 것이다. 그는 샤워를 하면서도 온통 머릿속에는 그 생각뿐이었다.

샤워를 한 그는 편안한 옷으로 갈아입고는 평소의 그처럼 무표정한 얼굴로 식탁에 앉았다.

"출장 다녀오시느라 고생하셨어요."

하늘이 그렇게 말하며 그가 앉은 쪽으로 갈비를 밀어주었다.

"엄마가 보내주셨어요. 건우 씨 먹고 힘내라고."

"……."

"오늘 표정이 어두운 것 같은데 무슨 일 있었어요?"

"아니, 피곤해서 그래."

평소에 자신의 얼굴이 포커페이스라고 생각했는데 그렇지 않은 것 같았다.

"하늘은 어떻게 지냈어?"

"오늘 아주 좋은 소식이 있어요. 소희가 가을에 결혼을 한다고 했어요. 신우 선배랑 사귄 지 10년이 넘었거든요. 대단하죠?"

"그래, 다른 일은?"

"그래서 가을부터는 제가 좀 더 바빠질 것 같아요."

하늘은 끝까지 얘기할 마음이 없어 보였다.

"일은 잘되는 거야?"

"네, 그럴 것 같아요. 이러다가 빌딩 세울 것 같아요."

"잘됐군."

하늘은 무엇이 그렇게 좋은지 연신 웃는 얼굴로 밥을 먹었다. 대놓고 묻고 싶었지만 그럴 용기가 나지 않았다. 그녀가 건우가 원하지 않는 답을 할까 봐. 아니, 그에게 거짓말을 할까 봐 겁이 났다.

차라리 지금처럼 아무 말 안 하는 게 나았다. 하지만 자꾸 궁금증이 생기는 건우였다.

"아참, 내일은 저녁 약속 있어요."

"누구랑."

"당신은 잘 모르는 사람이에요."

"중요한 약속인가 봐."

"아마도."

건우는 온몸에 힘이 빠지는 느낌이 들었다. 여자에 대한 기대 같은 건 없었다. 언제나 있어도 그만 없어도 그만이라고 생각했고 침대에서만 좋으면 그뿐이라고 생각했다. 하지만 하늘은 달랐다. 아니라고 아무리 부정을 해도 이미 그의 마음속에는 하늘이 가득했다.

그래서 이제 조금 그녀가 그의 마음을 차지하는 걸 인정하고 있는데 이런 일은 그가 감당하기 힘든 일이었다. 그는 지금 하늘에 대한 믿음에 금이 가고 있음을 느끼고 있었다.

아마도 그들의 결혼은 마음에 드는 누군가를 만났을 때까지로 유효기간을 정한 게 문제였던 것 같았다. 그래서 그는 하늘에게 뿌리 깊은 믿음을 줄 수가 없었다. 언젠가는 떠날 사람이라는 생각이 항상 있었던 것 같았다.

건우는 불안하고 화가 났다.

향나무로 인테리어를 해서 그런지 사무실 겸 가게에 들어오면 언제나 숲에 들어온 느낌이었다. 어제 국제호텔의 납품에 성공한 하늘은 새로운 사무실을 얻기로 소희와 합의를 보고 직원도 두 명을 채용하기로 했다.

둘이 하기에는 몇 달 만에 그들의 사업 영역이 확장이 되고 있었다. 하늘은 국제호텔에 납품할 제품들을 주문하고 인터넷에 어제 찍은 사진을 올렸다. 소희가 옆에 있어도 서로 바빠서 얘기를 할 틈도 없었다.

저녁이 거의 다 되어서야 하늘은 소희와 커피 한잔할 시간이 생겼다.

"소희야, 나 오늘 조금 일찍 나가봐야 할 것 같아."

"왜?"

"마지막 10번째 저녁을 사야 하거든."

"하늘아."

"어?"

소희가 걱정 어린 시선으로 그녀를 보며 말했다.

"난 오늘 너 안 나갔으면 좋겠고 국제호텔 건은 내가 맡을게."

"걱정하지 마. 개인적으로 만나는 건 이번이 끝이니까. 고마운 것하고 불륜은 다른 거잖아. 그 정도 구분은 해."

"너는 그럴지 몰라도 상대는 그게 아닐 수 있어. 그리고 그 사람 이혼남이야."

느낌은 그랬지만 서로에 대해 자세히 묻지 않은 그들이었다. 식사를 9번 하는 동안 그들의 대화에는 선이 있었다. 하늘이 선을 넘지 않았고, 왠지 그에게 개인적으로 다가가는 건 건우에게 죄를 짓는 일 같았기 때문에 하늘은 언제나 조심했다.

"네가 대한백화점의 작은 사모인 걸 아는 사람이 보기라도 한다면 어떨 것 같아. 결혼 전하고는 문제가 다른 거야."

"뭐 그렇게 걱정이 많아. 그리고 그 사람은 우리의 사업에 도움이 되는 사람인데 접대한다고 생각하면 되지."

"건우 씨도 이해할까?"

그런 생각은 한 번도 하지 않았다. 일부러 신욱에 대해 이야기를 안 한 건 사실이지만 굳이 숨길 일을 한 적은 한 번도 없었다.

"소희야, 걱정하지 마. 내가 알아서 할게."

"느낌이 안 좋아서 그래."

"알았어, 오늘로 끝낼게. 다음에는 네가 국제호텔에 가. 그럼 됐지?"

"응."

하늘은 소희를 안심시키고 저녁에 신욱을 만나기 위해 조금 일찍 숍을 나왔다. 소희의 말을 듣고 나니 찜찜한 기분이 드는 건 사실이었다. 그의 호의를 너무 덥석 받은 느낌이 들기는 했다.

"그래, 오늘은 그간 고마웠다는 말을 하고는 마무리하자."

하늘은 그녀가 좋아하는 작고 조용한 스파게티 집에서 그와 만나기로 했다. 사실 이곳에 건우와 오고 싶었지만 요즘 건우가 너무 바빠서 말도 꺼내지 못했다.

약속 장소에 가자 그가 먼저 와서 기다리고 있었다.

"제가 늦은 거 아니에요."

그녀가 밝게 말하며 자리에 앉았다.

"제가 일찍 온 거죠."

매력적인 상대이긴 했지만 건우처럼 그녀의 심장을 뛰게 만들지는 못했다.

"이거."

그가 장미꽃다발을 그녀에게 건넸다.

"아름다운 여인에게 주는 선물입니다."

갑작스런 그의 선물에 하늘은 당황했다. 하지만 비싼 것도 아니고 장미 선물이니 일단 하늘은 꽃다발을 받았다.

"예쁘네요."

"하늘 씨가 더 아름답습니다."

갑자기 어색한 기류가 흘렀다.

"오늘이 드디어 10번째 식사네요. 이제 빚을 다 갚았어요."

하늘이 어색한 분위기를 바꾸고자 일부러 명랑하게 말했다.

"이제 빚은 정리가 됐고 새로운 시작을 하면 되는 긴가요?"

스파게티가 목에 걸리는 느낌이었다. 소희의 걱정이 현실이 된 것 같았다.

"아뇨, 오늘이 마지막이에요."

"왜죠?"

그가 진지하게 말했다.

"혹시 결혼하신 것 때문에 그러시는 건가요?"

"네, 전 결혼한 지 이제 겨우 한 달 넘었어요."

"행복하십니까?"

"네?"

이야기가 이상한 쪽을 흐르고 있었다. 하늘은 자신이 행동을 잘못했음을 깨닫고 있었다.

"전 행복해요. 진짜 제가 행동을 잘못했다는 생각이 드네요."

솔직한 심정이었다. 그냥 그의 호의라고만 생각했던 자신의 어리석음을 후회했고 이런 멋진 남자를 친구로 두고 싶었던 자신의 욕심 또한 후회하기 시작했다.

"전 이혼을 한 지 5년이 넘었습니다. 여자들에 대한 안 좋은 기억들이 있죠. 그런데 하늘 씨를 보고 많이 달라졌습니다."

"진짜 제가 행동을 잘못한 것 같네요. 전 그 당시 신욱 씨에게 관심이 있었던 게 아니라 자동차 수리비를 책임질 능력이 되지 않았을 뿐입니다."

"하늘 씨가 당황하신 것 같네요. 제가 너무 성급했습니다."

"아니에요. 제가 행동을 잘못한 거죠. 너무 쉽게 호의라고 생각했던 것 같아요. 지금이라도 수리비를 물어드리고 싶어요."

"아뇨, 수리비는 이미 충분하게 지급하셨습니다."

신욱은 자신의 뜻을 굽힐 생각이 없어 보였다.

"신랑은 뭐 하는 사람이죠?"

"그건 왜 물으십니까?"

"이런 아름다운 부인을 이렇게 다른 남자와 저녁을 먹게 한다는 건 아량이 넓은 건가요?"

그가 살짝 비꼬듯이 말했다.

"저 같으면 사랑하는 여자를 이렇게 내보내진 않을 겁니다."

정곡을 찔린 느낌이었다.

"결혼을 했다고 다 사랑하는 건 아니더라고요. 정말 사랑하는 사람을 만났을 때는 놓쳐서는 안 되는 겁니다."

신욱이 그윽한 눈빛으로 그녀를 한참 바라보더니 충격적인 말을 했다.

"전 하늘 씨를 사랑합니다."

엉뚱한 곳에서 고백을 받아버렸다.

"죄송한데 그만 가봐야 할 것 같습니다. 그리고……."

"그럼, 오늘은 제가 더 이상 하늘 씨를 잡아두지 않겠습니다. 다음에 연락드리죠."

"아뇨, 다음은 없습니다. 전 남편을 사랑해요."

"모든 일에 단정 짓지 마십시오. 그리고 저에게도 조금 마음을 여시면 좋겠습니다. 아니, 이미 열려 있는 틈을 좀 더 열어주십시오."

하늘이 자리에서 일어났다. 그러자 그가 그녀의 손을 잡았다.

"이건 가져가세요. 하늘 씨 겁니다."

그가 그녀의 손에 꽃다발을 쥐어주었다. 하늘은 하는 수 없이 꽃다발을 받아 집으로 향했다. 이건 그녀가 바라는 시나리오가 아니었다. 순수하게 좋은 사람을 만났다고 생각했다. 하지만 지금 생각해 보면 그녀가 너무 순진했던 것이었다.

나이도 어린 나이가 아닌데 왜 그렇게 세상 물정을 모르는 사람처럼 행동을 했는지 정말 후회가 되었다. 집으로 돌아온 하늘은 평소보다 냉랭한 집 안 분위기를 느꼈다. 집에는 남편이 돌아오지 않았는지 불이 꺼져 있었다.

불을 켜고 집에 들어 간 하늘은 소스라치게 놀랐다. 거실의 소파에 남편이 앉아 있었다.

"뭐예요. 놀랐잖아요."

"친구는 잘 만났나?"

남편은 평소와는 다르게 냉랭한 분위기였다.

"네."

"그 꽃다발은 친구가 줬나?"

"……."

뭔가 감이 좋지 않았다.

"그게…… 꽃이 참 예뻐서."

그는 그녀의 말을 잘라 버렸다.

"피곤할 텐데 어서 자. 난 오늘 처리할 일이 남아서……."

그는 차가운 뉘앙스를 남기며 자신의 서재로 들어가 버렸다. 뭔가 싸한 느낌이 좋지가 않았다.

"바빠서 그럴 거야."

하늘은 이렇게 생각을 하고는 서운한 마음을 달래며 그들의 침실로 들어가 잠을 청했다.

서재의 책상에 앉은 건우는 자신의 휴대폰을 바라보고 있었다. 휴대폰을 바라보는 그의 인상은 차가운 얼음 같았다. 그의 휴대폰에는 하늘과 국제호텔 회장의 모습이 담겨 있었다. 작고 한적한 레스토랑에 있는 둘의 모습은 연인 같아 보였다.

이런 걸로 그가 사람을 고용하게 될 줄은 상상도 못했었다.

하늘은 뻔뻔하게도 결혼한 지 한 달 사이에 다른 남자를 만나고 있었다. 그것도 아주 썩 괜찮은 조건의 남자를 만난 것이다. 아니면 그와 예전부터 만나고 있었는지도 모른다. 그런 그녀에게 마음을 열었던 자신을 용서할 수가 없는 건우였다.

여자라는 동물을 어머니 다음으로 믿었는데 그는 철저하게 배신을 당한 것이었다. 그녀가 그에게 보여주었던 육체적인 언어들을 국제호텔 회장과 나누고 있었다는 생각을 하자 돌아버릴 것 같았다.

물론 그녀의 처녀성은 그가 차지했지만 그걸로 그녀의 전부를 가졌다고는 할 수 없었다. 건우의 손에 힘이 들어가고 있었다. 마음 같아서는 당장 그녀를 이 집에서 내쫓고 싶지만 내일 모레 아버지의 생신파티에는 참석하지 않을 수가 없었다. 결혼하고 시아버지의 첫 생신이라 하늘이 준비한 것이 많았다. 건우는 입술을 깨물며 소리를 지르지 않게 참고 또 참으며 밤을 뜬눈으로 지새웠다.

어릴 때부터 보고 자랐던 정원이 오늘따라 달라 보였다. 사람들이 가득한 가든파티는 언제나 그의 집 식구들의 생일 때 늘상 이루어지던 일이었다. 오월의 따스함도 지금 건우에겐 한겨울의 혹한과 같았다.

푸른 나무들과 아름다운 꽃들, 그리고 바이올린과 첼로의 아름다운 연주가 정원을 더욱 풍성하게 만들어주고 있었다. 모든 게 예전과 같았고 변한 건 아무것도 없는데 그는 세상을 다 잃은 느낌이었다.

그의 눈길은 어머니 옆에서 햇살 같은 미소를 짓고 있는 하늘에게 향해 있었다. 이 집 며느리로서 손색이 없는 모습이었다. 친척들도 모두 하늘을 예쁘게 본 것 같았다. 그 당당한 모습이 섹시해 보여서 건우는 눈길을 돌렸다.

아직 자신이 정신이 덜 든 모양이었다. 그녀가 자신을 향해 너무나 섹시한 걸음으로 다가오고 있었다.

"건우 씨."

"······."

"컨디션 안 좋아요?"

"좀 피곤해."

"우리 내일 한의원에 가요. 아까 어머님께 당신이 요즘 많이 피곤해 한다고 말했더니 가시는 한의원이 있으시다고 그곳에 예약해 놓으신다고 하셨어요."

"쓸데없는 일을 했어."

그는 차갑게 말을 하면서도 시선은 그녀의 풍만한 가슴에 가 있었다. 핑크색 원피스를 입은 하늘은 색상은 단순했지만 디자인은 대담한 옷을 입었다. 가슴골이 확 드러나는 옷이었다.

"옷 좀 신경 써서 입어."

"네?"

"너무 많이 파였다고 생각하지 않아."

"그래요? 미안해요. 다음부터는 신경 쓸게요."

하늘이 얼굴을 붉히며 말했다. 이런 자리는 처음인 하늘이었다. 솔직하게 지금 하늘이 입은 옷 정도는 다른 사람들도 입고 있었다. 하지만 오늘 건우의 눈에는 하늘의 모든 게 거슬렸다.

"아가."

아버지가 그들 사이에 오셨다.

"사람들이 우리 예쁜 며느리가 어디 있냐고 그러는구나."

"갈게요, 아버님."

그렇게 말하며 하늘이 그를 두고 아버지의 팔짱을 끼고 사람들의 무리로 사라졌다. 하지만 건우의 눈은 무섭게 하늘을 쫓고 있었다.

"건우 형, 형수 그만 좀 쳐다봐."

어릴 때부터 친하게 지낸 대명산업의 후계자 동운이었다.

"결혼할 때도 미인이다 생각했는데 오늘 보니 형 같은 바람둥이가 껌뻑하고 넘어갔는지 알겠네."

"넌 장가 안 가?"

"형을 보니 가고 싶기도 하고. 이따가 형수한테 형수같이 미인 동생 있으면 소개해 달라고 하려고."

"미친놈."

"끼리끼리 다니는 거잖아. 형수 주변에 있는 여자들은 얼마나 예쁘겠어."

남자들의 보는 눈은 다 똑같았다.

"진짜 섹시한 것 같아. 형은 행운아야."

녀석의 면상을 날리고 싶었지만 사실인데 어쩌겠는가? 남자들의 시선을 사로잡는 여자와 결혼한 그의 잘못이지 누굴 탓하겠는가? 건우는 너무 신경을 썼더니 피곤해서 자신의 방에 잠깐 들어가서 침대에 누웠다.

조금 쉬다가 나갈 생각이었다. 그러다 그는 깜빡 잠이 들었다. 그는 이상야릇한 느낌이 들었다. 눈을 뜨고 싶었지만 눈을 뜨면 이 느낌이 사라질 것 같았다. 누군가 그의 옷을 벗기고 있었다.

살며시 눈을 뜨자 하늘이 그의 와이셔츠 단추를 풀고 있었다. 얼마나 열중을 하고 있는지 그가 눈을 뜨고 그녀를 보고 있다는 것도 모르는 것 같았다. 그녀의 가슴이 그의 시선을 사로잡았다. 예전 같으면 그녀를 끌어안고는 마음껏 탐했을 테지만 지금은 그럴 상황이 아니었다.

그녀의 깊이 파인 옷에서 가슴이 다 보였다. 그의 눈앞에서 그녀가 움직일 때마다 묘하게 흔들리는 가슴골이 그의 페니스를 단단하게 만들고 있었다. 건우는 어금니를 꽉 깨물며 눈을 감았지만 이미 보아버린 상황에서 그의 페니스는 그 위용을 드러내고 있었다.

하늘은 아무런 말 없이 그의 옷을 벗기고 있었다. 그러다가 그가 꼼짝을 안 하자 급기야 침대 위로 올라와서 그의 옷과 씨름을 하고 있었다. 그녀의 부드러운 피부가 오늘따라 그의 몸을 더 달아오르게 만들었다.

그녀가 그를 편하게 하기 위해 몸을 숙이자 그녀의 가슴이 그의 가슴에 닿았다. 눈을 뜨지 않고도 지금 그의 가슴 위에 그녀의 가슴이 닿아 있음을 느낄 수가 있었다.

그를 너무나 괴롭히는 건 따로 있었다. 그건 그녀의 향기였다. 그의 코끝을 오가며 그녀의 향기가 그를 미치게 만들고 있었다. 건우는 자신의 바지를 벗기기 위해 버클에 손을 대고 있는 그녀 때문에 애국가와 구구단을 속으로 외우고 있었다.

그의 성난 페니스를 잠재우기 위해 가장 슬프게 보았던 영화 장면까지 떠올리고 있었다. 하지만 이미 성이 날 대로 난 그의 페니스는 고개를 숙일 생각이 없어 보였다. 그녀가 그의 바지를 벗길 때쯤 더 이상 참기가 힘든 그의 손이 그의 의지와 상관 없이 그녀를 향해 움직이고 있었다.

"새아기 방에 있니?"

"네."

절묘한 타이밍에 어머니가 문밖에서 그녀를 불렀다.

"아버지가 찾으신다."

"네, 나가요."

그녀는 그의 바지를 마저 벗기고 이불을 덮어준 후에 방을 나갔다.

"애는 뭐 하니?"

"요즘 회사 일이 바빠서 많이 피곤했나 봐요. 지금 아주 깊게 잠이 들었어요."

"그래? 그 한의원에 꼭 가봐."

"네."

어머니와 하늘의 말소리가 점점 멀어져 갔다. 건우는 그네야 눈을 뜨고 천장을 바라보았다. 아직도 그녀를 용서할 수는 없지만 그의 몸은 너무나 솔직하게 반응을 하고 있었다.

이런 자신이 너무나 한심스러워 보였다. 한 여자 때문에 그의 마음은 조금씩 병이 들어가고 있었다. 의심의 병이 그를 지배하고 있었다. 그는 하늘을 용서할 수가 없었다.

10

한여름에 접어들면서 천연 세제와 바디용품들이 생각보다 호응이 좋아서 눈코 뜰 새 없이 바쁜 나날을 보내고 있었다. 신욱과는 상관없이 국제호텔에 납품을 하게 되면서 하늘의 사업은 날로 번창하게 되었다. 소희는 요즘 입덧이 심해서 가뜩이나 마른 아이가 더 말라가고 있었다.

"너 정말 괜찮아?"

"응, 우욱!"

점심으로 자장면하고 짬뽕을 시켰는데 한 젓가락도 못 먹고 계속 헛구역질이었다.

"어떻게 하니?"

"괜찮아, 나 밖에서 바람 좀 쐬고 들어올게."

소희는 밖으로 나갔다.

"한 사장님 괜찮으실까요?"

"그럼, 좋은 일로 저러는 거니까. 괜찮아."

새로 들어온 종국 씨가 걱정스런 눈으로 바라보고 있었다. 한 달 전에 직원 두 명을 뽑았다. 한 명은 숍에, 다른 한 명은 사무실에서 일을 했다. 사무실은 다행히 같은 건물 3층에 얻을 수 있어서 여러 가지로 편리했다.

"이 집 진짜 잘하는 집인 것 같아."

하늘은 자장면을 다 먹고 소희가 손도 못 댄 짬뽕까지 다 해치웠다.

"나 사장님은 그렇게 드시는데도 살이 안 찌시는 걸 보면 신기해요."

종국의 말에 짬뽕 국물을 마시던 하늘이 동작을 멈추었다. 이렇게 먹는 건 어린 시절 운동을 할 때를 제외하고는 처음이었다. 어찌나 먹을 게 당기는지 하늘도 놀랄 때가 많았다.

"이렇게 먹으면 살찌는데 요즘 내가 스트레스를 받나 봐. 넌 스트레스 받으면 이렇게 먹거든."

"그래도 한 사장님에 비해 잘 드시니 다행이에요. 한 사장님은 저러다 쓰러지시는 건 아닌지 모르겠어요."

"나 안 쓰러져."

밖에 나갔던 소희의 손에 커피와 빵이 가득이었다.

"그건 뭐야?"

"이상하게 다른 건 안 먹히는데 소보루 빵하고 커피는 자꾸 땡겨."

"그래, 뭐라도 먹을 수 있으니 다행이다."

자장면하고 짬뽕을 다 먹고도 하늘은 소희가 사온 빵에 커피까지 먹었다.

"아무래도 나 사장님 살찌실 것 같아요."

이렇게 말을 하며 종국이 자리를 떴다. 담배를 피우러 나가는 모양이었다. 사무실에는 모처럼 소희와 하늘만이 남게 되었다.

"너 그거 할 때 됐어?"

"난 원래 불규칙하잖아. 오랜 다이어트의 결과물이라고나 할까?"

"그래? 꼭 생리하기 전에 막 음식 찾는 거 같아."

"몰라. 요즘 다시 살이 찌려는지 자꾸 먹고 싶어. 고기도 먹고 싶고 복숭아도 먹고 싶고 사실 다 먹고 싶어."

"네가 그동안 너무 다이어트에 신경을 썼나 보다. 영양이 부족하니까 몸에서 그렇게 당기지."

"그런 거 같아. 그래서 내일 한의원에 가보려고."

"왜?"

"어머니께서 예약을 잡아놓으셨어."

"재벌가라 다르구나."

"왜? 시우 선배 어머님이 잘 안 해주셔?"

"기대도 안 한다."

시우 선배가 3대독자인 줄은 알았지만 3대독자의 위력이 그렇게 큰지 요즘 들어 소희는 더욱 절실히 느끼는 모양이었다. 이번 결혼도 소희의 몸매가 딸을 낳을 몸매라며 반대를 하셨다는데 요즘 같은 세상에 조금은 믿어지지 않는 일이었다.

"너도 내일 나랑 같이 가자. 내가 너 안쓰러워서 못 보겠어. 내가 지어줄 테니까 보약 한 재 먹자."

"됐어. 지금 아무리 몸에 좋은 것도 안 들어가."

하긴 다 토해내는데 약을 먹을 수나 있을지 걱정이었다.

"그나저나 아직도 건우 씨랑 그래?"

하늘은 가만히 있었다. 그는 요즘 많이 달라졌다. 아무리 그녀가 애를 써도 그의 시베리아 벌판 같은 차가움은 그녀를 얼어붙게 만들었다.

"하늘아, 넌 건우 씨 좋아하잖아. 네가 먼저 화해를 하면 어떨까?"

"싸우지 않았어. 우리."

"그런데?"

"이유는 잘 몰라."

정말 이유만이라도 알고 싶은 하늘이었다.

"네가 한번 물어봐. 왜 그러는지."

"만나야 물어보지."

"어?"

"거의 집에 들어오지 않아. 들어온다고 해도 서재에서 잠을 자."

하늘의 목소리에 깊은 한숨이 묻어 있었다.

"넌 특별히 생각나는 일 없어?"

"그걸 모르겠다. 하지만 말이야 짚이는 구석은 있어."

"뭔데?"

"여자가 있는 것 같아."

하늘의 눈에 눈물이 차오르기 시작했다. 막상 이렇게 말을 꺼내고 나니 두려웠다. 이게 사실이면 어쩌지 하는 생각이 들었다. 그래서 계속해서 가슴에 담아두었던 말이었다. 자신이 짝사랑을 할 때 혼자서만 끙끙 앓았던 것처럼 이 일은 정말 말하고 싶지 않았다.

"설마."

"있잖아. 우리는 사랑해서 한 결혼이 아니야."

말을 꺼내기가 어려워서 그렇지 일단 말문이 터지니 그동안 쌓아두었던 말들을 풀어내기 시작한 하늘이었다.

"무슨 말이야, 그게?"

"결혼 전에 건우 씨랑 약속하길 서로 사랑하는 사람이 생기면 깨끗하게 물러나 주기로 했어."

"그게 말이 되는 소리야?"

"그때는 아주 쿨하게 헤어질 줄 알았거든."

"하늘아."

하늘이 얼굴을 손으로 감싸고 울기 시작했다. 이렇게 감정 기복이 심하지 않았는데 아무래도 소희의 말처럼 생리할 때가 된 것 같았다.

"무슨 말도 안 되는 소리야. 건우 씨가 어디 사랑 없이 계약 결혼 같은 걸 할 사람이야? 그렇게 따지면 재벌가의 여자들이랑 하지 평범한 가정의 너랑 했겠어. 그리고 그 성격에 좋아하지 않는 여자랑 잘도 만나겠다. 네가 뭔가 잘못 생각하고 있는 것 같아."

"아니야, 진짜 결혼 전에 그렇게 하기로 하고 시작했어. 내가 너무 어리석었어."

"네가 너무 건우 씨를 좋아한 거지. 그러니까 앞뒤 안 가린 거고."

소희의 말이 맞았다. 정말 앞뒤 가리지 않고 건우에게 빠져 경솔하게 결정한 결혼이었다.

"그럼, 속 시원하게 말을 해."

"무서워."

"뭐가?"

"정말 여자가 있을까 봐. 그래서 건우 씨가 얘길 할 때까지 기다리는 거야."

"나하늘! 너답지 않게 왜 그래?"

"이게 원래 나야. 소심하고 겁쟁이가 나의 모습이야."

하늘의 눈에서 눈물이 흘러내렸다. 소희는 이런 하늘을 다정하게 안아주었다.

"진정하고 오늘 집에 가서 건우 씨 와 있으면 차분하게 얘기해 봐."

"생각해 볼게."

그때였다. 누군가 그녀의 사무실 안으로 들어왔다.

"소희야."

시우 선배였다. 선배의 손에는 케이크가 들려 있었다.

"무슨 일이야?"

하늘의 우는 모습을 본 선배의 표정이 어두웠다.

"아니야, 그냥 좀 속상한 일이 있어서. 오빠는 무슨 일이야?"

소희가 선배에게 물었다.

"요즘 먹을 거 통 못 먹으니까 좋아하는 치즈 케이크 사왔지."

"정말?"

소희는 하늘을 달래고 있었다는 것도 잊은 듯 얼굴에 미소가 가득했다.

"하늘아, 너무 속상해하지 말고 케이크 먹고 기운 좀 내."

선배가 하늘의 어깨를 살며시 잡아주었다. 하늘은 케이크 앞에서 애정을 과시하는 소희와 시우 선배를 보며 많은 부러움을 느꼈다.

"소희야, 많이 먹어. 내일 또 사올게."

"회사는?"

"지금 점심시간이야. 그래도 위치가 가까워서 다행이야."

"밥은?"

"난 들어가면서 샌드위치 사서 먹으면 돼."

시우 선배의 이런 점이 3대독자의 집에 시집을 갈 생각을 하게 만드는구나라고 생각했다. 선배의 모든 신경이 소희에게 가 있었다.

"둘이 너무 보기 좋다."

"왜 난 하늘이 너를 쳐다보는 건우 씨의 눈빛이 마음에 들던데. 같은 남자가 보기에도 사랑이 가득 담긴 눈빛이더라고. 남자들이 표현을 안 해서 그렇지 사랑하는 사람에 대한 애정의 표현은 어떻게든 티가 나기 마련이거든."

"오빠, 언제 그런 건 또 봤어?"

소희가 하늘을 대신해서 물었다.

"뭐 볼 때마다 그런 시선으로 보기는 하던데 결혼식 때가 피크였지. 아주 꿀이 떨어지더라."

시우 선배가 아주 자신 있게 말했다.

"들었지? 너무 걱정하지 마."

"왜? 무슨 일인데?"

"아니야, 오빠는 얼른 회사나 들어가. 이러다가 잘리겠다."

"잘리면 여기로 취직하지 뭐."

"김시우!"

"알았어. 나 갈게. 소희야 너무 움직이고 그러지 마."

선배의 눈이 끝까지 소희에게 가 있었다. 참 보기 좋은 커플이었다.

"하늘아, 케이크 먹어. 그리고 오늘 밤에 꼭 물어봐. 물어봐야 알 거 아니야."

"알았어."

소희의 말이 맞을 것도 같았다. 물어보지도 않고 너무 혼자 결론을 내리기엔 하늘은 건우를 너무나 사랑하고 있었다.

건우는 사무실 에어컨의 스위치를 껐다. 아침부터 온몸이 으실

으실 떨리는 게 감기에 걸린 것 같았다. 오뉴월 개도 걸리지 않는다는 감기에 걸린 것이었다. 선천적으로 건강한 그는 겨울에도 감기에 거의 걸리지 않는데 별일이었다.

"에취!"

재채기까지 아주 할 건 다 하고 있었다. 이렇게 그가 감기에 걸린 결정적인 이유는 어제 서재에서 에어컨을 빵빵하게 틀어놓고 이불도 안 덮고 소파에서 잔 결과였다. 방에서 이불을 가져온다고 생각했었는데 위스키를 마시고 잠이 들어서 그냥 그대로 잔 것이었다.

온몸에 오한까지 오는 그는 잠시 사무실의 소파에 자신의 양복 재킷을 덮고 누웠다. 30분 정도 쉬고 나면 좀 나아질 것 같았다.

"김 본부장!"

우레와 같은 소리가 사무실 안에 울렸다. 놀란 건우는 자리에서 일어나려 했지만 몸이 말을 듣지 않았다. 몸을 일으키려다가 팔에 힘이 풀려 다시 자리에 눕게 된 건우였다.

"건우야."

그의 상태가 심상치 않음을 느낀 아버지가 이 실장에게 뭐라고 말을 하는데 갑자기 하나도 들리지 않았다. 그리고 그의 의식이 점차 흐려져 갔다.

눈을 뜨니 온 세상이 다 하얗게 보였다. 그리고 그의 눈에 하늘의 얼굴이 보였다. 울었는지 눈이 빨갛게 부어 있었다.

"괜찮아요? 나 보여요?"

그녀가 울면서 그에게 말을 했다. 그녀의 커다란 눈에서 눈물이 흘러내리는데 마음이 좋지 않았다.

"건우 씨 깨어났어요. 어머니."

어머니도 와 계신 모양이었다.

"건우야."

이번에는 어머니도 눈물을 흘리고 계셨다. 한 번도 이런 적이 없어서 그도 이런 자신이 이상하게 느껴지고 있었다.

"어머니, 아버지."

어머니 뒤에서 말없이 그를 지켜보고 계시는 아버지의 얼굴도 눈에 들어왔다. 두 분 다 걱정을 많이 하셨는지 평소보다 얼굴이 늙어 보였다.

"괜찮은 거야?"

"네."

"다들 얼마나 놀란 줄 알아?"

아버지가 한마디를 하자 어머니의 표정이 좋지 않았다.

"의사가 과로라잖아요. 당신이 얼마나 애를 혹사시켰으면 애가 이래요?"

"난 혹사시킨 적 없어."

"뭐가 없어요. 애가 이 모양인데."

그의 시선이 어머니, 아버지 뒤에서 말없이 그를 보고 있는 하늘을 향했다. 그녀는 정말 슬픈 표정으로 그 자리에 서 있었다. 마치 진짜로 그를 걱정하는 표정이었다. 바람을 피운 마누라치고는 정말 리얼한 표정에 그는 실소가 터질 뻔했다.

"새아기가 얼마나 걱정을 한 줄 알아?"

"……."

"젊고 신혼인 것도 좋은데 너무 금슬이 좋은 것 아니냐."

아버지의 말에 어머니가 아버지의 옆구리를 찌르셨다. 아마도 둘이 너무 사이가 좋아서 그가 낮에는 회사에서 밤에는 집에서 과로를 한다고 여기신 모양이었다.

"너무들 걱정하지 마세요. 저 괜찮아요."

"괜찮기는. 의사가 며칠은 입원을 해야 한다고 했어."

"며칠씩이나요?"

"그래."

"저 괜찮아요. 그냥 집에서 쉴게요."

"아니, 의사 말 들어."

이렇게 답답한 공간에 있는 게 싫었다. 아니, 하늘과 둘이 있는 게 싫었다. 그러면 더욱 비참한 기분이 들 것 같았기 때문이었다.

"저 괜찮······."

갑자기 어지러워 말을 멈춘 그였다.

"거봐, 어서 누워."

어머니가 그의 표정을 보시더니 침대에 다시 눕혀주셨다.

"얼굴 좀 봐. 너무 창백해."

"의사를 불러."

잠시 후에 의사가 와서 과로로 인한 극심한 스트레스로 어지럼증이 올 수도 있다고 했다. 병이라기보다 며칠간의 휴식이 필요하다고 했다.

"어머님, 아버님 오늘은 제가 병실을 지킬 테니 돌아가셔서 쉬세요."

하늘의 말에 어머니, 아버지가 집으로 가시고 그들만 남게 되었다. 몇 달 만에 일이었다. 그는 그냥 눈을 감았고 그들에게는 긴 침묵이 흘렀다. 머리가 터질 것처럼 많은 생각들이 밀려들었다.

그가 화장실을 가려고 일어나자 하늘이 말없이 그의 링거 줄을 잡아주었다. 하늘도 그도 말이 없었다. 건우는 차라리 이게 편했다. 무슨 말이든 꺼낸다면 톡 쏘아붙일 것만 같았다. 건우는 자신이 이렇게 소심하고 쪼잔한 남자인 줄 정말 몰랐었다.

"그냥 내가 할게."

그는 이렇게 말하고 링거를 들고 화장실로 갔다. 그녀는 여전히 말이 없었다. 그가 말을 건네지 않자 그녀도 그에게 말이 없었다. 어쩌면 건우가 그녀의 불륜을 알아차린 걸 아는 걸지도 몰랐다.

그가 화장실에서 나오자 하늘이 과일을 깎고 있었다. 어머니가 가져오신 모양이었다.

"이것 좀 드세요."

그녀가 그의 침대 위에 침대 테이블을 가져와서 상을 차리기 시작했다. 어머니께서 집에서 보내신 모양이었다.

"집사님이 방금 전에 가져오셨어요. 병원 음식이 맛이 없다시면서."

"……."

"전복죽 드시고 과일 드세요."

그녀는 이렇게 말하고는 말없이 그의 옆에 앉았다. 그가 식사를 하기 시작했다. 옆의 하늘이 의식이 되긴 했지만 그의 뱃속에서 밥을 달라고 아우성이었다.

"있잖아요."

하늘의 목소리에 그가 숟가락을 멈추었다.

"아니, 드세요. 나중에 말할게요."

"아니, 지금 말해."

갑자기 밥 생각이 없어졌다.

"물어보고 싶은 게 있었는데 그동안 당신도 바쁘고 저도 바빠서 못 물어봤었어요."

무슨 말인지 그녀의 사설이 길었다.

"말해."

"당신이 결혼 전에 했던 말 중에 서로에게 다른 사람이 생기면 서로 깨끗이 물러나자는 말을 했었잖아요?"

드디어 올 것이 온 것이었다. 그것도 이렇게 몸이 안 좋은데 들으려고 하니 더욱 화가 났다.

"본론만 말해."

그는 그녀를 보며 차갑게 내뱉었다. 병실 안에 찬 기운이 돌았다. 지금은 여름인데 그의 마음은 완벽하게 겨울이었다. 다시는 여자에게 마음을 주지 않으리라 다짐을 하며 건우는 하늘을 쳐다보았다.

여전히 심장이 조여들게 아름답고 섹시한 여자였다. 세상이 많은 여자들이 그를 섹시하다고 했고 올해의 섹시한 남자상을 수년간 받기도 한 그였다. 하지만 그가 정말 자신을 섹시하다고 생각해 주길 바라는 여자는 그렇게 느껴지지 않는 모양이었다.

"당신 여자 있어요?"

"뭐?"

순간 잘못 들은 줄 알았다.

"여자?"

"네, 당신이 요 몇 달간 나를 멀리한 이유가 그게 아닌가 싶어서 묻는 거예요."

그녀의 눈에 눈물이 가득했다. 마치 자신이 피해자인 것처럼 말이다. 그 상처받은 얼굴이라니 건우는 정말 기가 막혔다.

"아니, 여자는 없어."

확실하게 말을 해둘 필요가 있었다. 그녀가 자신의 불륜을 숨기기 위해 그를 떠보는 것일 수도 있었다.

"왜 그런 말을 하지? 찔리는 구석이라도 있나?"

건우는 자신이 좀 옹졸하다는 생각이 들긴 했지만 그렇게 톡 쏴 버렸다.

"아뇨, 전 그런 적 없어요."

어쩜 저렇게 눈 하나 깜빡하지 않고 거짓말을 할 수가 있는지 신기할 따름이었다.

"건우 씨가 한 말이잖아요. 결혼 후에 정말 사랑하는 사람이 생기면 물러나 주자고 말해서 만약에 그렇다면 전 물러날 생각이에요."

"하늘이 그런 건 아니고?"

"건우 씨."

"나에게 그런 걸 미루려고 하지 마. 만약 하늘이 그렇더라도 난 물러날 생각이 없어."

이 사람이 왜 이러는지 모르겠다는 표정의 하늘을 보며 건우는 화가 치밀어 올랐다.

"난 우리 결혼을 끝까지 유지할 거야."

"왜요? 사랑이 없는 결혼인데……."

하늘이 사랑이라는 말을 했다. 그렇다. 하늘은 그를 사랑하지 않았다. 그런데 사랑하는 사람이 생겨서 떠나겠다는데 무슨 말이 많으냐, 라고 말하는 것 같았다.

"솔직히 말해봐요. 여자가 있는 건 아니에요?"

"그런 거 없으니까. 내 걱정은 하지 말고 당신이나 잘해."

그는 화가 치밀어 올랐다. 그래서 가슴속에만 담아두려고 했던 말을 하고야 말았다.

"당신은 정말 나에게 부끄러운 게 없나?"

"어떤 걸로요?"

"남자가 없냐는 얘기야?"

"없어요."

"그래?"

"네."

끝까지 오리발이었다.

"그럼, 이걸 한번 보겠나?"

그가 하늘에게 자신의 핸드폰을 주었다. 하늘의 얼굴이 정말로 창백해지고 있었다.

"바람을 피운 걸 물을 땐 이런 사진 정도는 가지고 묻는 거야. 심증만으로는 안 되지."

핸드폰을 쥔 하늘의 손이 가늘게 떨리고 있었다.

"이것 때문에 나에게 말도 하지 않은 거예요?"

한없이 상처받은 얼굴을 하고 그를 올려다보는 하늘의 표정이 그의 마음을 건드리고 있었다.

"……."

"그래서 날 그렇게 무시한 거예요?"

"……."

"왜 한 번도 묻지 않았어요? 난 다 얘기해 줄 수 있었는데……."

하늘의 눈에서 눈물이 흘러내렸다.

"변명이 아니라 사실이니까 잘 들어요."

하늘은 손으로 눈물을 닦고는 마음을 가다듬고 차분하게 말을 하기 시작했다.

"결혼 전에 복잡한 일이 있었어요. 결혼은 얼떨결에 하게 되었고 사업도 시작하게 되었는데 돈이 없었어요. 그런데 갑자기 교통 사고를 낸 거예요. 하필이면 정말 좋은 외제차를 들이박았죠."

하늘이 심호흡을 한 번 하더니 말을 이었다.

"가지고 있는 돈을 전부 털어 넣어도 그 차 수리비가 안 될 것 같았어요. 그런데 그 차 주인이 자신하고 식사를 10번만 해준다면 수리비를 안 받겠다고 하더군요. 그래서 전 무조건 오케이를 했어요."

"그 자식한테 그래서 넘어갔군."

"아뇨."

하늘이 고개를 세게 흔들었다.

"시간이 될 때마다 그 고마운 분에게 식사를 대접하기 시작했고 대화를 하다 보니 말도 잘 통했어요."

건우는 이 이야기를 참고 들을 수가 없었다.

"내가 이 얘기를 들어야 하나?"

"끝까지 들어요."

하늘이 단호하게 말했다.

"그분이 국제호텔 사장이라는 건 나중에 알았고 그분이 내게 마음이 있다는 건 10번째 만나는 날에야 알게 되었어요. 순수하게 감사해서 만난 거였는데 아차 이거 실수했구나 나중에 느끼게 된 거죠."

"……."

"그리고 당신이 가지고 있는 사진은 마지막 날 사진이에요."

"그걸 믿으라는 건가?"

"믿든 안 믿든 그건 당신 마음이죠."

하늘이 그의 앞에 음식을 치워주었다.

"내가 떠날게요."

"뭐?"

"바라는 거 아니에요?"

"아니, 난 이혼할 마음 없어. 당신이 아무리 잘못을 했더라도 말이야."

"난 잘못하거나 양심에 찔릴 만한 짓은 한 번도 한 적이 없어요."

"당당하군."

하늘의 얼굴이 굳어 있었다. 이 여자가 진실을 말하고 있었다. 그런 마음이 들었지만 아직도 국제호텔 사장과의 일이 속 시원하게 해명이 되지 않고 있었다. 10번을 만나다니, 일반적인 사람들도 10번을 만난다면 충분히 잠자리까지 진전이 되고도 남을 횟수였다.

그런데 하늘은 너무나 당당하게 이야기를 하고 있었다. 그것도 상처받은 표정을 보이면서 말이다.

"난 언제나 당당했어요."

그녀는 이렇게 말을 하고 병실을 나가서 한동안 들어오지 않았다. 건우는 침대에 누워 자신이 원래 이렇게 옹졸한 남자였는지 생각에 잠겨 있었다. 자신은 한 번도 이런 적이 없었다. 그가 누워 있자 한참 후에 하늘이 들어왔다. 그리고 자신 옆의 침대에 몸을 누였다.

뭐라고 말을 하고 싶었지만 망설이는 동안 하늘은 잠이 든 것 같았다. 그녀의 규칙적인 숨소리가 들려왔다.

다음 날 아침, 하늘은 소희에게 건우가 쓰러져서 며칠 회사에 못 나간다고 얘기를 했다. 오전 내내 건우와 하늘 사이에는 말이 없었다. 하늘은 알아서 건우를 말없이 도와주기만 했다. 말을 시작하면 이제는 화를 낼 것 같았기 때문에 하늘은 이를 악물고 말을 자제했다.

분명히 잘못했다는 건 알았다. 오해의 소지가 있었던 것도 사실이었다. 하지만 정말 아무런 일도 없었고 그걸 믿어주지 않는 건우가 하늘은 너무나 야속했다.

"새아가."

어머니께서 점심시간쯤에 오셨다. 맛있는 도시락을 가지고 오셨다. 건우를 챙기고 그녀는 도시락을 어머니와 함께 먹었다. 어찌나 맛이 있는지 영혼이라도 팔고 싶은 심정이었다.

"배고팠구나? 천천히 먹어."

요즘 들어 세상 모든 게 맛있는 하늘이었다. 특히 오늘 어머니께서 싸오신 음식 중에 갈비는 최고였다. 먹기 좋게 작게 잘라온 갈비는 맛의 신세계였다.

"갈비를 좋아하나 보구나."

"네."

민망함에 이렇게 말은 했지만 솔직하게 하늘은 갈비를 좋아하지 않았다. 고기는 구워먹는 삼겹살이 최고였다. 하여튼 요즘 그녀는 식성이 바뀐 것 같았다.

"오늘 나랑 한의원 가기로 한 거 잊지 않았지?"

"네."

"건우까지 저러고 보니 너도 빨리 보약을 먹여야 내 마음이 놓일 것 같아서."

어머니는 언제나 그녀를 친딸처럼 잘 대해주셨다.

"얼른 먹고 가자."

"네."

"건우는 혼자 있을 수 있지?"

"어머니, 제가 앱니까?"

"남자들은 늙으나 젊으나 다 애야."

어머니는 이렇게 말씀을 하시고는 그녀를 데리고 병원에서 얼마 떨어지지 않은 한의원에 데리고 가셨다. 손님이 정말로 말도 못하게 많은 곳이었다. 하지만 예약을 해서 그런지 어머니와 그녀는 바로 한의사를 만날 수 있었다.

"어서 와."

어머니를 보자마자 한의사가 반말로 인사를 했다. 처음에 하늘은 잘못들은 줄 알았다. 한의사 분은 회색빛 머리에 나비넥타이를 아주 귀엽게 매시고 동그란 안경테를 쓴 정말로 귀여운 캐릭터였다.

"우리 며느리."

잘못 들은 게 아니었다.

"잘 지냈어?"

"그럼."

사이가 아주 가까워 보였다.

"새아가, 내 초등학교 동창이다."

"네, 안녕하세요?"

"우리가 결혼을 했으면 내 며느리가 될 뻔한 건가?"

한의사가 농담을 했다.

"끔찍한 소리는 하지도 말아. 어서 우리 새아가 진맥이나 해줘. 며칠 있다가 아들 녀석도 보낼 테니까."

"앉아요."

한의사 분이 그녀의 맥을 한참이나 잡으셨다. 그리고 어머니를 보셨다.

"며느리 데리고 산부인과부터 가."

"왜, 우리 아기 자궁에 문제라도 있어?"

어머니의 얼굴이 하얗게 질리셨다.

"아니, 넌 어릴 때부터 너무 극단적이야."

"그럼?"

"아기가 있어."

"뭐?"

하늘의 손이 가늘게 떨리고 있었다. 뭐라고 표현을 해야 할지 모르겠지만 망치로 한 대 얻어맞은 기분이었다. 전혀 상상조차 해 보지 않은 일이었다. 그와 사이도 좋지 않은 상황에 아이가 생기고 보니 하늘의 머리가 점점 복잡해지고 있었다.

그러고 보니 지금 석 달째 생리를 안 하고 있었다. 둔한 건지 멍청한 건지 몸의 변화가 있었는데 그녀는 눈치를 채지 못하고 있었다. 그렇게 날마다 섹스를 했는데 그들은 피임을 하지 않았었다.

"새아가."

어머니의 눈에 눈물이 차올랐다. 하늘은 조금 얼떨떨한 기분이었다. 이제 그녀가 엄마가 된다. 하늘은 자신의 배를 살며시 만졌다. 그런데 아이를 가신 기쁨보다 지금 하늘은 뱃속의 아이에게 미안한 마음이 더 들었다.

11

언제나 적막하던 신혼집에 모처럼 가족들이 모였다. 엄마와 아빠, 언니와 형부까지 모두가 총 집합을 했다. 그리고 지금 그녀와 남편은 소파에 앉아서 친정 식구들의 취조를 받고 있었다.

"아니, 임신 3개월이 되도록 아기가 있는지 없는지도 몰라?"

엄마는 그녀의 둔함이 기가 막히신 모양이었다.

"모를 수도 있지."

언니가 그녀의 편을 들어주었다.

"어쨌든 축하한다. 우리가 먼저 가졌어야 하는데……."

언니는 내심 서운한 모양이었다.

"언니도 곧 아이가 생길 거야."

하늘이 언니를 위로해 주었다.

"어쨌든 축하해. 처제."

언니의 어깨를 감싸며 형부가 말했다. 언니에게도 빨리 아기가 생겨야 할 텐데 미안한 마음이 들었다.

"밤낮으로 노력을 해야지."

"더해야 해요. 형부."

"알았어."

민우에게 꼬박꼬박 존대를 하려니까 어색했다. 이런 어색함은 시간이 지나야 해결이 될 문제였다.

엄마가 주방에 음식 보따리를 한 아름 가져다 놓았다.

"하늘아, 엄마가 어제부터 밤새 준비한 거야."

"뭔데."

"뭐긴 네가 어제 먹고 싶다고 얘기한 거지. 어디 한두 가지야? 저거 하느라 기둥뿌리 뽑혔어."

아빠가 한마디 거드셨다.

"잡채, 갈비, 불고기, 거기다가 각종 나물까지 먹고 싶은 게 이렇게 많은 걸 보니 입덧은 안 하는구나라고 생각했지."

엄마가 하늘을 보며 말했다.

"넌 아주 임신 한 번으로 엄마를 잡겠다."

"이상하게 자꾸 먹고 싶어. 돌아서면 또 먹고 싶고."

"너무 먹으면 체중이 많이 불어서 임신 중독이 될 수 있으니까 당긴다고 다 먹지 마. 김 서방이 옆에서 잘 챙겨줘."

"네."

여태까지 꿰다 놓은 보리자루처럼 앉아 있던 그가 겨우 대답을 했다. 그때 엄마가 갑자기 일어서더니 뭔가를 가져왔다.

"이거 한 수저만 먹게."

얼른 보니 인삼을 꿀에 절인 것이었다.

"엄마, 민우는."

언니가 단단히 삐친 모양이었다.

"민우가 뭐야. 신랑한테."

"우리 신랑 꺼는."

"차에 있어. 아무렴 큰사위 안 챙겼을까 봐."

"엄마, 땡큐."

형부보다 언니가 더 난리였다. 아무리 가족들이 그녀를 축하해 줘도 남편의 반응은 차가웠다. 그녀의 임신 소식을 들은 후에는 더 그랬다. 왜일까? 사랑하지 않는 여자가 임신을 해서 싫은 걸까?

하루 종일 하늘의 머리는 너무나 복잡했다.

"김 서방."

"네, 장인어른."

"우리, 술 한잔할까?"

"아빠 이 사람 오늘 아침에 퇴원했거든요."

"아참, 미안하네."

"아닙니다."

"진짜 주책이야."

엄마의 등짝 스매싱이 이어지고 아빠는 꼼짝없이 꼬리를 내렸다. 엄마는 그녀를 위해 저녁을 준비했고 아빠와 형부 그리고 건우는 서재에 들어가서 나올 생각을 하지 않고 있었다.

"하늘아, 진짜 몰랐던 거야?"

식탁에 음식을 가져다 나르며 언니가 물었다.

"내가 생리 불순이라서 석 달에 한 번 할 때도 있었거든."

"그래도 뭔가 달라진 걸 느낄 것 아니야."

"달라진 건 정말 정신없이 먹는다는 거야. 그거 빼고는 아무것도 없어."

"어쨌든 축하한다."

"고마워, 언니."

준비가 다 되었다. 진짜 상다리가 휘어질 정도로 엄마가 준비를 해오셨다. 어제 밤을 새서 준비하셨다는 게 맞는 말 같았다.

"남자들 나오라고 해."

엄마의 말에 언니가 남자들을 부르러 서재로 향했다.

건우의 서재는 온갖 종류의 책들로 가득했다. 어릴 때부터 책 읽기를 좋아하는 건우는 사다리를 놓고 책을 뺄 수 있는 커다란 서재를 꿈꿔왔었다. 독립을 하게 된 이유도 그의 서재를 갖고 싶었기 때문이었다.

"우와, 대단하구만."

장인어른의 감탄사가 계속해서 나오고 있었다.

"앉으세요."

그는 서재에 있는 소파에 장인어른과 형님이 앉기를 권했다. 그리고 이곳에 오면 즐겨 마시는 커피를 내리기 시작했다. 그의 서재에는 그만의 커피머신이 있었다.

"밥 먹기 전이지만 한 잔씩 드세요. 제가 세상에서 가장 좋아하는 겁니다."

"축하하네. 이제 아빠가 되면 진정한 어른이 되는 거야."

"감사합니다."

"그리고 민우 너도 노력하고."

"네, 아버지."

건우는 형님과 장인어른 사이의 끈끈한 유대감이 부러웠다. 그들은 함께 보낸 세월만큼이나 가까워 보였다.

"이 커피 맛있고만."

장인어른의 표정이 그를 기쁘게 했다.

"부탁드리고 싶은 게 있습니다."

"부탁?"

"네."

"뭔가?"

"사실은 하늘이가 임신 초기인데 음식 때문에 한 달 정도 어머니에게 가 있는 게 좋을 것 같다는 생각이 들어서요."

갑작스러운 그의 말에 장인어른은 조금 놀란 눈치였다.

"역시 우리 사위가 최고야. 배려할 줄도 알고."

그의 까맣게 타들어가는 속을 아무도 모를 것이다. 아이의 아빠가 자신인지 국제호텔 회장인지 알 수가 없었다. 그녀와 관계를 가진 게 언제인지 기억조차 나지 않았기 때문이었다. 자신이 없었다. 이제 정말 세상이 무너진 것 같았다.

"몸이 많이 안 좋아?"

"아닙니다."

"겉보기에는 입원과는 거리가 멀어 보이는데 자네가 쓰러졌다니 많이 놀랐었네. 그래서 하늘이를 집으로 보내려는 거야?"

"……."

더 이상은 말하기가 힘이 들었다.

"알았네."

그들이 커피를 다 마시자 처형이 식사를 하러 오라고 말을 했다. 식탁에 둘러앉은 처가 식구들의 표정이 많이 행복해 보였다. 그는 하늘을 쳐다볼 수가 없었다. 하늘은 분명 식사만 했다고 했다. 하지만 그는 믿을 수가 없다.

한숨이 흘러나오고 있었다. 임신 사실을 알기 전에는 진실이라도 알고 싶었는데 지금은 아니었다. 그녀에 대한 의심만 점점 더할 뿐이었다.

"여보, 김 서방이 하늘이한테 한 달간 휴가를 줄 모양이야."

"네?"

"임신 초기만 당신이 봐주면 좋을 것 같다고."

"나야 좋지요."

"엄마, 나 안 가."

"어?"

하늘의 뜻밖의 말에 모두가 당황했다.

"건우 씨도 몸이 안 좋고 해서 안 돼. 나는 많이 먹어서 그렇지 몸이 이상하지도 않고."

하늘이 한마디로 딱 거절하자 처갓집 식구들은 서운해하는 것 같았다. 식사 후에 처가 식구들이 집을 떠나자 모처럼 북적이던 집에 적막이 흘렀다.

그녀에게 배려해 주려고 했지만 거절했다. 그의 곁에 있겠다는 게 이해가 되지 않았다. 둘이 있으면 싸울 게 뻔했고 그녀는 지금 아이를 임신했으니 안정이 필요한 상태였다.

열 번을 생각해도 그녀가 친정으로 가는 게 맞았다. 식구들이 북적이다가 지금 자신과 말도 안 하는 신랑과 있으면 본인만 괴로울 뿐이었다.

"오늘은 방에서 자요. 내가 게스트 룸에서 잘 테니까요."

이렇게 말을 하고는 그녀가 뒤를 돌았다.

"아이는 당신 아이가 맞아요. 난 당신 이외의 남자와 잔 적이 없으니까."

"……."

하늘의 목소리가 떨렸다.

"우리 이혼해요."

그가 말을 하지 않아도 그녀는 그의 의심을 눈치채고 있었다.

"내가 당신을 많이 사랑한다고 생각했는데 이런 당신까지 이해할 정도는 아니었나 봐요. 당신은 정말 최악이에요."

이렇게 말을 하고 난 하늘은 게스트 룸으로 들어갔다.

아무런 말을 할 수가 없었다. 그래서 그는 한참을 그 자리에 서 있었다. 그녀가 자신을 사랑한다고 했다. 그리고 그녀는 그를 최악이라고 했다.

건우는 다시 어지러움을 느꼈다. 머리가 깨질 것 같았다. 그리고 그는 자신의 가슴을 잡았다. 심장이 조여왔다. 이런 게 사랑의 고통일까, 라는 생각이 들었다. 너무나 고통스러운 건우는 자신의 침실로 들어가 그대로 침대 위에 쓰러졌다.

다음 날 그는 서울 시내가 한눈에 보이는 커피숍에 앉아 누군가를 기다리고 있었다. 커피 한 잔을 마시며 그는 오랜만에 많은 생각에서 해방감을 느꼈다.

"본부장님."

낮은 저음의 목소리가 생각에 잠긴 그를 깨웠다.

"안녕하십니까? 회장님."

국제그룹의 회장이었다. 남자가 봐도 매력이 넘치는 남자였다.

"죄송합니다. 갑작스럽게 찾아오셔서 시간을 빼는 데 애를 먹었습니다."

"그러셨군요. 제게는 너무 급한 일이라서 이렇게 결례를 범하게 되었습니다."

남자는 예의도 바르고 자신의 할 말도 딱 부러지게 했다. 그리고 그 때문에 자신이 지금 불편하다는 걸 눈빛으로 표현하고 있었다.

"제 와이프를 아신다고요?"

"하늘 씨, 잘 알지요."

"자동차 사고를 내서 인연이 되었다는 걸 얼마 전에 알았습니다."

"하하하, 묘한 인연이지요."

회장은 웃고 있었지만 눈빛은 웃지 않았다.

"제게 할 말이 뭔지 궁금합니다. 제게 알고 싶은 게 무엇입니까?"

"단도직입적으로 말씀드리겠습니다. 하늘이와는 어떤 관계십니까?"

"첫눈에 반했습니다. 그래서 차 수리비 대신에 10번을 만날 기회를 얻었습니다. 10번 정도 만나면 하늘 씨와 잘될 수 있을 거라는 나름의 확신이 있었습니다. 하지만 실패했죠."

"실패요?"

"단호하게 거절하더군요. 그래서 마음을 접었는데 오늘 이렇게 본부장님을 보니 다시 희망이 생기네요."

그가 의미심장하게 말을 이어갔다.

"지금처럼 이렇게 하늘 씨를 의심하시면 저에게도 기회가 오지 않겠습니까?"

그가 정곡을 찔렀다.

"현재까지 하늘 씨는 본부장님께 죄책감을 느낄 아무런 행동도 하지 않았습니다."

"……."

"너무나 매력적인 분을 부인으로 삼으니 너무 많은 의심이 생기나 봅니다."

그의 말에 할 말이 없었다. 왠지 자신이 초라해졌다는 생각이 들었다. 그에게 전화가 왔고 그는 자리를 떴다. 그는 다음에 또 하늘의 일로 자신을 찾는다면 그때는 어떻게 해서라도 하늘을 빼앗겠다고 말했다.

어이가 없었다. 이런 식으로 다른 사람에게 깨질 그가 아니었다. 하지만 지금 그는 사랑 앞에서 너무나 약한 존재가 되고 말았다. 어떻게 해서든지 자신 때문에 마음을 다친 하늘에게 용서를 빌고 싶었다.

저녁에 집으로 돌아온 건우는 하마터면 소리를 지를 뻔했다. 하늘이 짐을 싸서 나오고 있었기 때문이었다.

"지금 뭐 하는 거지?"

"오늘 신욱 씨 만났어요?"

"……."

"뭐가 그렇게 의심스러워요? 그렇게 날 못 믿어서 평생을 어떻게 살아요?"

"어떻게 알았어?"

"신욱 씨에게 전화가 왔었어요."

"뭐?"

신욱이 끝까지 그를 건드리고 있었다.

"신랑분이 찾아오셨다고 하늘 씨를 많이 생각하시는 것 같다고
요."

그건 그의 말이 맞았다.

"그런 걸 왜 그 사람에게 말해요? 내가 그러면 좋아할 줄 알았
어요?"

"……."

"아니지, 내 말은 못 믿고 신욱 씨 말은 믿음이 가던가요?"

하늘이 그가 본 어느 때보다 화가 난 얼굴을 하고 그에게 소리
를 질렀다.

"의심을 했던 건 사과할게."

"알았어요."

그녀는 그렇게 힘없이 말을 하고는 캐리어를 끌고 나가려고 했
나. 진우는 그녀의 팔을 잡았다.

"뭐 하는 거예요?"

"가지 마."

그녀의 눈빛이 흔들렸다.

"아니오, 당신은 나에 대한 믿음이 없어요. 그런데 어떻게 아이

323

를 같이 키우겠어요."

"하늘아."

"미안해요. 더 이상은 마음 아프고 싶지 않아요."

하늘이 다시 몸을 돌려 현관 쪽으로 걸어가고 있었다. 순간 건우는 모든 시간이 멈춘 것 같았다. 이제 하늘이 저 문을 빠져나간다면 다시는 이곳으로 올 것 같지 않았다. 그런 마음이 들자 그의 마음이 찢기듯이 아팠다.

"가지 마."

그는 자신도 모르게 하늘을 뒤에 가서 안아버렸다. 자신의 품속에 몇 달 만에 하늘을 안았다. 그리고 그는 자신의 심장이 미친 듯이 뛰는 걸 느끼고 있었다. 하늘이 그에게 미치는 영향은 이런 것이었다.

"가지 마. 제발."

그의 절박한 마음이 그대로 녹아들었다. 그녀를 안고 있는 그의 팔이 긴장으로 인해 떨리고 있었다. 이 팔을 풀면 그녀가 도망갈 것 같았다. 불안했다.

"이러지 말아요."

하늘이 몸을 틀었다.

"내가 잘못했어."

그의 목소리에 물기가 젖어들었다.

"당신이 잘못한 거 없어요. 내가 진작에 말했어야 하는데 수리비 때문에 저녁식사를 했다는 게 자존심이 상했어요."

"그런 일이 있으면 나한테 말하지 그랬어. 부부 사이에 무슨 자존심이야."

"결혼 전이었어요. 그리고 소희가 신욱 씨를 만나지 말라고 했어요. 당신이 오해할 수도 있다고. 그때까진 그냥 밥 먹는 건데 어때서라는 생각이 강했는데 우리 사이가 이렇게 될 줄 알았다면 그때 그렇게 하진 않았을 거예요. 내 생각이 짧았어요."

"내가 속이 좁았어."

그의 고해성사는 계속되었다. 그만큼 지금 그는 절실했다.

"아니에요. 지금이라도 이렇게 말해줘서 정말 고마워요. 하지만 우리 관계는 여기까지예요."

하늘은 단호했다.

"하늘아."

"미안해요. 내가 힘이 든 건 참겠는데 이렇게 스트레스 받다가 아기가 잘못되면 어쩌나 생각했어요. 그래서 내린 결론이에요."

"어떻게 하면 용서해 줄래?"

"……"

하늘이 그의 품에서 빠져나가려고 하자 건우는 하늘을 더욱 세게 끌어안았다.

"하늘아, 가지 마."

"건우 씨."

"사랑해."

"······."

"그걸 인정하지 않으려고 하니까. 내가 너무 힘이 들었어. 난 사랑 따윈 믿지 않았거든. 하지만 내 마음을 대신할 말이 이 말밖에 없으니까."

"······."

"처음 봤을 때부터 사랑했어. 그러지 않고서 어떻게 처음 보는 여자와 섹스를 하고 그리고 사무실까지 불러들이겠어. 난 태어나서 한 번도 그렇게 여자에게 목을 매본 적이 없다고."

"거짓말."

건우가 하늘의 몸을 돌려 그를 마주 보게 만들었다.

"진심이야. 내가 널 사랑한다는 말은."

"······."

"그래서 국제호텔 사장을 미친 듯이 질투했어. 김건우 인생에 여자 때문에 질투에 불타서 몇 달이나 피해 다닌 건 처음 있는 일이야. 밤마다 침실에 가지 않기 위해 내가 얼마나 마음고생을 한 줄 너는 모를 거야."

그가 하늘의 입술에 살며시 입을 맞추었다.

"이렇게 하고 싶었어."

그가 이번에는 그녀의 아랫입술을 빨았다.

"이렇게도."

그가 그녀의 얼굴을 감싸고는 입술을 깊게 빨아들였다. 그리고 혀로 입술 문을 열고는 그 안으로 깊이 들어가 그녀의 입안을 훑었다.

"아~ 이것도."

너무나 짜릿한 느낌에 그는 신음 소리를 냈다. 그녀가 가만히 그를 받아들이고 있었다. 그의 손이 그녀의 가슴을 움켜쥐자 이번에는 그녀의 입에서 신음 소리가 났다. 그가 그녀를 안아 들었다.

그들의 입술은 여전히 맞물려 있었고 떨어질 줄을 몰랐다. 몇 달간의 갈증이 한꺼번에 몰려들었다. 그가 발로 침실 문을 걷어차고 들어가 그녀를 침대 위에 눕혔다. 그리고 자신의 옷을 미친 듯이 벗어 던지고는 완전한 나신으로 그녀의 앞에 당당하게 섰다. 그리고 하늘에게 달려들어 그녀의 셔츠를 벗기고 청바지도 단숨에 벗겨 버렸다.

"아름다워."

임신을 했는데도 아직 그녀의 배는 탄탄했다. 하지만 그녀의 가슴은 위험하게 브래지어 위로 봉긋 솟아 있었다. 더 커진 게 분명했다. 그는 짐승의 으르렁거리는 소리를 내며 그녀의 속옷을 찢어

버렸다.

"건우 씨."

"그래, 내 이름을 불러줘."

"건우 씨."

그녀의 입에서 나오는 자신의 이름이 이렇게 듣기 좋은 줄은 몰랐었다. 그의 입술이 그녀의 온몸 구석구석을 돌아다니고 있었다. 마치 자신의 것임을 확인하는 것 같았다.

"내가 어떻게 몇 달을 참았을까?"

그 자신도 신기할 지경이었다.

"이렇게 섹시한데."

그는 몸을 일으켜 침대에 누워 있는 아름다운 여인의 몸을 마음 껏 감상했다. 마치 오래된 명화에 나오는 하얀 여체는 정말 하나 의 예술품 같았다.

"아름다워."

"자꾸 그런 말 말아요."

"아니, 사실이야."

그는 몸을 숙여 그녀의 가슴을 양손으로 모으며 양쪽 유두를 번 갈아가며 빨아들였다. 그녀의 유두가 마치 그를 기다렸다는 듯이 꼿꼿하게 서 있었다. 그의 혀가 그녀의 유두를 빨아들이는 소리가 아주 요란하게 방 안을 울렸다.

"허억헉, 빨리 들어와요."

"안 돼. 하늘을 하나도 남김 없이 먹어치울 거야."

그가 그렇게 말하며 그녀의 젖은 질에 손가락 하나를 넣었다.

"벌써 이렇게나 젖은 거야?"

"아흐~"

하늘의 신음 소리가 그의 도화선이 되었다. 그는 몸을 숙여 단번에 그녀의 여성을 빨아들였다. 쪽쪽 빠는 소리가 날 만큼 그는 게걸스럽게 그녀의 여성을 먹고 있었다.

"건우 씨 제발……."

그녀가 숨 넘어가는 소리로 사정을 하고 있었지만 그는 아직 그녀의 안에 들어가고 싶지 않았다. 하늘의 몸을 더 소유하고 싶었다. 그가 그녀의 몸을 뒤집고는 그녀의 등에 입을 맞추고 아래로 아래로 내려오기 시작했다.

하늘의 아름다운 곡선의 정점인 엉덩이를 그는 입술로 빨아들여 여러 군데에 그의 흔적을 남겼다. 그녀는 그의 것이었다. 그녀가 몸을 돌리자 그는 그녀의 허벅지를 크게 벌리고는 한참 동안 그녀의 여성을 쳐다보았다. 방 안의 조명이 그녀의 허벅지 사이를 리얼하게 비춰주고 있었다.

그녀의 분홍색 클리토리스가 흥분으로 인해 움찔거리고 있었다.

"어서 제발……."

그녀가 다시 애원하고 있었다. 건우는 몸의 중심을 잡고 자신의 페니스를 그녀의 질 안으로 밀어 넣었다.

"으으윽."

오랜만이어서 그런지 그녀의 질은 너무나 좁았다. 마치 처녀의 질 안으로 들어가는 느낌이었다.

"아아악!"

하늘의 비명이 방 안을 울렸다.

"조심해서 해줘요."

그녀의 말에 그는 조금 이성이 돌아왔다. 그녀의 뱃속에는 그의 아이가 자리 잡고 있었다. 그는 조심스럽게 허리를 움직이기 시작했다.

"못 참겠어요."

"나도."

그가 몸을 조금 빠르게 움직이며 마지막을 향해 달렸다. 마침내 그의 분신들이 몇 달 만에 자신들의 자리를 찾아갔다.

"사랑해."

"저두요."

처음엔 너무 힘이 들었는데 한 번 하고 나니까 자꾸만 하게 되는 말이었다. 그가 땀에 젖은 그녀의 머리카락을 얼굴에서 떼어내주었다.

"내가 앞으로 잘할게."

"저도 잘할게요. 하지만 이제 다시는 의심하지 말아요."

하늘은 다시 한 번 그의 질투심을 지적했다.

"알았어."

하늘이 미소 짓자 건우는 하늘의 입술에 다시 한 번 입을 맞추었다.

"그런데 이렇게 섹스를 해도 아이에게 이상 없는 거야?"

"모르긴 몰라도 지금은 괜찮은 것 같아요."

그녀의 말에 그가 피식 웃었다.

"녀석이 넘 밝히는 거 아니야?"

"아빠를 닮았나 보네요."

"뭐?"

하늘의 미소가 그의 마음을 녹이고 있었다. 그는 하늘을 살며시 안고는 침대에 누웠다.

"졸린다."

"요즘 몸이 안 좋은 것 같아요."

"쓸데없이 신경을 쓰다 보니 그런 것 같아."

"알긴 아네요?"

"반성하고 있어."

하늘이 그의 품속으로 파고들었다.

"헛똑똑이야. 다른 건 악착같이 하면서 자기 일은 참기만 하고."

"저도 그렇게 생각해요."

이렇게 말을 하며 하늘이 하품을 했다.

"저녁은 먹었어?"

"아뇨, 하지만 졸려요."

건우는 뱃속의 아이에게 영양분이 가야 한다는 생각이 들었다.

"하늘아, 내가 뭣 좀 만들어줄 테니까 먹고 자."

"아니에요."

"아니야, 아기는 굶으면 안 돼."

"벌써부터 아기만 생각하는 거예요?"

"아니, 아니야."

그에게 우선은 언제나 하늘이 될 것이다.

"알았어요."

건우는 하늘이 일어나려고 하자 그녀를 안아 올렸다.

"뭐 하는 거예요?"

"우리 여왕님이 땅을 밟게 해서는 안 되지."

"뭐요?"

하늘이 쿡쿡 웃었다. 건우는 하늘의 행복한 미소에 자신도 모르게 미소를 짓고 있었다. 사랑하는 마음이 이런 걸 줄은 정말 몰랐다. 앞으로 그는 더 배워야 할지도 몰랐다. 이번보다 더 큰 시련이 있을지도 몰랐지만 그는 이제 알 것 같았다.

그녀의 마음은 온전히 그의 것이라는 걸 말이다. 그의 마음 또한 그녀의 것이었다. 그녀를 위해 밥을 차려주는 동안에도 건우는 행복하다는 생각이 들었다. 그의 인생에서 오늘같이 행복한 날이 있을까? 라는 생각이 들었다.

"사랑해."

밥을 먹고 있는 하늘에게 그가 말했다.

"이렇게 올 누드로 밥 먹는데도 사랑한다고 하는 걸 보면 당신은 정말 미쳤어요."

"그런 것 같긴 해."

"우리 너무 자연인인데 뭐 좀 걸치면 안 돼요?"

"안 돼."

"왜요?"

"난 먹고 싶은 게 따로 있거든."

"뭐요?"

그녀가 눈을 깜빡거리자 그가 옆에 앉은 그녀의 얼굴을 잡고는 입술을 삼켰다.

"뭐 하는 거예요."

"식사."

"뭐라고요?"

그가 그녀를 식탁 위로 안아 올렸다.

"하지 마요."

"뭘."

"당신이 하려는 거."

"난 밥을 먹으려는 거야."

"난 당신 밥이 아니에요."

그녀가 그의 말에 항의를 했지만 얼굴에는 미소가 가득했다. 식탁 위에 아무것도 입지 않은 그녀가 있었다. 건우는 몇 달간의 그의 마음고생이 이렇게 행복하게 보상이 되리라고는 상상도 하지 못했었다.

"건우 씨."

하늘이 그의 이름을 불렀다. 그러자 건우는 세상 어디에도 없는 가장 행복한 남자가 되어 있었다. 건우의 손이 그녀의 가슴을 지나 검은 숲에 다다랐다. 그는 그녀의 검은 숲을 어루만지며 거칠어진 호흡을 가다듬었다.

이제부터 그는 짐승남이 아닌 자상한 남편이 되어야 했다.

"너무 자극하지 마."

"제가요?"

"그래."

그의 페니스가 그녀의 여성에 닿자 하늘이 허리를 요염하게 움직이고 있었다.

"반칙이야."

"본능이에요."

그가 그녀의 다리를 벌리고 자신의 페니스를 밀어 넣었다.

"으윽."

언제나 그녀의 좁은 질로 들어갈 때면 그는 최대한의 힘을 주어야 했다.

"아악."

그녀의 비명 소리도 여전했다. 하지만 그들의 이런 고통도 잠시 후에 있을 극한의 쾌락을 알기에 참을 만했다. 식탁 다리에서 소리가 났다. 아무래도 자신의 힘에 밀린 것 같았다. 식탁 위에서 섹스를 하다니 이제는 정말 미친 것 같았다.

밥을 먹을 때마다 그녀의 환상적인 모습이 생각날 것 같았다. 하지만 오늘은 자제하고 있는 그였다.

한차례의 격정적인 순간이 끝이 나고 그는 그녀의 땀에 젖은 얼굴을 손으로 닦아주었다.

"괜찮아?"

"배고픈 것 빼고는 괜찮아요."

그녀가 피식 웃었다.

"어디 가서 웃지 마."

"왜요?"

"다른 녀석들에게 보이기 싫으니까."

그녀의 웃음소리가 주방을 울렸다. 사랑하는 그녀의 모습이 그의 눈 안을 가득 채웠다. 언제까지나 이렇게 행복할 거라 그는 확신했다. 왜냐면 그렇게 그가 만들 것이기 때문이었다.

12

가든 파티가 열리고 있었다. 밤하늘에는 달님이 그들을 지켜보고 있었다. 그녀의 임신을 축하하는 파티를 시어머님이 열어주셨다. 가까운 친구들과 가족들이 모인 작은 파티였다. 하늘은 이제 임신 5개월인데 임산부 티가 조금도 나지 않았다 거의 배도 나오지 않아서 속으로 걱정이 되기도 했다. 애기가 안 크는 것 아닌가 라는 생각이 들었기 때문이었다.

그녀와 거의 비슷한 시기인데 소희는 그녀와는 다르게 제법 나와 있었다. 결혼식이 내일 모렌데 배가 나와서 웨딩드레스를 다시 가봉하고 온 소희였다. 요즘은 입덧이 끝이 나고 입맛이 돌아와 살이 부쩍 올랐다.

소희하고는 아들, 딸을 낳으면 사돈을 맺기로 미리 약속을 했다. 아이들이 태어나고 그 아이들이 웃으며 뛰어놀 일들이 얼마 남지 않았다는 생각이 들자 하늘의 입가에 미소가 어렸다.

"언니에게도 좋은 소식이 있다며?"

"응, 임신했어."

소희가 그녀에게 물었다.

"민우가 아주 난리라고 소문이 자자하더라."

"응, 형부랑, 언니의 환상적인 닭살 플레이는 눈뜨고 못 봐준다."

"그 정도야?"

"그래."

소희는 하늘의 시댁을 보고는 좀 놀란 눈치였다.

"야, 난 재벌이 이런 줄은 몰랐다. 사는 세계가 다르다. 집에 이렇게 넓은 정원도 있고."

"나도 처음에 놀랐어."

하늘이 소희의 마음을 편하게 해주고자 그렇게 말을 했다.

"우리 임산부가 놀라면 안 되지."

건우가 주스 두 잔을 들고 왔다.

"소희 씨도 이거 드세요. 무공해 천연 오렌지 주습니다. 아이들에겐 아주 중요한 영양소죠."

"감사해요."

소희가 웃으면서 잔을 받았다.

"형부는요?"

"그냥 옆에 못 있겠어."

"왜요?"

"진짜 너무한 닭살 커플이야. 다른 사람 눈에 나는 그렇게 보이면 안 되는데."

건우도 혀를 내두르고 있었다. 그때 멀리서 언니 부부가 그들에게 다가 왔다.

"조심해. 그러다가 우리 고래 다쳐."

민우의 고래 소리에 하늘의 웃음보가 터져 버렸다.

"하하하, 바다에 빠진 고래야?"

"처제, 그렇게 말하면 안 되지."

민우가 정색을 하며 말했다.

"형부 잠시만요."

하늘이 민우를 불렀다. 그리고 사람들로부터 등을 돌리고 말했다.

"민우 너, 까불지 마."

"처제."

"처제 같은 소리 하고 있네. 너 조심해."

"네."

하늘은 그들을 쳐다보고 있는 많은 시선을 향해 미소를 지었다.

"형부한테 축하한다고 얘기했어."

"진짜야?"

언니가 의심스러운 눈으로 그들을 보았다.

"그럼, 처제가 얼마나 잘하는데."

민우의 목소리가 떨렸다. 하늘은 그러거나 말거나 건우의 팔짱을 끼고 그들에게서 멀리 떨어졌다.

"어디 가게?"

"잠깐만요."

두 사람은 사람들이 거의 오지 않는 온실에 들어섰다. 넓은 정원의 한쪽 구석에 위치한 온실은 집안 식구들이 아니면 모르는 곳이었다. 위치상 파티 장소에서는 눈에 잘 띄지 않았다.

"여기는 왜?"

그가 의아한 표정으로 묻자 하늘이 그의 목에 팔을 두르고 입을 맞추었다.

"이건 무슨 뜻이지?"

"축하해요."

"뭘?"

"이번에 사장님 되신 거요?"

"아버지가 그러셔?"

"네, 어제 말씀해 주셨어요."

이번에 그는 사장으로 승진을 하면서 경영에 본격적으로 참여하게 되었다.

"좋아?"

"그럼요."

"앞으로 더 바빠질 텐데?"

"그래도 좋아요."

하늘은 여전히 건우의 목에 손을 두르고 있었다. 건우는 하늘의 허리에 손을 둘렀다. 그들은 서로의 눈을 쳐다보며 미소 지었다.

"임산부가 이렇게 섹시해도 되는 거야?"

"제가 좀 그렇죠?"

"부정은 안 하는군."

"사실인데요. 그리고……."

그녀가 그의 목에서 손을 풀고는 뭔가를 주머니에서 꺼냈다.

"이게 뭐야?"

그가 그녀가 자신의 손에 쥐여준 물건을 쳐다보았다.

"목걸이네."

"아뇨, 반지예요. 당신하고 사이즈가 안 맞을 것 같아서요."

진짜로 반지는 그의 엄지손가락에 들어가고도 남았다.

"이거 내가 아주 어렸을 때 만든 거예요."

그냥 투박한 은반지였다.

"그 안에 봐요."

반지 안에는 이렇게 쓰여 있었다.

—내 첫 번째이자 마지막 사랑.

"의미심장해."

"당연하죠. 이때는 그런 남자를 만날 수 있을까 생각했거든요."

그녀가 반지를 넣은 목걸이를 그의 목에 걸어주었다.

"이 반지는 행운의 부적 같은 거예요. 당신에게 꼭 주고 싶었어요."

"이건 언제 만든 거야?"

"대학 합격하고 언니랑 엄마랑 셋이서 공방에 가서 만들었어요."

"그런데 왜 이렇게 큰 거야?"

그녀는 그의 말에 피식 웃었다. 사실 엄마의 말대로 했으면 아마 그의 손에 맞을지도 몰랐다.

"엄마가 작게 하라고 했는데 제가 고집을 부렸어요. 진짜 큰 남자를 만나고 싶었거든요."

"나 정도면 큰 거 아닌가?"

"근데 이게 손가락이 크다고 키가 큰 게 아닌 걸 나중에 알았죠."

"언제?"

"미팅을 나갔는데 어떤 남자애랑 커플이 되었어요. 키가 나보다 작은데 키 큰 여자가 좋다며 쫓아다녔죠. 그 남자가 키는 작은데 손가락이 짧으면서 엄청 두꺼운 거예요. 그래서 손가락 두껍다고 키가 큰 게 아니란 걸 알았죠."

"이거 아주 특별해 보이는데?"

"그렇죠? 투박하지만 의미 있는 거니까 잘 걸고 다녀요."

"알았어."

삐그덕.

누군가 온실 안으로 들어왔다. 그들은 서로의 입술을 애타게 찾고 있었다. 언뜻 보니 언니와 민우였다.

"어험."

건우의 헛기침 소리에 그들은 화들짝 놀라 떨어졌다.

"풍기문란입니다. 형님."

나이가 다섯 살이 많았지만 건우는 언제나 민우에게 깍듯했다.

"으흠, 이런 건 모른 척해줘야지. 사람이 센스 없게."

그러더니 민우의 눈이 그의 목에 걸린 목걸이에 고정이 되었다.

"이건?"

민우는 자신의 손에 낀 반지와 건우의 목걸이에 건 반지를 비교했다.

"형님 반지에는 뭐라고 적혀 있습니까?"

그때 언니가 형부의 입을 막았다.

"우리 그만 갈게."

그들이 나가자 건우가 그녀에게 물었다.

"도대체 뭐라고 썼길래 저래?"

"까불지 마."

"뭐?"

"까불지 말라고 썼어요. 우리 언니는 연하를 만날 거라는 걸 안 거죠."

하늘의 말에 건우는 배를 잡고 웃었다.

"나 부장님이 엉뚱한 구석이 있어."

"많이요. 저도 엉뚱한 구석이 있어요."

"당신이?"

"네."

그녀의 손이 그의 페니스를 잡았다.

"엉뚱하긴 하군."

그는 이렇게 말을 하며 하늘의 입술을 막아버렸다. 그의 손이 다급하게 그녀의 치마 사이로 들어가 하늘의 팬티를 내렸다. 그리고 그 속옷을 자신의 양복 안주머니에 넣었다. 그리고 다리 한쪽을 들었다.

"임산부가 너무 섹시해."

"그러게요. 살살해요."

"매번 날 짐승으로 만드는 게 누군데."

"미안해요."

이렇게 말을 하고 그는 자신의 페니스를 그녀의 질 안에 기술적으로 넣었다.

"아아앙."

"쉿!"

사람들이 아까 전처럼 들어올 수도 있었다. 하지만 욕망에 사로잡힌 그녀의 입술을 건우가 자신의 입으로 막아버렸다. 그들만의 은밀한 행위가 남들에게 들키면 안 되니까 말이다.

격정적인 관계가 끝이 나고 하늘은 그의 어깨에 기대어 작은 벤치에 앉아 있었다.

"이렇게 오래 자리를 비워도 될까요?"

"다들 우리가 좋은 일로 비운지 아실 거야."

"그럼 다행이지만요."

그의 품 안이 너무나 포근해서 하늘은 천국에 온 기분이었다.

"하늘이 보여요. 달도 보이고."

유리 천장 위로 서울의 밤하늘이 보이고 있었다.

"별은 보이지 않지만 오늘 달빛이 아주 밝아요."

"그렇군."

"마치 우리를 축복해 주는 것 같아서 좋아요."

"이렇게 있으니까 밖으로 나가기 싫은데?"

"저도요."

그가 그녀의 어깨를 따뜻하게 감싸 주었다.

"내가 오늘 사랑한다고 했나요?"

"글쎄, 기억이 나질 않는군."

"사랑해요."

그의 웃음소리가 낮게 울리고 있었다.

"난 당신을 못 만날까 봐 걱정했어요."

그녀가 그의 목에 걸린 반지를 만지작거리며 말했다.

"이 세상에 나에게 맞는 짝은 없을 것 같았거든요."

"좀 찾기가 힘들어서 그렇지 항상 당신의 짝은 나뿐이라고."

그의 말이 하늘을 행복하게 만들어주었다. 사랑 받는 느낌이었
다.

"내가 다음 세상에서도 당신을 찾아갈게."

"이번엔 제가 찾은 거 아니에요?"

"그런가? 그럼 다음 세상에서는 내가 더 빨리 찾을게."

"고마워요."

그녀의 정수리에 그가 입을 맞추었다. 밝게 빛나는 달빛도 그리고 온실속의 모든 꽃들도 그들을 축복해 주는 것 같았다. 하늘은 이런 그녀의 사랑이 언제까지나 계속되길 바라며 달님에게 소원을 빌었다.

욕망이라는 아주 단순하고 뜨거운 감정을 시작으로 그들은 관계를 시작했다. 사전적으로 욕망은 부족을 느껴 무엇을 가지거나 누리고자 탐하는 것이라고 했다. 과연 하늘은 무엇이 부족했던 것일까?

여자에게는 쉽게 허락되지 않는 단어 중의 하나가 욕망일 것이다. 탐하는 것은 온전히 수컷의 몫이라 생각해 왔기 때문이다.

하지만 하늘은 욕망은 남자보다 여자에게 더 크다고 생각했다. 언제나 뭔가가 부족함을 느끼는 건 남자보다는 여자가 더 강하니까 말이다. 그의 입술을 그녀는 자신의 탐욕스러운 혀로 쓸어 내리며 이런 생각을 했다.

욕망에 관한 몇 가지를 생각해 본다면 조금 더 행복한 삶을 사는 데 아주 유용하지 않을까 하고 말이다. 그에 대한 부족함을 느껴 지금 그를 탐하고 있는 하늘의 입술은 오늘도 바쁘게 움직이고 있었다. 그의 거친 숨소리와 함께 말이다.

에필로그

남산의 산책로를 따라 뛰고 있는 하늘의 눈에는 풍경 따위는 보이지 않았다. 90kg의 몸무게가 그녀를 중력으로부터 더 크게 영향을 받게 만들고 있었다. 어젯밤에 모래주머니까지 차고 잤는데도 온몸이 천근만근이었다.

헉억헉.

이건 태릉선수촌의 선수들이나 하는 고강도 훈련이었다. 하지만 이렇게 멈출 수는 없었다. 입학 전까지 어느 정도 몸을 만들어야 했다. 지금 일주일쨴데 그래도 3kg을 빼는 쾌거를 거두었다.

남산의 많고 많은 계단이 그녀를 기다리고 있었다. 옛날 록키라는 영화가 생각이 났다.

"빠바밤 빠바밤 빠바밤 빠바밤……."

그녀가 계단을 오르기 전에 의미심장한 눈으로 계단을 바라보며 이 노래를 부르자 지나던 사람들이 아주 이상한 눈으로 쳐다봤다.

"보든지 말든지."

그녀는 이렇게 말하며 남산의 한도 끝도 없는 계단을 오르기 시작했다.

"허억헉."

그녀가 계단을 다 오르자 하늘이 샛노랗게 변해 있었다. 이러다가 정말 돌아가시겠다는 생각이 들었다.

"수건."

얄밉게 케이블카를 타고 올라오신 그녀의 나머지 가족들이 호빵을 먹으며 그녀를 위해 수건을 건넸다.

"뭐 하러 뛰어. 지금이 예쁜데."

언니가 호빵을 먹으며 얄밉게 말했다.

"그래, 우리 하늘이 얼굴 좀 봐. 하늘아, 호빵 먹자."

엄마는 그녀가 야위었다고 생각하는 것 같았다. 그건 아빠도 마찬가지였다. 엄마는 그녀를 4kg에 낳으셨고 언제나 몸무게와 키로는 전국 1%를 유지해 주셨다. 그런 엄마인데 하늘의 다이어트는 여간 마음에 들지 않는 게 아니었다.

"엄마, 현실을 직시해야지. 난 고도비만이라고."

"누가 그래?"

"언니나 엄마는 50kg도 안 되면서 왜 나한테 그래?"

"우린 그래서 작잖아."

"엄마."

말이 통하는 집이 아니었다.

"아빠가 밥 사주신다고 하는데 기다려야 해."

"얼마나?"

"점심은 우리끼리 알아서 먹고 저녁에는 우리 하늘이 좋아하는 삼겹살 먹자."

도움이 안 되는 집이었다.

"저녁까지 기다려야 하는데 우리 인사동에 가서 놀다가 아빠를 이쪽으로 오시라고 하자."

택시를 타고 인사동에 도착한 그들은 거리를 구경하느라 정신이 없었다.

"엄마, 여기 뽑기 판다."

"네가 초딩이야?"

"그래도 해보고 싶어."

하늘은 정말 오랜만에 뽑기를 했다. 엄마와 언니도 하나씩 들고 가며 열심히 찍힌 하트 모양이 깨지지 않게 먹고 있었다.

그래서 엄마와 딸 둘은 인사동의 무법자가 되어버렸다.

"엄마, 여기 행운의 반지 만들어준대."

로맨스나 사랑에 한참 관심이 많은 엄마와 언니는 벌써 안으로 들어가 버렸다. 사실 하늘도 사랑에 관심이 없는 건 아니었다.

좁은 가게 안쪽에 반지를 만드는 공간이 있었다. 은으로 링반지를 만드는 곳이었다.

커플로도 만들 수 있지만 캐릭터를 보고 마음에 드는 남자를 골라 그 사람의 손가락 사이즈로 만들고 소원을 써놓으면 그런 남자를 만난다는 것이었다.

언니는 곱상한 스타일의 남자를 골랐고 그 남자의 반지 사이즈는 18호였다. 엄마는 진짜 아빠와 비슷한 캐릭터를 골랐고 진짜로 아빠의 반지 사이즈인 20호로 반지를 만들었다.

하늘은 그중에서 가장 덩치가 좋은 캐릭터를 골랐고 사이즈는 23호였다. 보통 성인 남자의 평균 사이즈가 17호인데 하늘이 고른 건 꽤 큰 편이었다.

"손님은 진짜 거친 캐릭터를 좋아하시나 봐요."

"전 무조건 커야 해요. 제가 크니까요."

남자의 눈은 가늘고 날카로웠으며 키는 190cm가 넘었고 근육질의 건장한 남자였다.

"넌 이런 캐릭터가 좋아?"

"응 전사 같잖아. 언니는 연하랑 사귈 거야?"

"왜?"

"아니, 좀 그런 느낌이라서."

언니가 웃으며 반지를 보여줬다.

"이왕이면 한 다섯 살쯤 어렸으면 좋겠다. 그래서 이 반지를 주며 까불지 말고 누나 말 잘 들어, 라고 말할 거야."

"그래서 까불지 마, 라고 쓰게?"

"어떻게 알았지?"

언니가 하늘을 놀란 눈으로 보았다.

"진짜야?"

"응, 그런데 너는?"

"난 비밀이야. 좀 오글거려."

언니와 엄마랑 반지를 만들고 그들은 아빠에게 전화를 걸었다.

"아직 멀었어요?"

엄마가 인상을 쓰더니 전화를 끊었다.

"왜, 우리끼리 먹으래?"

"아니, 학교로 오란다."

"아빠 학교로 오랜만에 가지 뭐."

그들은 아빠가 근무하는 고등학교로 향했다. 오늘 연습이 너무 오래 걸리는 모양이었다. 학교 운동장에는 시합을 하고 있는 두

팀이 보였다. 붉은색 유니폼은 아빠의 제자들이었고 파란색 유니폼은 어딘지 처음 보는 사람들이었다.

"엄마, 추운데 아빠한테 빨리 가자고 말한다."

"그러지 말고 좀 기다려."

그렇게 엄마와 딸들은 난롯가에 서서 학부모님들과 함께 아이들을 응원하기 시작했다. 그런데 그때 그녀의 눈에 띄는 한 사람이 보였다. 유난히 키가 큰 그는 전사같이 축구를 했다. 많은 사람들 중에 단연 최고였다.

"저 사람 누구야? 아빠?"

엄마에게 커피를 가져다준다는 핑계로 하늘은 감독석으로 갔다.

"누구? 김건우?"

"김건우? 선수야?"

"아니야, 이 팀은 취미로 학생부터 일반인까지 모인 팀인데 우리 애들하고 시합 한번 해보고 싶다고 해서 하게 됐는데 생각보다 잘하네."

"아빠, 나 배고파."

"다 끝나가."

하늘은 관심 가득한 눈으로 남자를 쳐다보았다. 어딘가 사람을 설레게 하는 남자였다.

"김건우?"

지금은 뛰고 있는 중이라서 얼굴이 빨갛게 달아올라서 그렇지 꽤 고급스럽게 생긴 남자였다.

"뭐 하는 사람이지?"

괜히 궁금한 마음이 들었다. 경기가 끝이 날 때까지 하늘은 그에게서 눈을 떼지 못했다.

"난 언니, 저런 사람이 이상형이야."

"그래?"

"하늘아."

누군가 다가와서 그녀의 목에 헤드락을 걸었다.

"민우 너 저리 안 가?"

목이 조이고 열이 받기 시작한 하늘은 민우를 찬 바닥으로 업어치기를 했다.

"한판!"

언니가 옆에서 약을 올렸다.

"누나."

"그러게 왜 하늘이한테 덤벼. 덤비긴."

하늘이 의기양양한 표정으로 뒤를 돌았는데 그 뒤에 그녀의 이상형인 남자가 서 있었다. 그리고 그녀와 민우를 보며 박장대소를 하는 것이었다. 남자는 아무렇지 않게 감독석으로 다가왔다. 아빠에게 인사를 하기 위함인 것 같았다.

"자식들, 잘 노네."

그렇게 얘기를 하며 그녀의 머리를 손으로 흐트러트렸다. 하늘은 처음으로 남자가 크다는 생각이 들었다. 하지만 남자는 하늘을 여자가 아닌 남자로 보는 것 같았다.

"여보, 가지."

"네."

이렇게 그녀는 잊을 수 없는 남자를 만나게 되었다. 그녀의 잠재의식 속에 남자의 기준이 되어버린 남자였다. 어차피 다시 만날 일이 없었다.

"감독님."

뒤를 돌아보니 남자였다.

"사진 한번 찍어주시면 안 될까요?"

"그러지."

하늘과 바다 그리고 엄마는 옆으로 비켜서 있었다. 그렇게 그들은 사진을 찍었고 하늘은 멍하게 남자를 다시 한 번 볼 수 있었다. 진짜 잘생긴 남자였다.

오랜만에 서재를 정리하게 된 건우는 선반을 치우다가 상자 하나를 발견하고는 미소를 띠었다. 나성범이라고 적힌 상자는 건우에게는 어린 시절의 추억이었다. 어려서부터 축구를 좋아하던 건우는 나성범 선수의 광적인 팬이었다.

그런데 그런 나 선수가 그의 장인이 되리라고는 꿈에서도 상상을 하지 못했었다.

"건우 씨."

하늘이 그에게 줄 음료수를 가지고 들어왔다.

"청소는 아주머니에게 맡기지 그래요."

"아니, 정리를 하면서 해야 하니까 서재는 내가 하는 게 편해."

"알아서 해요."

"이게 뭔 줄 알아?"

하늘이 상자 안을 보더니 깜짝 놀란 표정이었다.

"이건 아빠 사진들 아니에요."

"응, 내가 장인어른 광팬이었지."

"아버님도 그러시잖아요."

"그렇지."

하늘이 상자 안의 물건들을 보며 미소 지었다.

"이건 아빠가 올림픽 출전해서 두 번째 골을 터트린 장면이네요."

단번에 알아맞힌 하늘이 신기했다.

"어떻게 알았어?"

"어릴 때부터 너무 많이 봐서요."

"이건 아시안게임 사진이고."

하늘이 아버지의 사인이 되어 있는 사진을 보며 웃었다.

"이건 아빠 사인 아니에요. 광식이 아저씨 사인이지."

"뭐?"

"이거 돈 주고 샀죠."

"아니, 축구화를 사면 줬어."

"이거 우리 아빠 매니저 사인이에요."

아니었다. 직접 받은 사인과 똑같았다.

"이거 봐요. 아빠 사인은 여기 점이 없죠. 광식이 삼촌 사인은 점이 있어요. 이건 삼촌 버릇 때문에 그래요."

그러고 보니 그랬다. 갑자기 사기를 당한 기분이었다.

"이건……."

하늘이 사진 하나를 들고는 얼굴이 창백해졌다.

"왜 그래?"

"이거."

"아, 이거 장인어른이랑 찍은 사진이야."

건우는 하늘에게 사진을 자랑하고 싶었는지 그녀가 들고 있는 사진을 보며 말하기에 바빴다.

"친구 녀석이 따님이 예쁘다며 옆에 있던 가족까지 찍은 거야."

순간 건우의 표정이 변했다.

"그러니까 이게 장모님하고 처형이랑 당신이야?"

순간적인 순발력으로 사진을 빼앗으려고 했지만 그가 빨랐다.

"이 커트머리에 남자인 줄 알았던 아이가 당신이란 말이지."

"이리 줘요."

하늘이 사진을 빼앗으려고 했지만 그의 키가 훨씬 컸다.

"햐, 참 신기한 일이야."

"이리 줘요."

"왜 난 가보로 남길 건데."

그가 유심히 사진을 보더니 목에 걸린 반지를 보았다.

"이 반지는?"

가죽 줄에 걸기는 했지만 그녀가 그를 위해 준 반지였다.

"이날 만들었어요."

반지를 만든 날 그를 만났었다. 그녀가 어렴풋하게 기억하기에도 그때 건우는 아주 멋있었다.

"희한한 인연이군."

"더 웃긴 건 거기에 형부도 찍혔어요."

하늘의 어깨에 손을 올리고 있는 놈이 지금의 형님이었다. 참 인연이란 놀라운 것 같았다.

"엄마!"

밖에서 아이들이 그들을 부르고 있었다.

"빨리 나와요. 저녁 준비됐어요."

"알았어."

건우는 사진을 조용히 빼놓았다. 아무래도 하늘이 어느 순간 없앨 것 같았다. 그의 기억 속 소년이 지금은 그의 아내가 되어 있었다. 참 세상일이란 묘한 것 같았다.

식구들이 모인 자리에 이 사진을 가지고 가면 할 얘기가 많을 것 같았다. 건우는 미소를 지으며 주방으로 향했다.

"아빠, 식사하세요."

5살 승민이는 나이에 비해 의젓했다. 사실 여동생들이 태어나고는 더 의젓해졌다. 건우가 보기에도 승민이는 참 잘생긴 아이였다.

"아저씨, 의자 좀……."

그가 쌍둥이 다음으로 예뻐하는 예지였다. 소희의 딸인데 지금 소희 부부가 여행을 가는 바람에 며칠간 그의 집에 있게 되었다.

"이번에는 아들 낳아야 할 텐데……."

"낳을 거예요. 꼭."

소희는 딸만 둘이었다. 예빈이는 지금 바다 언니네 가 있었다. 하늘이 보기에 아이 다섯은 무리수였다. 그나마 쌍둥이가 아직 보행기를 타고 다녀서 그나마 예지까지 돌볼 수가 있었다.

"예지야, 이거 먹어."

승민이가 예지를 살뜰하게 챙겼다.

"승민이는 예지가 좋아?"

건우가 물었다.

"응."

단순한 녀석이 대답도 금방 했다.

"예지가 그랬어. 결혼하자고."

"뭐?"

"우리 뽀뽀도 했어."

하늘이 고개를 절레절레 흔들었다.

"예지야, 맞아?"

"네."

"왜 결혼을 빨리 하려고 그래. 나중에 승민이보다 더 괜찮은 남자가 나타나면 어쩌려고."

건우의 말에 예지의 코끝이 빨개지며 눈물이 흘렀다.

"예지 울렸어요?"

하늘이 난리였다.

"아니, 그게 아니라. 예지야 미안."

"아빠, 미워."

승민이가 이번엔 울었다.

"내가 애들 보라고 했지 울리라고 했어요?"

오늘도 하늘이에게 혼이 나는 건우였다.

"아빠가 미안해."

"아저씨, 난 승민이랑 결혼할 거예요."

예지가 대성통곡을 했다. 건우가 자리에서 일어나 예지를 안았다.

"알았어. 둘이 결혼해. 꼭 해."

"으아앙."

이번에는 쌍둥이들이 말썽이었다.

"아주머니는?"

"오늘 당신이 봐준다고 해서 두 분 다 쉬시잖아요."

"그랬지."

후회가 몰려오고 있었다. 온 집안에 아이들 울음소리로 가득했다.

"울지 마. 예지야. 넌 승민이가 왜 좋아?"

"엄마가 그랬어요. 승민이가 크면 아저씨처럼 된다고 엄마가 그랬어요."

"하늘아, 들었어?"

"벌써 시아버지의 마음을 사로잡은 거야?"

건우는 예지를 안고서 하늘을 쫓아다니면서 자랑을 하고 있었다. 찬모 아주머니가 저녁상을 차리다 말고는 웃음이 터져 버리셨다.

"주책이야."

건우는 눈을 흘기며 자신을 바라보는 하늘을 보며 기분 좋은 미소를 지었다. 이게 행복이 아니면 다른 무엇이 행복이겠는가 말이다. 산들바람이 정원의 나무들을 살며시 흔들고 있었다.

THE END

외전

어릴 때부터 소희의 약한 몸 때문에 부모님은 항상 그녀 걱정뿐이셨다. 그래도 공부도 잘하고 예뻐서 언제나 부모님의 자랑이었다. 하지만 소희는 자신의 약함이 싫었다. 그래서 언제나 강해 보이는 친구들과 친하게 지냈다.

그녀의 영혼의 절친인 하늘도 대학 입학식에서 소희가 먼저 찍었다. 지금은 몰라보게 달라졌지만 그때의 하늘은 정말 천하무적이었다.

넓은 거실에서 청소기를 놀리며 소희는 자는 아이들이 깰까 조심스럽게 움직였다. 확실히 애들은 잘 때가 가장 예뻤다.

윙―

핸드폰이 진동으로 울리자마자 소희는 아이들이 깰까 봐 얼른 받았다.

"여보세요?"

[어, 나다.]

시어머니셨다.

[내일 한약 회사로 갈 거니까 받아서 시간 잘 지켜서 먹어.]

이번에도 아들을 낳는다는 약일 게 뻔했다. 하지만 첫째도 둘째도 모두 딸이었다. 이제 그만 낳고 싶은데 시어머니가 이러실 때마다 진짜 오기가 생기는 소희였다.

[왜 대답이 없어?]

"네, 잘 먹을게요."

[먹는 게 중요한 게 아니라 아들을 낳아야지. 우리 시우가 어떤 애니? 3대독자야. 우리 집의 대를 끊으려고 하는 거 아니면 아들은 꼭 낳아야 해.]

"네."

전화를 끊고도 기분이 많이 좋지 않았다. 소희는 아이들의 방에 가서 자고 있는 예지와 예빈이의 얼굴을 쓰다듬었다.

"하나만 달고 나오지."

그렇게 말하면서도 괜히 미안한 마음이 들었다. 사무실을 오픈한 지 이제 6년 차에 접어들었고 지금은 그래도 직원들을 10명이

나 두고 일을 했다. 자연의 힘 숍도 2군데 더 오픈을 했다. 이렇다 보니 바쁠 때는 퇴근 시간이 늦어졌다.

아이들과 주말 이외에는 놀아주지를 못해서 미안한 마음이 컸다.

"그런데 하나를 더 낳으라고?"

생각하면 기가 찰 일이었다. 어머니는 아들을 낳으면 셋 다 봐주신다고 했다. 어이가 없는 제안이지만 지금 상황에선 상당히 혹하는 조건이었다.

띠리릭.

신랑이 온 모양이었다.

"왔어?"

"응, 애들은?"

"자."

시우의 가방을 받아 든 소희를 시우가 따뜻하게 안아주었다. 모든 힘든 일을 다 이길 수 있는 건 남편 때문이었다.

"밥은?"

"먹어야지? 소희 너는?"

"나도 먹어야. 씻고 와."

신랑이 씻고 나오는 동안 소희는 상을 차렸다.

"우리 공주님들은 완전 꿈나라네."

"자게 내버려 둬. 깨면 골치 아파."

저녁상이 갑자기 술상이 되어버렸다. 반찬이 마땅하지 않아서 삼겹살과 된장찌개에 김치가 전부였다.

"반찬을 할 시간이 없어서 술상이 되어버렸어."

"오랜만에 소주 한잔할까?"

"좋아."

소희와 시우는 오랜만에 서로의 술잔을 채워주었다.

"어머님이 약 보내주셨어."

"또?"

"응, 몸에 나쁜 건 아니지만 솔직하게 스트레스 받아."

"미안하다."

"오빠가 미안할 건 없지."

소희의 밥 위에 그가 삼겹살 하나를 올려주었다. 너무나 다정한 남자였다. 결혼한 지 6년 차에 접어들어서도 그는 여전히 변하지 않았다.

"나 궁금한 게 있어."

"뭔데?"

"그냥 그동안은 찜찜해서 안 물어본건데……."

"어떤 거?"

"우리 처음 만났을 때, 하늘이가 신입생 환영회 때 오빠가 구해

준 일 말이야."

"그게 왜 찜찜해."

시우가 걱정스런 얼굴로 물었다.

"그걸로 트라우마가 생기지는 않았지만 그날 일이 궁금해서."

"갑자기."

"응, 아까 점심때 무슨 얘기 끝에 그 얘기가 나왔거든."

시우는 그녀가 그걸로 트라우마라도 생길까 그동안 얘기를 하지 않고 있었다고 했다.

"그냥 아무 일 없었다고 하면 화내겠지? 그날 하늘이가 너 업고 숙소로 가고 있었고 남자 셋이 너를 놓고 가라고 하늘이에게 말했고 하늘이가 그런 놈들하고 싸우고 있었어. 그때 내가 지나다가 도와준 거지."

"그게 다야? 난 그냥 너무 쉬쉬하니까 궁금해서 내가 술김에 당하기라도 한 거 아닌가 싶어서."

"아니야. 정말 그 뒤로는 술을 많이 마시지는 않았던 거 같아."

소희는 남편의 잔에 술을 따랐다.

"그래도 그런 일이 있어서 오빠를 만났으니까 어쩌면 나한테는 잘된 일이었을지……."

"아니."

갑자기 신우가 얼굴을 굳히더니 말을 멈추었다.

"내가 아마 널 어떻게 해서든지 만났을 거야."

시우의 말에 소희가 의아한 표정을 지었다.

"내가 경영학부도 아닌데 거기 신입생 환영회에 간 이유가 뭔지 한 번도 생각 안 해봤지?"

진짜 시우는 경영학과가 아닌 정치외교학을 전공했다.

"그러네. 왜 왔어?"

"아는 친구 놈을 2박 3일 졸라서 갔지."

"왜?"

그가 소주를 한잔 마셨다.

"너 때문에."

"나?"

시우가 소주를 다시 한잔 마셨다.

"천천히 마셔. 왜 그래?"

"사실은 내가 너 처음 보고 첫눈에 반했었다."

"어?"

남편의 뜬금없는 고백에 소희가 피식 웃었다.

"술 취해서 하늘이 등에 업혀 있는데도?"

"아니, 그 훨씬 전에 널 봤어."

"언제?"

"합격하고 학교에 왔을 때. 혼자서 학교에 찾아와서 두리번거릴 때 봤어."

진짜 그러긴 했었다. 너무 설레고 기뻐서 그녀는 혼자서 학교에 간 적이 있긴 있었다.

"긴 생머리에 짙은 남색 코트에 치마를 입고 도서관이며 여기저기를 돌아다니는 널 쫓아다녔어."

"처음부터?"

"아니, 공부하다가 커피 마시러 잠깐 나왔었거든."

신기한 일이었다. 그녀도 가물가물한 기억을 그가 다 하고 있었다.

"내 친구를 시켜서 너한테 어느 과냐고 물어보기도 했어. 전화번호 따는 데는 실패했지만."

시우는 옛일이 떠오르는 듯 아련한 표정을 지었다.

"그래서 계속 내 뒤를 쫓아다닌 거야?"

"응."

"우리 신랑 대단하다."

소희가 그의 얼굴을 쓰다듬어 주었다. 삼겹살에 소주 한잔이 더없이 행복한 밤을 만들어주고 있었다.

"그리고 하늘이랑 같이 나온 널 처음 봤을 때 난 진짜 심장이 터져 버리는 줄 알았어."

"우리 신랑이 이렇게 디테일한 사람인 줄 몰랐네."

"베이지색 코트에 청바지에 긴 생머리를 풀어 내린 소희의 모습이 마치 슬로우 모션을 보는 듯이 내게 왔어."

"오버야."

"아니야, 그 뒤로 나는 확신했어. 한소희와 꼭 결혼할 거라고."

"김시우 씨!"

"아냐, 네가 진짜 그날 나의 마음을 몰라서 그래."

"그래서 지금은?"

그가 그녀의 손을 잡았다.

"날마다 좋아. 이렇게 만질 수 있고 키스도 할 수 있고 그것보다 더한 것도 매일 하고 말이야."

"혹시 오빠 사고 쳤어?"

"아니."

"그런데 왜 그래?"

소희는 언제나 무덤덤한 자신이 싫었지만 오늘은 시우가 너무 오버하고 있었다.

"술이나 마셔."

"난 매일 널 보면서 설레."

"그만해. 오글거리니까."

소희가 상추쌈을 그의 입안에 밀어 넣었다. 하지만 그의 말이 싫지는 않았다. 어떤 신랑이 6년을 살았는데도 이렇게 잘할 수가 있겠는가?

"다 먹었어?"

"응."

"일어나. 피곤할 텐데 자. 악!"

시우가 그녀를 안아 올렸다.

"뭐 하는 거야?"

"약발이 잘 받나 보려고."

"아직 택배로 오지도 않았거든."

"언제 오는데?"

"내일."

그가 침실의 문을 열었다. 그리고 그녀를 그 위에 놓았다.

"상 치워야 해."

"내가 치울게."

그렇게 말을 하며 그녀의 입에 키스를 했다.

"우리 둘 다 마늘 먹었어."

"그럼, 어때. 난 상관없어."

시우의 입술이 소희의 입술을 집어삼켜 버렸다. 신랑은 언제나 그녀에게 따뜻한 남자였지만 침대에서만은 정말 달랐다. 소희는 그의 이런 야성적인 면에 반했었다. 갑자기 그와의 첫 관계가 생각이 났다.

그때가 아마 크리스마스 이브였을 것이다. 사귄 지 100일째 되는 날이기도 했다. 그가 키스를 하고 싶어 하는 건 알았지만 소희는 그에게 틈을 주지 않았다. 아직 모범생의 단정함이 몸에 그대로 남아 있었기 때문에 소희는 대학교 1학년이라도 정신연령은 고등학생이었다.

그와 손을 잡는 것도 죄를 짓는 것같이 느껴질 때였다.

그런데 그날 소희는 시우의 또 다른 면에 완전히 반하고 말았다. 크리스마스이브에 갈 곳은 아무 곳도 없었다. 모든 곳이 마치 짜기라도 한 듯이 자리가 없었다. 그래서 결국 그들은 의도하지 않았으나 그의 원룸으로 케이크를 하나 사들고 갔다.

"여기가 오빠 혼자 사는 곳이에요?"

방 안은 깨끗하게 정리가 되어 있었다.

"응."

어색하지만 복잡하지 않은 곳에서 둘만의 시간을 보낼 수가 있었다.

"하늘이도 데리고 올 걸 그랬어요. 전화해서 부를까요?"

"아니."

처음이었다. 그가 하늘이를 부르지 않은 것은 말이다.

"우리 케이크 먹어요."

소희는 케이크를 꺼냈다. 생크림 케이크 위에 산타가 장식이 되어 있었다.

"초콜릿은 내 꺼."

어색한 침묵이 싫어서 소희가 계속 말을 하고 있었다. 시우는 그녀가 케이크를 꺼내는 동안 포크와 접시를 가져왔다. 그리고 소희의 앞에 앉자마자 소희의 입술에 키스를 했다. 놀란 소희가 그를 쳐다보자 그는 아무렇지도 않게 케이크를 잘라 접시에 놓았다.

"생크림이 묻어 있어서."

그는 멍하게 그를 보고 있는 소희에게 말했다.

"먹어, 맛있다."

그는 그녀의 입술에 묻어 있던 생크림이 맛있다고 한 것이었다. 소희는 얼굴이 화끈거리는 걸 가라앉히며 케이크를 한입 먹었다. 그러자 이번에도 그가 그녀의 입술을 자신의 입술로 덮었다.

"오빠, 지금 뭐 하는 거예요?"

"케이크 먹지."

"아니, 내 말은……."

이번에는 케이크도 없이 그의 입술이 소희의 입술을 덮었다. 그리고 이번은 아까와는 다르게 그가 혀로 그녀의 입술을 열고 그 안을 휘저었다. 처음 해보는 키스에 소희는 완전히 정신을 빼앗겼다.

"싫어?"

"아니, 싫지는 않지만."

"그럼 됐어."

그렇게 말하며 그는 그녀의 입술을 다시 삼켰다. 그의 입술이 그녀의 입술을 빨아들이자 소희는 온몸에 힘이 빠져나가는 것 같았다. 하지만 놀라움은 여기서 멈추지 않았다. 그의 손이 그녀의 옷 안으로 들어와 그녀의 가슴을 잡았다.

놀란 소희가 그의 손을 잡았지만 그는 멈추지 않았다.

"쉬, 가만. 넌 나만 만질 수 있어. 다른 놈들이 이런다는 건 상상하기도 싫다."

"오빠."

"나랑 결혼하자. 정말 잘할게."

그의 뜻밖의 말에 소희는 당황했지만 이건 그의 진심이었다. 그의 손이 그녀의 가슴을 만지작거리자 기분이 너무나 이상야릇했다.

"대답은 천천히 해도 돼."

소희는 결혼할 때까지 그 대답을 하지 않았다. 왜냐면 그냥 그와 결혼하는 게 당연하게 느껴졌기 때문이었다.

그의 손이 가슴을 아프게 쥐자 그녀는 과거의 회상에서 현재로 돌아왔다. 그의 손이 똑같이 그녀의 가슴을 만지고 있었다. 다른 게 있다면 조금 더 야릇하게 만지고 있다는 것이었다.

"아흐."

그가 그녀의 가슴을 빨았다. 유두가 솟아올라 그의 혀를 맞이했다.

"옛날 생각 했어요."

"언제?"

"당신이 처음 키스하던 날."

"그날은 정말 너무 떨려서 죽는 줄 알았어."

"지금은요?"

"지금도 떨려. 널 만질 때마다 미칠 것 같아."

그의 말에는 거짓이 없었다. 그래서 그가 만져 줄 때마다 소희는 희열을 느꼈다. 그의 손이 그녀의 다리를 벌리고는 그의 페니스를 넣었다.

"아흐."

그가 그녀의 몸 안에 들어갈 때마다 그녀는 몸이 둘로 갈라지는 느낌이었다.

퍽퍽퍽!

그들의 살 부딪치는 소리가 침실에 울려 퍼졌다.

"아, 더 깊이."

소희가 그의 등에 손톱을 세우며 말했다.

"좋아?"

그가 깊이 들어오면서 물었다. 너무 좋아서 도저히 답을 할 수가 없었다.

"우리 여행 갈까?"

"어디로요?"

"소희가 원하는 곳."

"가요, 가서 아들 하나 만들고 와요."

그가 땀에 젖은 그녀의 머리를 넘겨주며 웃었다.

"아들 안 낳아도 돼."

"안 된다고요."

그들은 그렇게 밤새 투닥거리면서도 불타는 밤을 보내고 있었다. 아들 때문에 스트레스를 받기는 해도 소희는 행복했다. 이렇게 자신을 아끼며 사랑해 주는 남자가 있으니까 말이다. ♠